21th

1998-2018

太阳鸟文学年选

2018中国最佳杂文

主　编｜王　蒙
分卷主编｜王　侃

辽宁人民出版社

图书在版编目（CIP）数据

2018中国最佳杂文 / 王侃主编. —沈阳：辽宁人民出版社，2019.1
（太阳鸟文学年选 / 王蒙主编）
ISBN 978-7-205-09486-7

Ⅰ. ①2… Ⅱ. ①王… Ⅲ. ①杂文集—中国—当代 Ⅳ. ①I267.1

中国版本图书馆CIP数据核字（2018）第271244号

出版发行：辽宁人民出版社
地址：沈阳市和平区十一纬路25号　邮编：110003
电话：024-23284321（邮　购）024-23284324（发行部）
传真：024-23284191（发行部）024-23284304（办公室）
http://www.lnpph.com.cn
印　　刷：辽宁星海彩色印刷有限公司
幅面尺寸：170mm×240mm
印　　张：14.5
字　　数：228千字
出版时间：2019年1月第1版
印刷时间：2019年1月第1次印刷
责任编辑：赵维宁
装帧设计：丁末末
责任校对：张　帆
书　　号：ISBN 978-7-205-09486-7

定　　价：50.00元

太阳鸟文学年选
编辑委员会

时代风沙中的累累瘢痕

王　侃

追风逐电的时代马车从来不曾停下飞奔的步伐，随之腾涌而起的时代风沙总能以迅雷不及掩耳之势抚平岁月的血色与沧桑，而喧嚣不已、瞬息万变的时代之声，更是无时无刻不在催促人们遗忘曾经的创伤与苦痛。如此日复一日、年复一年，时代的真实影像往往成了沉睡的柙中之物，抑或是永远地消散殆尽。幸运的是，总有一些“冥顽不灵”的文学为我们提供了万难摧毁的窗口，使我们有了窥探时代风貌的途径、机会和可能。当整个社会因疯狂的物欲争逐中渐渐沦陷于欺瞒、暴戾甚至伐戮时，文学却像是一个清醒的智者，一个义无反顾的逆行者，一个揭竿而起的反动者，坚定不移地将目光聚焦于良知、诚挚、真情等最为初始但也更为高尚的人性世界。当然，文学的队列也并非整齐划一，诸种不同的文体可说各行其是、各司其职，不同文体的内部也是鱼龙混杂、良莠不齐。其中，杂文因短小、精悍，却又数量惊人，致其混杂之状显得尤为突出。小说、诗歌、戏剧等文体往往自带缠绵蕴藉的气质，也因了所谓的“文学性”，更显得雅致。相比之下，杂文因了直言不讳、真诚坦率，虽“冷言冷语”，大多数时候却颇为平易近人。杂文的作者群、受众数以及题材的涵盖面等都为其他文体所远远不及。如此，或许浩如烟海中一篇杂文仅能展露生活的某一侧面，但千千万万部佳作汇合而成的滚滚大流，自能映射出人生百态的真实镜像。

然而，批判鄙夷杂文者，依然大有人在，有些杂文界的“高手”甚至极度抗拒“杂文家”的身份。究其缘由，与杂文的市场化有着莫大的关联。随着市场经济与网络媒体的长足发展，读者的喜好成了评判杂文价值的重要准则。某些杂文作者为了博人眼球、提高点击率，常常发出一些“无感”之文，没话找话，无端敲下些满是“火药味”的“骂”文。尽管就文章本身而言，也能独立成篇、自圆其说，但终究不免浅薄、无聊之态。此外，当下诸多时评、事评之类的短文也被归入杂文之列，此类短文的作者往往是报纸杂志或网上新闻的“铁粉”，他们既不关注身边的事物，更缺乏对真实生活的深入体察，报上所载之事乃是其唯一的资讯和创作源泉。诸如此类，“时效机制”下催生的应急文、时评文，就像是未经消化的直肠运动，仅是截取一些奇人逸事说些不过脑子的大白话，缺乏营养不说，常常陷入自以为是、自我抄袭的窠臼。更为可悲的是，此类无感、无思、无物的空洞之文，因了投合读者的喜好，正在大行其道，且大有一泻千里、发扬光大之势。与此同时，有所担当的杂文作者虽也曾辍笔不耕，路见不平，自会拔笔斥之。然而，在一次次撞得头破血流却无功而返之后，这些作家意识到自己人微言轻，多说不仅无益，还招致人嫌，干脆就此辍毫栖牍，选择在沉默中消耗余生。如此，难道真如“有心之人”所言，“杂文已死”?

当然，我们并非苛责所有的杂文作者都要如鲁迅般写下见解独到、思想深刻的惊世且传世之作，更不是说杀猪宰羊的庸常之辈便不能驾驭上乘的“屠龙术”，毕竟真正的贤者少之又少。面对触目皆是、接踵而至的糟心之事，即便是最为勤奋的贤者，往往也感到有心无力，只能仰天长叹。鲁迅当年在编印《莽原》时就曾感慨：“然而只恨我的眼界小，单是中国，这一年的大事件也可以算是很多了，我竟往往没有论及，似乎无所感触。我早就很希望中国的青年站出来，对于中国的社会、文明，都毫无顾忌地加以批评，因此曾编印《莽原周刊》，作为发言之地，可惜来说话的竟很少。”（鲁迅：《华盖集》）其实杂文的门槛并不高，做到“言必顾信心，心必副事”（陆贽：《奉天论赦书事条状》）便可归入杂文之列。当下杂文最根本的痼疾在于一些杂文作者“睁眼说瞎话”，抑或是故意歪曲事实，徒有其表的花哨言论，往往经不起深层次的推敲。倘若杂文作家都能如《皇帝的新装》中的小孩般赤诚、勇敢，当下的杂文生态必然呈现出另一番喜人之景。此外，有担当、有气节的杂文作家更应该欣然命笔、手不停挥地投入到激烈的战斗之中，即便硝烟过后仅剩下“灵魂的荒凉与粗糙”，即便曾经的血泪极易被风沙所掩埋，但“辗转而生活于风沙中的瘢痕”定然难以轻易消退，甚至可能会在将来的某一时刻发光发热。

因短小、泼辣、锋利等特点，杂文是颇为敏锐、迅捷的时代号角，担负着激浊扬清、匡正人心的社会重责。判定一篇杂文是否能够在风沙席卷之后还留有累累瘢痕，抑或仅是无关痛痒的隔靴搔痒？是锋芒毕露的“投枪”“匕首”，还是虚张声势的纸皮老虎？——这都取决于作者能否对所言之物进行鞭辟入里、入木三分的分析和探讨。客观地说，想要在如此躁动不安的时代写出有刻度、有深度的“好”文可说难上加难，但编者依然希望编入本书的每一篇文字都能承受住时间的考验，起码在几年之后，读者再次翻阅本书时能有“常读常新”之感。值得庆幸的是，在这洋洋大观、鱼龙混杂的杂文浩海中，笔者依然欣喜地发现了诸多气势磅礴、寓意深刻的佳作。当然，“深刻”本无标准，本书所收录的杂文虽不敢说篇篇归入一语中的、言浅意深之列，起码都有自己独到的见解，对于当下所发生的一桩桩特殊事件有着别具一格的认识，对于人与人、人与社会的关系有着洞隐烛微的思考，在鲜活灵动的文字之下，无不蕴藏着作者的体温与心跳。

一

今年，我们在编选这本《2018年中国最佳杂文》时，依旧把是否具有“真性情”作为首要的遴选准则。倘若一篇杂文仅是对社会生活、新闻时事进行泛泛而谈，毫无真知灼见闪烁其中，即便在一夜之间引起轩然大波，时过境迁之后，怕是依旧逃不过悍然被弃的命运。杂文不是对社会生活的机械摄像，不是对时代陋习的简单记录，更不是对新闻时事的粗糙评判；杂文是执着的反思，是犀利的声讨，是无情的鞭挞，更是正义的批判。

鲁敏的《胡迁之死》通过青年导演胡迁自杀这一事件，逐层分析，不断深入，探究导致胡迁之死的各方面原因。这其中，“年纪很轻、刚烈自取，拮据日常、女友分手、影视圈倾轧、艺术梦想幻灭等渐次披露或倒推的信息”逐渐呈现在眼前。但是，文章在这些之外又加了一笔，“究竟是什么，决定了这一链条的准入环节”，这就将对问题思考引向了更为深广的层面。文章并未直接回答这个问题，因为“当一名艺术家钻研或思考起这个问题，在那个瞬间，他已经站到艺术的马路对面了”。鲁敏在痛惜之余，陡然将一个自杀身亡的个案嵌入了深厚的解读语境之中，于偶尔中指出了必然。然玉的《“冰花男孩”的故事里写满庆幸和后怕》借着“冰花男孩”的新闻，在“满满的感动”背后，看到了“重重的风险”。“冰花男孩”揭示出了中国留守儿童问题的一角，也暴露出了当地民政工作的不足。自然的冰霜过后，还有心灵的冰霜需要温暖抚平。作者借此追问：那些“关于留守儿童的一系列政策与制度”又该“如何更好落地兑现”？迂夫子的《“宗师去世无人问”的冷思考》从一句“宗师去世无人问，戏子家事天下知”入手，一反一贯的指责公众的舆论取向，思考造成这一怪象的“罪魁祸首”。张亚凌的《从“入园考试”说起》将“入幼儿园还得面试家长”这一社会新闻摆在眼前。文章既谈“阶级”，又说“教育”，以小见大，言有尽而意无穷。此外，江曾培的《“领衔主演”的滥用》、介子平的《小圈子里的著名》以及刘诚龙的《脸书与书脸》等文章也都针对当下的新闻事件或社会怪象展开了一定的理性思考，迸射出笔力交锋的火花。

二

除却“真性情”，何以“古已有之”的杂文却频频受到文人墨客与普罗大众的喜爱？这恐怕还与杂文独有的“烟火气”有关。倘若把其他的文体比作艺术之宫里的满汉全席，只可远观，不可亵玩；杂文则是市井乡间的家常小菜，虽然平淡无奇，却与每一个生命都息息相关，且无孔不入地穿梭于社会生活的方方面面。同时，嬉笑怒骂、畅所欲言的洒脱与随性，加之“真性情”的自然流露，显示出杂文独有的“痞气”与可贵的“自由”。

盛斯才的《谁卖了我的电话号码?》描述了一桩在现代社会见怪不怪的事件，电话号码泄露。由此，作者展开了对商业社会与人际交往等诸多方面的一系列思索。文末感叹：“听着这些电话，我就像看见我的电话号码像一个断了线的风筝，在天空随风飘荡；像一叶没了根的漂萍，在大海随波逐流；也像一个没了爹妈的孩子，在四处流浪……”这哪里还是在说电话号码，分明是在说被时代巨浪裹挟冲刷的每一位人类个体！齐世明的《肥腻油腻成了“时鲜话题”?》从流行语“肥腻”与“油腻”说开去，不仅列举了日常口语与文学作品中所提及的“油腻”，还结合实际，将之与社交场上的“暗规则”相联系，指出所谓的“油腻”“肥腻”其实是“中年人生命状态和精神风貌的品质与品位问题”，发人深省。吴非的《都“总”起来了》首先描绘了飞机上的荒诞一幕，伴随此起彼伏的老“总”之声，作者进行了啼笑皆非的辛辣讽刺。结尾一句“全都‘总’之后，我想，那个‘总’不起来的人，要不会累得要命，要不就快活得要死”可谓境界大开。周凯在《“我最怕期末”：一名大学教师的焦虑》中，“吐槽”了如今大学生们对考试成绩那“正义凛然”的索要之风。大学何为，在今天的中国仍然是掷地有声的发问。此外还有毛尖的《电视剧的智商》、叶三的《一个北京人眼里的“地域鄙视链”》以及江岸的《点赞也要有资格?》等文章，同样从“烟火气”的世态万象与人生百态出发，嬉笑怒骂皆成文章。

三

杂文以“杂”为名，非取驳杂、冗杂、杂乱不堪之意，而是追求杂中有序、杂而有文、杂且深刻。杂文之所以杂，在于其无所不谈，足以反映社会全貌；同时，杂文又是内容与技巧并重的文体，溢出胸腔的澎湃激情、思维缜密的说理、旁征博引的文采等都为一篇上乘之作所不可缺少。杂而有文，可说是杂文区别于一般时评、事评、爽文等其他短文的根基所在。诚如鲁迅所言：“杂文这东西，我却恐怕要侵入高尚的文学楼台去的。”（鲁迅：《南腔北调集》）依愚孔见，杂文凭借自身的文学理趣与情趣早已登堂入室，与诗歌、小说、散文、戏剧等其他文体一起进入了文学大雅之堂。

孙小宁的《不要温和地走进那雪夜》以“雪”作为文章线索，从札幌的雪夜说到了网走的监狱，从十三年前的雪中游历说到了人生的旅程。行文所至之处，读者如同坠入雪中风景，只是深一步浅一步地走着品着，朦胧却不失厚重。文章结尾“我也到了对岁月绝地反击的年龄”则是惊艳一笔——读者随同作者跋涉至雪景尽头，终于豁然开朗。俞敏洪的《我的阅读习惯》中列举了多条读书建议，如“始终坚持在适当的时候读纸质书”，如“24小时不离身”地

“读电子书”等。此外他还别具一格地提出，“行走是另外一种阅读”。这让人不由得想起了古人说的“读万卷书，行万里路”，或许是古今读书人之间的一种共识吧。《我们到底在怀念霍金什么?》和《霍金：第一位伟大的后人类》是两篇缅怀霍金的文章。尤琳娜的《我们到底在怀念霍金什么?》以一句话（同时也是霍金著作《果壳中的宇宙》中的一句话）概括了霍金的一生，“即使我被关在果壳之中，仍然自以为是无限空间之王”。哪怕面对着命运的接连考验，霍金始终顽强地与之拉锯博弈，虽然“时间亲历了霍金的离去”，但是“在另一个平行世界，霍金正自由奔跑”。另一篇桃子酱的《霍金：第一位伟大的后人类》，将霍金与“后人类”相联系，尽管命运将霍金牢牢地拴在了轮椅之上，但是这其中的“金属感”或者“科幻意味”却可以被视为别一种伟大的浪漫。借用霍金的智慧，“如果我们只是一些生物机械，而不加以思考，那生命就没有了意义，我们和人工智能也就没有什么不同”。宇宙、果壳、轮椅、奔跑、人工智能……它们既是文章的隐喻，亦是真实的感动。伟大的科学家用智慧拓宽人类的认知极限，伟大的文字亦然。同样展现出杂文之理趣与情趣的文章还有许多，诸如曹卓彧的《孩子天生是诗人，大人却失去了耳朵》、张魁星的《读者，书店最好的“合伙人”》、宋明炜的《那个测不准的时刻永远让我们着迷》以及南帆的《生命在别处》等等。

四

作为“感应的神经”“攻守的手足”，杂文总能最先感受到周遭的黑暗与恶浊，说些别人不愿说甚至是不敢说的“大话”，并且以最为直接、迅速的步伐切中时代的弊病。我们不得不承认，有相当一部分优秀的文章一直毅然决然地向着历史的纵深处前行。只是，几乎所有向着历史回溯的努力，都表达着别一种对现世时代的关切。鲁迅先生在《魏晋风度及文章与药及酒之关系》中所完成的借古讽今，便是从历史与现实的对比联系中发现曲折丰富的世情百态与人生真谛的最好例证。当那些穿越古今的传说与现世时代产生互文或共振之时，往往令我们的灵魂为之震颤不已。

张桂辉的《历史与空间：从“节女堂”想到“女德班”》，从自己“前些日子”意外走访的历史遗迹“节女堂”说起，在对是“历史遗迹”还是“历史糟粕”的辩证批判中，反思时下扎堆出现的“女德班”。正如作者所言，如果“打着弘扬传统文化的旗号，干着为封建思想招魂的事情”，则“后果比兴办‘女德班’严重得多”。此类关于“女性”的思考也发生在陈大康的《宝玉的“鱼眼睛论”》一篇之中。《红楼梦》第五十九回借着丫鬟春燕之口，说出了宝玉的“鱼眼睛论”：“女孩儿未出嫁，是颗无价之宝珠；出了嫁，不知怎么就变出许多的不好的毛病来，虽是颗珠子，却没有光彩宝色，是颗死珠了；再老了，更变的不是珠子，竟是鱼眼睛了。分明一个人，怎么变出三样来？”作者在批判封建礼教对女性的残酷压迫的同时，也反思了女性群体之间的彼此倾轧。的确，社会环境在上下几千年间或许可以斗转星移，然而人心人性却是更为复杂的存在。朱仲南的《倘若齐白石去当官》通过齐白石的一幅天价画作回顾起了齐白石的人生，并提出了一个有趣的疑问：“倘若齐白石先生当年凭他的技艺去跻身仕途，谋求一份差事，弄个官衔，他又能否飞黄腾达，光宗耀祖，福荫后人？”回答当然是否定的。作者尤其肯定了齐白石的“人生定力”与“匠人精神”，而由此得来的“功名”，“比官名响亮多了，久远多了”。赵威的《从八抬大轿到人工智能》，从古今与中外两个维度思考了科学技术的利与弊。“天朝上国”沉醉于八抬大轿的等级威严，殊不知西方世界已经开始了狂飙突进的工业革命，科技为西方带去了“四轮车”并远远地甩开了“我们”几条街。历史留下了沉重的经验教训，然而如今华夏中国对“人工智能”趋之若鹜，亦未尝不会“从一个极端走向另一个极端”，变成一件坏事。同样的，还有韩羽的《姑妄信之》、蹇庐氏的《说“跪”》、杨杰的《春江水暖，定该鸭知，鹅不知耶？》以及唐翼明的《三不负主义》等文章，亦是秉烛穿越历史的幽暗隧道，以期获得新的启发。

五

在每年的编选过程之中，我们无不感到“遍读”之难、“遗珠”之憾。面对海量层出不穷的杂文佳作，往往感到有心无力、目不暇接；即便目之所及，或许又因一念之差，与经典之作失之交臂。诚如上文所言，我们并不苛求尽善尽美、面面俱到，更不敢妄言本书所选皆为“年度最佳”，毕竟每个人对于杂文的评判准则都不尽相同，每篇杂文的动人之处也并非人人可及。但求在一定的“规范”之下，尽量遴选出题材广泛、风格多样的杂文文本，以供读者依据自己的喜好进行选择性的精读，并通过一定数量的阅读充分感受到杂文的魅力，进而提升个人的思辨能力、审美水准与人生品位。一篇富含学识修养与远见卓识的杂文佳作，远胜上百上千篇滥竽充数、面目狰狞的“冷嘲”之作，但愿本书的出版能够稍稍冷却那些无感之文的嚣张气焰。

尽管当今社会生活杂色纷呈、瞬息万变，有所担当的杂文家们依然能够通过笔锋的篆刻，透视出生活的不变底色，忠实地记录下当今生活的一鳞半爪，以供后人在想象先人之境时，聊有所补。我们依旧坚定地相信，当代杂文创作的队伍必将更为壮大，且不断朝着隽永、深刻的方向迈进。毕竟，辗转于世的时代风沙不可能永远肆无忌惮地掩埋“真相”，喧嚣不已、嘈杂无章的狂欢之后，总会因某些敢于言说、不惧生死的勇士留下难以消退的累累瘢痕。

“领衔主演”的滥用

◎江曾培

《咬文嚼字》编辑部发布2017十大语文差错，其中一个是“领衔主演”的滥用。当下荧屏和银幕，演员表中多有“领衔主演”的用法，而且往往出现多人并列。《咬文嚼字》指出，这违反了“领衔”一词的本义。所谓“领衔”，是指在共同署名的文件中，排名在第一位的人。也指在艺术表演者的名单中，排名在第一位的演员。不管用于什么场合，“领衔”只能是一个人，不能是一群人。

我以为，影视剧在演职员表中如此标注“领衔主演”，固然是一种语文差错，究其成因恐怕不是语文水平不高，而是一种虚夸虚假虚妄虚荣的思想作风在作怪。

一个剧目的演出，是由多个演员合作完成的，内中有主角也有配角，有唱头牌的也有跑龙套的，各有各的作用，缺一不可。演员队伍的组成，如同一切社会组织一样，成宝塔状，下面大上面小。也就是说，一般演员多，主演少，领衔主演更是凤毛麟角。然而，时下不少影视剧的演员表，则是“倒过来”，黑压压的一片多为主演。

主演，指主要演员，过去一部剧目一般是两人，一为男主角，一为女主角，如今大概已不能满足更多演员想拥有“主演”的名，于是就突破了“主”的含义，让戴上“主演”帽子的人越来越多。俗话说，“物以稀为贵”，“主演”多了，也就难于体现众星捧月式的“主”的高贵了，这一称呼随之又为一些大牌演员所不屑，要求更上一层楼来突显自己，挂“领衔主演”的人遂多了起来。然而，这还摆不平，你能“领衔”，我为什么不能“领衔”，于是也就顾不得“领衔”是指排名第一的人，只能是一个人，而是任意违反其本义，使其多人并列，变成了一群人。就是这样，“主演”“领衔主演”的帽子还不够用，同时还用了什么“联合主演”“联袂主演”“特邀主演”等名头，加以摆平。

前些时间有一部电视剧，主演8人，联合主演33人，领衔主演12人，而一般演员为27人。80人的演出阵容，主演53人，竟占66%，这是完全颠倒了主次的设置。近期放映的一部电视剧，标为“联袂主演”的演员，也有20多人。就一部电视剧说，红花需要绿叶配，各有各的作用，主演是在剧中起主要作用的演员，要充分予以重视，但却不能多是“主演”和“领衔主演”，否则就会各唱各的调，各吹各的号，乱成一锅粥，致使剧作根本无法进行。

不论演员原有的地位名声如何，在一部影剧中的定位应宜其所扮演的角色，标之为“演员”、“主演”或“领衔主演”，而在人物结构上，“主演”总是少的，“领衔主演”更只能是一人，演员表上标出那么多“主演”与“领衔主演”，所以造成这一“名不副实”的情况，就是基于虚荣虚名的需要。

因此，“领衔主演”这一词语的乱用，并不像《咬文嚼字》所指出的，是由于语文知识的欠缺，如当事人递交法院起诉离婚的“起诉状”误成了“起诉书”，就多由于缺少法律知识所致。因为一般人不了解“起诉状”是公民、法人或其他组织为了向人民法院起诉而递交的法律文书，而“起诉书”则是人民检察院依照法定程序，代表国家向人民法院对被告人提起公诉的法律文书，又称“公诉书”。“起诉状”和“起诉书”的发起人有别，属两种不同的法律文书。“领衔主演”意思则是很容易为人们所了解，之所以会乱用，更多是有意为之，以满足一些演艺人员的虚荣欲，同时也为影视剧的阵容虚张声势，忽悠观众。

“领衔主演”的乱用滥用，是社会虚夸虚荣作风的一种反映，克服它固然要提高语文水平，关键则是要端正思想作风。

（《新民晚报》“夜光杯”，2018年1月1日）

肥腻油腻成了“时鲜话题”？

◎齐世明

“忽如一夜‘油腻’至”。网上先有帖《如何避免成为一个油腻的中年猥琐男》，后《如何避免成为一个肥腻的中年妇女》扑面而来，引坊间闻“油”而“腻”，接踵闻“肥”而“腻”，本是追求身材傲人的美女们谈之色变的丰硕，怎么爷们儿娘们儿都“万众瞩目”，竟至“掰扯”起来，成了“时鲜话题”？

尽管加了“猥琐”的形容词，所指中年男之“避免”，第一不要成为一个胖子。而中年女之“避免”，第一个很不幸，也是不能发胖（哪怕“文饰”一点儿说丰硕）。这样，肥腻“躺不躺”都先中枪了，甚至沦为了视觉污物。

其实，肥胖与否，只与身体健康有关，再大点范围，关涉的是广大（“适龄”）女同胞的审美观，而缀一“腻”字，实在令人生“腻”。问题之关键在于“油腻”，国人特别是中年之“油腻”实在需要“说道说道”。

昔日说到“油腻”，毋庸置疑都是在说食物。譬如从侯宝林辈传下来、庶几乎家喻户晓的“贯口”《报菜名》：“有蒸羊羔、蒸熊掌、蒸鹿尾儿、烧花鸭、烧雏鸡、烧子鹅、卤猪、卤鸭、酱鸡、腊肉、松花小肚儿……”更有汉代名赋《七发》中的“饮食则温淳甘脆，脭醲肥厚”，端的是膏粱肥甘，醇酒厚味。

不过，上帝是公平的，它给了你膏粱、珍馐，往往就要夺走你的苗条、清秀；给了你成熟、老到，往往就要夺走你的清纯、真诚；给了你金钱、成功，也许就要夺走你的健康、幸福。

这就引出了本文题旨：男女从中年开始至老年如何避免“油腻”？

许多作家也曾用过“油腻”一词，早在《药》中鲁迅便这样写道：“华老栓忽然坐起身，擦着火柴，点上遍身油腻的灯盏。”钱锺书则由灯及人，在《围城》中有句：“顾尔谦拍自己青布大褂胸脯上一片油腻道：‘我不穿西装的就不讲理？为什么旁人有竹榻睡，我没有？’……”

由此似可举一反三，看出“油腻”似乎为小说家们钟爱，成了其笔下浓墨重彩之中（老）年人的“标配”。当然，所举二例皆为旧时代了。新时代之中年，面临的恐怕不仅是“油腻”之“危”吧？

没错，“肥腻20条”似乎划出了社交场上的“暗规则”，实指中年人生命状态和精神风貌的品质与品位问题——人至中年，要紧的是，亟待拉响“新平庸”的警报，力求摆脱“新平庸”的“风险线”，而力避油滑——不仅是油腔滑调，正是“题”中应有之义。

故此，在那觥筹交错之间脑满肠肥的“啤酒肚”，那午休一小时油腔滑调的“碎嘴子”“万事通”，那各式办公室里“公事公办”的“万金油”“老油条”，那各种“衙门口”和写字间的各式岗位上，“一杯茶水度春秋”的“撞钟和尚”，以及晚饭后，碗筷扔着，嘴里还噙着牙签，长与幼、老和少都抓起手机，汇入各自的“朋友圈”……都不应该找到你和你朋友的身影吧！

（《解放日报》“朝花”，2018年1月2日）

小圈子里的著名

◎介子平

交朋友的能力，即欣赏他人优点的能力。圈子里的朋友，不时有举办书画展、召开研讨会者，我则乐见其成，尿急尿频尿不尽，赶了一场又一场。素日各自忙于生计，借此机会，照个面，握个手，喋喋不休几句人畜无害的废话。社会学家格奥尔格·西美尔认为：大众运输出现后，人们对自己的外表变得越发重视，因为邂逅已成为视觉的交会。面具与包装，江湖必备利器。书画圈子外表，或光头，或长发；文学圈子外表，男围脖，女长袍。主人请客吃什么，是主人的情意；客人赴宴穿什么，是客人的敬意。

况且对于后生晚辈，宜不断激励，好马尚需配好鞍，好酒也要牛肉干。介绍来宾时，有官位者称官位，哪怕是退休前的称谓，无官位如我者，一律“著名”。著名评论家，著名美食家，著名玩家，著名社会活动家，似乎只有这样，才可显示其规格之高，活动之隆重。官位者在位时著名，离位即淹没，或真不如这帮不着调的“著名”者著名。若不为周遭淡忘，且保持著名下去，只能时常抛头露面，正经八百做作，出场站台，笑不改容矫情。

真是扯淡，哪里著名，其名不出方圆五里，范围不过我所生活战斗的太原市、迎泽区、桥东街、新生里、流沙坡一带。常人所言著名，皆小圈子里的著名。事实改变，想法随之，此题但破解，外向转内向，有意无意逃避，观展于清静之时，列位在犄角旮旯。好在开幕式结束，即一响而散，寂地寻欢，少了频繁寒暄、勤快握手的忙不迭。逃名而名，许由洗耳颍水，避席得席，范蠡泛舟太湖，虽不至此，止于适度即可。著名的过程，有人通过社会化，学会秩序与模式；有人则相反，恰是通过去社会化，丢掉秩序与模式。

人在江湖走，得有好朋友，随和主动，孤傲被动。圈子即江湖，其间麋沸蚁动，蜂舞蝶喧。幽冷生涯，寂寞之道，却是忙不及履，应接不暇。城市这么大，竟藏不住一己的孤独，除在圈子里踩着鼓点，跑来跑去，同时还摊开几项事宜，多头绪而少结果，只嫌桌面太小、桌景太杂。

在一个“著名”社会里，如何不为人知地生活。沧海月明，一世只爱一人；蓝田日暖，一生只入一行。时间让一切沉淀，不近人群，自成超逸，恽南田称倪云林的画作有“真寂寞”之境：“千山万山，无一笔是山，千水万水，无一笔是水，有处却是无，无处却是有。”发现自己，表达自己，自己发现，自己表达，艺术家的高蹈造诣，取决于其能退到多远，去冷眼这个现实社会。退后半步，便是世间的无上荣华，但其不屑，脱离了低级趣味，也脱离了高级趣味。出家人可以劝人过好世俗生活，自己万万不从。

陈丹青瞧不上见到著名人士，即趋前合影的青年，杨绛的观点则是：“要参见钦佩的老师或拜谒有名的学者，不必事前打招呼求见，也不怕搅扰主人。翻开书面就闯进大门，翻过几页就登堂入室；而且可以经常去，时刻去，如果不得要领，还可以不辞而别，或者干脆另找高明，和他对质。”言在己而意在理，故曰逃名逃己名，避席避他席。

著名不著名，论功绩，论作品。名著即作品里的著名者，名著何以成为名著，无外主题永恒，形象经典，因而被广泛认同，产生深远影响，时间考验，经久不衰。名著的价值，在于人文，即对读者人性能够产生影响。

山在云中，云在山间，年去岁来，绕来绕去。未几，继小姐、秘书、同志、教授、专家、大师之后，“著名”也被污名。别当回事，著名非真著名，礼貌用词耳。

（《太原晚报》，2018年4月2日）

“逃富”与“逃死”

◎桑林峰

纵观史书，凡青史流芳、为人称颂者，无不是头脑清醒，循理依法，逢利必思害，遇福必虑祸。

《国语》中记载了这样一个故事：楚国的斗子文有很多的政绩，楚成王时常要给他一些赏赐。一到这时候，他就逃走，等成王不赏赐他了再回来。有人对他说：“人生谁不求富，你何必逃避呢?”斗子文说：“从政是为了庇护老百姓，老百姓的财物空了，而我却得到了富贵，这是用百姓的怨恨来自封，那不是找死吗！我是在逃死，不是逃富。”

好一个“不是逃富是逃死”！这是多么有自律、明大义啊！古人所说，自知者明，自胜者强，大概指的就是这类人。

实际生活中，有的人认为，收礼与坐牢很远，贪腐与死亡更远。殊不知，不懂得“逃富”，不知自律，收受贿赂，等到党纪国法找上门来，再想收手已经晚了。可以说，不懂得“逃富”的深意，贪欲膨胀，大量敛财，无异于自寻死路。

柳宗元笔下有一动物，名曰“蝜蝂”，对“财物”来者不拒，越背越多，身累而死。现实中的“蝜蝂”者何其多也。其结果，正印证这样一句话：“贪如火，不遏则燎原；欲如水，不遏则滔天。”

北魏杨衒之《洛阳伽蓝记》记载：一次，胡太后恩赐朝廷百官绢帛，让每个人按照自己的力气往回拿，不限数量。百官个个倾尽全力，抱着绢帛回家。章武王元融和尚书令李崇拿得太多，以至于途中跌倒，扭伤了脚踝。太后便不给赏赐，让他们空手回家，一时沦为笑谈。而侍中崔光只拿了两匹布，太后问他：“你为什么拿得这么少?”崔光回答说：“我只有两只手，所以只能拿两匹，这已经够多了。”

可能很多人会认为，面对别人送上门的钱财，不拿白不拿，拿了可能就发财了。殊不知，天上掉馅饼之时，也就是地上有陷阱之时。也许，收受贿赂多了，可能会财物盈门，但距离发财之日近了，距离身陷囹圄也就近了。况且，收受不义之财，即使鼓了腰包，甚至金钱满屋，但超出了自己的收入水平，只能藏着却不敢花，甚至还得装穷以避免被别人发现。这是何苦呢?

明代的严嵩，但求富贵，大肆敛财。其垮台之后，有人把他生平搜刮所得的稀世珍宝列出清单，名曰《天水冰山录》，洋洋大观，真是令人大开眼界。不知“逃富”者，大抵就像严嵩那样，发财一时，遗臭万年。

历史证明，为官之清，首要的是“清醒”。面对商贩送来的五百两白金，高汉筠说“吾有正俸，此何用焉”；面对他人献出的能照二百里的宝镜，吕蒙正讲“吾面不过碟子大，安用照二百里”；面对家人建议大建宰相宅，李义琰道“岂可尚营美宇，以速祸咎”；面对有人献的紫团参，生病的王安石言“平生无紫团参，亦活到今日”。

这些人是何等的清醒！他们能保持一辈子清廉、留下恒久的口碑，也就不为怪了。

自觉“逃富”，保持廉洁，乃为官应有的操守。这与我们党提倡的“当官发财，当走两道”，具有一致性。

古之为政提倡三种境界，即畏法律保禄位而不敢取，尚名节而不苟取，见理明而不妄取。我们党要全面从严治党，实现“不想腐”，换来海晏河清、朗朗乾坤，党员干部非有此三种境界尤其具有“理明”之境不可。

一定意义上讲，古人的“理明”，就对应今之党员干部的信仰、信念、理想、宗旨、党性，也就是我们所说的“高标准”。党员干部一辈子守住底线，追求“高标准”，就能成为“逃富”之人，成为群众赞誉的人民公仆。

（《中国纪检监察报》，2018年1月2日）

“宗师去世无人问”的冷思考

◎迂夫子

国际著名材料科学家、中国科学院院士、北京科技大学教授柯俊2017年8月8日在京逝世，该新闻在某媒体刊载，十几天评论为零；而同一媒体同期刊载的娱乐圈一对夫妻因绯闻分手的新闻，几分钟内评论上千条。于是，国内某官微发文斥责：“宗师去世无人问、戏子家事天下知!”

柯俊教授曾获得“钢铁科学与技术的集大成者”“中国电子显微镜事业的先驱者”“中国冶金史研究的开拓者”“我国金属物理专业的奠基人”“新中国高等教育改革的先行者”等一系列荣誉和称号，一个科学家获得荣誉和称号如此之多，而人们对其去世的反应竟然如此冷淡平静，的确令人震惊，某官微出面发文斥责也就在情理之中了。

试问造成今天“宗师去世无人问、戏子家事天下知”现象的“罪魁祸首”到底是谁？过分地指责民众是否恰当呢？

民众会关注什么？无非更关注和他们息息相关的事情，诸如房价涨了还是降了，物价高了还是低了，饮食是否安全，出行是否便利……民众应该关注什么？民众当然也应该关心国家大事，毕竟没有国就没有家，对于为国做出贡献的科学家，没有哪个百姓不是心存感激而怀有崇敬之情的。

只是，大多数的民众毕竟还是升斗小民，每日里忙忙碌碌，养家糊口，闲暇时间打乡谈，扯闲篇，看看影视剧，上上网，便是他们生活的全部。如今影视、互联网上都充斥着什么，想必地球人都知道。别的且不说，单看互联网各门户网站就略知一二。娱乐新闻满屏飞，今天明星出轨，明天影星劈腿，后天男星离婚，大后天女星疑似怀孕……有图有真相，连篇累牍地轰炸屏幕，点起全民娱乐狂欢、八卦猎奇的篝火，你想不让“戏子家事天下知”都不可能。那些正能量的新闻通通陷入一种尴尬的境地，沦为娱乐新闻的配角。“宗师去世无人问”在互联网用八卦猎奇投民众之所好，大赚点击率的当下，实属平常不过。

所以，不要过分苛责民众不知宗师，而要反思如何去宣传我们的宗师，如何让民众对我们国宝级的宗师耳熟能详。不要以为仅仅通过几篇官样的八股文章就能让宗师们被群众熟知，要用更接地气的方式，比如把科学家的英雄事迹搬到荧屏、舞台上，用老百姓喜闻乐见的方式去宣传，何愁百姓不知？

当然，我们不得不说，很多宗师不被人知，还有宗师自身的原因。很多科学家只是埋头钻研科学或做学问，不喜欢宣传自己，平时很少抛头露面；尤其像柯俊这样的大师级科学家，所从事的工作专业性太强，只有本行业内的人士才熟知，不被大众熟知了解，也在情理之中；更有甚者，像邓稼先、钱三强等著名科学家，他们大半生都隐姓埋名，从事秘密的科学技术工作，为国家奉献了一生，只有后来解密了那段历史，我们才知道他们的名字、他们的事迹。所以互联网时代，还要有正确舆论的“推手”，这个“推手”就是宣传部门、各个网络新闻平台。多给“宗师”们一席之地，多宣传他们敬业乐业的精神，提高宗师们的“曝光率”，多弘扬正气，让正气压住邪气。但我们不能因为宗师甘于寂寞就无视他们，尤其在他们与世长辞之际，不能让他们受到冷遇。郁达夫曾经在纪念鲁迅大会上说：“一个没有英雄的民族是不幸的，一个有英雄却不知敬重爱惜的民族是不可救药的。”我们要知道谁是真正的英雄，谁才是国家柱石和民族脊梁。娱乐八卦不能救国，科学技术才能兴邦！那些默默耕耘在各行各业，为国为民做出突出贡献的“宗师”才是值得我们敬重爱惜的英雄！

（《杂文月刊·原创版》，2018年第2期上）

所有的“差不多”，最后都会报复你

◎京　博

胡适先生曾在1924年写过一篇《差不多先生传》。文中的差不多先生常说：“凡事只要差不多，就好了。何必太精明呢？”

小时候，他妈妈让他去买红糖，他买了白糖，他说不都差不多吗？

在学堂，先生问他直隶省的西边是哪一省？他说是陕西。先生说：“错了。是山西，不是陕西。”他说：“陕西同山西，不是差不多吗？”

他去杂货铺做伙计，十字和千字常常分不清。掌柜生气了骂他。他说：“千字比十字只多一小撇，不是差不多吗？”

终于有一天，他忽然得了急病，一时寻不着东街的汪大夫，却把西街牛医王大夫请来了。差不多先生病在床上，知道寻错了人，可病得很严重，于是说：“汪医生和王医生也差不多，算了，让他试试吧。”

于是王大夫用医牛的法子给差不多先生治病。不一会儿，差不多先生就一命呜呼了。

以前看这个故事只觉得很幽默，但现在看却觉得生活中的一些人的确是“差不多先生”的缩影。

上大学的时候，能及格就行，反正我也拿不到奖学金；工作后，敷衍马虎，反正每个月就那么点工资，做得再好也不会给我加薪，差不多就行了；婚姻上，到了该结婚的年纪，找对象找个差不多就得了；做父母的也常常会说：“差不多就行了，不能让我的孩子那么辛苦……”

有时候，你明明可以做得更好，却用“差不多”这个借口让自己妥协了。我们往往就毁在凡事只求差不多上，得过且过。

今天差不多，明天也差不多，日复一日，年复一年，不知不觉中，你有没有发现，自己已经和别人——差了好多。所有的差不多，到最后都会报复你。

一个追求精益求精的人，不会以“差不多”的态度来对待一切。作家柒柒说过一句话：“一个人真的不能轻易地妥协或将就，一旦你决定妥协，很快就会溃不成军，你所在乎的东西，会一样样失去。你以为是妥协一次、将就一回，其实却是妥协一世、将就一生。”

的确，你现在的每一个“差不多”，都是给未来挖的坑！人生早期吃的苦，只是一阵子；怕吃苦，你才会苦一辈子。如果你以“差不多”的心态敷衍生活，那它回馈给你的也是“差不多”的日子。

如果你以“差不多”的心态对待工作，只求完成不求完美，那你只能一辈子干着不喜欢的工作，做着不喜欢的事，以凑合、将就、妥协的态度对待身边一切，然后浑浑噩噩地过一生。

所谓强者，就是一种永远进取的精神。古人有云：“君子之学必日新，日新者日进也，不日新者必日退，未有不退而不进者。”

只有当你不再满足于“差不多”时，生活才会厚爱于你。工作中，不懈怠；生活上，不凑合；感情上，不将就。不过“差不多”的人生，才是最好的人生。

（《广州日报》，2018年1月2日）

倘若齐白石去当官

◎朱仲南

最近，有报道称，齐白石的大作《山水十二条屏》拍卖，以9.3亿元成交。一个木匠出身的人，近年画价不断攀升，现今又创新高，令人不得不惊叹文化艺术瑰宝的力量，你能说这不是一种“震撼”吗？

忽又产生一个奇怪的念头，倘若齐白石先生当年凭他的技艺去跻身仕途，谋求一份差事，弄个官衔，他又能否飞黄腾达，光宗耀祖，福荫后人？

这不是笔者的瞎编，据《白石老人自述》一书所言，齐白石当年真的有机会步入仕途的。第一次是他41岁时，他的朋友告诉他，慈禧太后喜欢绘画，宫内有位云南籍的妇人给太后代笔，吃的是六品俸，可以在太后面前推荐齐白石，也许能弄个六七品的官衔。当时齐白石笑着婉拒了朋友的好意。

第二次是齐白石在京城小住，住进宣武门半截胡同朋友家中，住了一段时间，齐白石念家，打算出京。朋友说，我给你捐个官，到江西当个县丞，官职虽不显赫，毕竟属朝廷的命官，用今天的话去解，意思是朝廷任命在册的官员。齐白石不为所动，说自己不是当官的料，如真到官场混，简直如同受罪，当时也表明态度不去做这个官，不必花钱捐个什么官职了。

齐白石有人为其举荐而不从，有人代其捐官又不依，是不是这人朽木不可雕，烂泥扶不上壁呢？回答当然是否定的。齐白石心中清清楚楚，自己是穷苦家庭出身，家徒四壁；论文，师出无门，无良师指点，全凭自学后的自悟；论武，身体单薄，年轻时为人立木架，一根大檩子不但扛不动，扶也扶不起，力气差得很，更别说稳坐骏马上，手执丈八长矛了。以这样的条件去当官，又能有什么作为呢？到头来还不是徒有虚名，混口饭吃，被人支配，一天到晚惶惶不可终日，到头来一堆荒冢埋没了，没甚意思。用今天的眼光看，齐白石当年还是十分清醒的，是有人生定力的，是具备了一种匠人精神的。

匠人精神是十分可贵的精神，这种精神透着一种强大的自信心，透着一种守得云开见月明的耐心，具备了一种觉悟，从而产生了强大的定力。面子很多时候是自己争的，不是靠施舍的，尊严是产自实力的根基上的，齐白石正是具备了这些要素，到后来，水到渠成，木匠变画匠，技艺推陈出新，渐渐在江湖扬名，立稳脚跟后，自成一格，终成大师。

提出匠人精神，其深刻意义在唤醒一种匠人的文化，就是要求人们把事做实、做好、做精、做准的文化，而这种文化，是我们历史上长期被人忽略的，是被轻视的。提倡这种精神的目的不是号召大家都去学木匠，学雕花，学刻印章，去勾影《芥子园画谱》，去设定一个心安的润格，其意思明白得很，就是希望众人紧扣时代的要求，不管你是从政的、从文的、从医的、从事科研的、当工人的、当农民的、当教师的，吃透这个“匠”心，把各自的活儿做好，把分内事做精做细，这样就必然产生出一种新作为。而当你把事干好了，就必然产生新的气象。这样的人，到哪里都会受欢迎，这样的人，一定会有出路，这样的人，很多事情等着他干。

齐白石的画作价格一路攀升，至目前9.3亿成交《山水十二条屏》，这大大超出老爷子当年定润格时的想象力，但在我们今天看来，却觉得正体现出是时代的进步，体现出人的精神面貌的改变。听说现在连那些楼盘的炒家也慢慢惊醒了，他们知道“炒房”时间越长，房子旧了就越不值钱，样式同样会被嫌弃；倒是文化艺术的珍品，体现时代精神的文化，不管是旧东西，新东西，倒是越放越值钱。

齐白石要是当年去当官，莫说他当了六七品的官员，即便是他当得再用心，代笔再努力，谁还会记得他呢？除了族谱有一痕迹外，大都白茫茫一片干净罢了。哪像齐老爷子发挥了木匠精神，大画匠精神，一下笔画那虾儿、画那荷花蜻蜓、画那柳塘游鸭、画那雏鸡幼鸭，就知道这就是齐白石画的，这样的功名，比官名响亮多了，久远多了。

（《南风窗》，2018年第1期）

从“入园考试”说起

◎张亚凌

节日里亲朋好友及学生们来访，作为教育工作者，我最感兴趣的也是教育方面的信息。闺蜜琴随口说了句“年轻同事的孩子没考上幼儿园”，我就身陷其中无法自拔了：“幼儿园入园考”这种奇葩现象，不知道全世界还有多少国家和地区会如此？

看我满脸痛苦，沙发对面的琳开了口：幼儿园没考上不奇怪，我一个同事说她亲戚的孩子考上幼儿园了，因为家长面试没过，孩子没能入园。看我一脸疑惑，琳继续解释：人家那幼儿园还得看父母的文化素养及文凭等等，才能最终决定孩子是否有资格入园。

“入幼儿园还得面试家长”？我突然觉得地动山摇。我想爸爸如郑渊洁者，是不会把孩子送进去的，人家自己就可以教育；爸爸如高晓松者，人家会让自己的心肝宝贝轻松自在地享受生活，也不会蹚那浑水；再不济，爸爸如李刚、李双江的，人家也有能力及实力直接送儿子去国外上幼儿园……幼儿园是孩子成长的启蒙园地——你以为那是未来高官未来科学家未来总裁的储备库呢？更何况，未必是龙生龙凤生凤老鼠生的只会打洞，变异有时比遗传更强大。放眼看，某些阶层的后代们，不是奇葩遍地开？

事业有成的学生莉问我：张老师，我该如何提升孩子的语文学习？我问孩子的具体情况时，她说：八岁，小学三年级，每晚回来摆平作业就得十一点。看我满脸惊讶，她解释道：语数英，试卷做完，预习完，还有考卷——每天都要自我检测地考……我无力地摇摇头说：咱就不谈提升了吧，给娃再加压的话，你就比童话里的继母还恶毒了！

“小学三年级熬到十一点”，这种情形不是高速摧残迫害是什么？我真的不知道全世界还有多少国家的孩子如此疲惫？你不要跟我说战乱国家孩子想如此勤奋还没条件，咱都用正常思维来说人话：八岁，你的孩子，真不心疼？你会冷静地念着“艰难困苦，玉成于汝”？扯淡！

又一个学生问：张老师，你说高级培训班一个四万元，人家孩子一个班接一个班，咱跟人家没法比，是不是至少应该上“奥数班”“奥语班”？我觉得自己得满地找牙了：由“奥数”演绎出一个“奥语”，是语文的幸运还是悲哀？

不说了，不说了，我的小宇宙真的不能再栽种这些奇葩了，它已经绝望到濒临爆炸了！我不甘，我得守住自己语文的小阵地，我得捂住耳朵静静……坑爹不要紧，坑孩子就是坑未来啊！

这种情形如果不花大气力改变，孩子们健康活着已属不易，怎么可能有想象力和创造力，还苛求领先于欧美？

（《今晚报》，2018年1月4日）

水至清，真的无鱼吗?

◎罗浩声

“水至清则无鱼”，出自《大戴礼记·子张问入官》，《汉书·东方朔传》也有同样的表述，与之对应的是“人至察则无徒”，意思是说水太清了，则没有鱼；人过于明察秋毫，就没有朋友。

国人自古崇尚“中庸”之道，若以是观之，“水至清则无鱼”似乎有些道理，但以现实的视角来衡量，却未必经得起推敲。

笔者在甬南邹家河畔住了十余年，十多年前，这里还是庄稼成片，蛙声齐鸣的田园风光，河边常见钓鱼者。后来随着城市扩张，这里变成了闹市区，河道周边住宅、饭馆、商铺、洗车行林立，人为排放的加剧，使河水变得乌黑浑浊，鱼虾也基本绝迹，自然也见不到抓鱼人了。观察身边的变化，让笔者得出一个结论——水至污则无鱼。

“五水共治”改变了邹家河的面貌。这两年，属地政府又是清淤又是截污纳管，在水中种植改善水体的植物，可谓想尽办法。这样一来，河水虽不及十多年前那样清澈，但水质在慢慢好转。不久前，笔者从河边经过，看到一位老先生在此独钓，觉得有些不可思议。晚间散步碰到熟识的邻居，还把它当笑话分享。没想到又过了些时日，对面的河岸居然来了一溜垂钓者。原来，邹家河有鱼的消息已经不胫而走。

这让笔者想起了宁海凫溪香鱼“重生”的报道。凫溪香鱼，民间称为“贵妃香鱼”，清代曾被作为朝廷贡品。大概从20世纪60年代始，因生态环境改变和工业污染影响，凫溪香鱼几近绝迹。得益于近些年不间断的治理，这一稀缺物种又重新“游”回了人们的视野，“游”回到人们的餐桌之上。

事实证明，导致无鱼的，不仅仅因为“水至清”，更因为“水至污”。要想有鱼，我们就要改变生产生活方式，减少对自然生态环境的破坏，还鱼儿一个更加清澈、健康的水体，这也是今天强调“绿水青山就是金山银山”的意义所在。满足人民群众对美好生活的向往，我们就不能陷入“水至清则无鱼”的误区，放弃、放松对水环境的关注和治理。

“水至清则无鱼”这一观点流传了千百年，对社会的影响是全方位的。现实生活中，有人秉持“遇事潇洒一点，看世事糊涂一点”的处世哲学，对歪风邪气和不文明现象，睁只眼闭只眼；也有人不管大事、小事，只讲变通、不讲原则，只看利害、不看是非，还美其名曰“人情留一线，日后好相见”。再如，过去一些地方，执纪监督失之于宽、失之于软，公职人员“吃一点、喝一点、拿一点、卡一点、要一点”成了一种习惯。有的领导怕得罪人，发现这样那样的问题，也听之任之、不管不问，私下坦言“风气如此，水至清则无鱼”嘛！

中央八项规定出台后，更是有人叫屈、报怨：“机关单位之间不能互相请吃，人情往来没了，以后工作怎么协调啊？”“上面不跑不送，项目没法报批了！”“不能接受企业宴请，不利于政商关系和谐啊！”“灰色收入没有了，将会挫伤干部的工作积极性！”等等。有人甚至担忧，这样下去，干部队伍士气要被“整垮”，经济建设要被“搞垮”。种种论调，表达的是同一个意思——水至清则无鱼，凡事不要太较真，差不多就行了。

那么，制度的笼子越织越密，执纪监督越来越严之后，真的“水至清则无鱼”了吗？现在看来，这种担心是多余的。正风反腐的高压态势下，人际关系、干群关系、政企关系、上下级机关的关系并未因此受影响。相反，“打虎除蝇”之后，政治生态改善了，公务人员更加守规矩了；老百姓到机关办事，不仅“门好进、脸好看”了，办事效率也更高了；连那些过去主要依靠公款生存的饭店酒楼，也主动放下身段、降低价格、改善服务，变得更亲民了。

水至清则有鱼，走进新时代，鱼儿们需要水清岸绿的自然生态，水至清是鱼儿的幸事；人民群众需要风清气正的政治生态，政至清是百姓的幸事。一些人就不要再抱着“老皇历”，说什么“水至清则无鱼”了。

（《宁波日报》，2018年1月4日）

我所理解的教育

◎韩　寒

我离开学校那件事情已经非常久远了，在此简单描述一下。

上个世纪末，我小学初中学习成绩一直不错，最终以470分左右的总分进入了上海市松江二中。松江二中应该是全国最美的市重点高中，《乘风破浪》里本煜拎包出狱，看见李荣浩开奔驰载着自己老婆扬长而去的那条林荫大道就是松江二中取的景。470分在当年的中考成绩中算高分了，进入区重点高中没有问题，但离开市重点还差几分，我是因为长跑获得过区级比赛的第一名，有加分，所以通过特招进了松江二中。

结果一进了二中，我就变得有点中二。当年青春文学开始流行，我心想要和那些少年作家们一决高下，几乎整整一个学期在写《三重门》，荒废了听课。学期末我自以为天资聪颖，临时抱佛脚也没问题，不想高中的佛脚比较粗，抱不动，很多学科没有及格，不幸留级。

留级不是什么光荣的事，我从全村人的骄傲一下子变成了村渣。很多同学不能理解，但这绝对很羞耻的好嘛，你能想象一觉醒来，你女朋友从你的同学变成了你的学姐，但人还是同一个那种感受吗。

第二年高一，我觉得学校的教育不是很适合我，希望在家自学外加海阔天空闯荡一番，松江二中宽厚包容，给我办了一年的休学，告诉我如果在外面混得不好，一两年后还可以再回来。所以我至今依然很惦念我的母校。

事实上我也不能再回头了，你能想象一觉醒来，你的同班同学已经在上大一，而你还是高一的那种感受吗。

离开学校后，各种压力和议论自然很多，我也一度迷茫。那可是上个世纪的事了，移动还不能给联通发短信呢，退学这种事情当然是天下之大不韪。一度有人说这是“读书无用论”“白卷英雄”回魂。我当然也觉得很委屈，谁说读书无用了，我在学校外学的还不比在学校里的少呢。我庆幸退学是因为我获得了的更好的学习环境啊。

这种警惕“读书无用论”的焦虑虽是误解，其实不无道理，“文革”带来的知识层断裂对民族之伤害有目共睹，但这明显是跑题了，当时真正的焦点在于“应试教育”和“个性发展”之间的矛盾冲突。教育和学习这两件事本身没什么可讨论的，强的民族教育一定强，优秀的人必然爱学习，这是定论。但一刀切的应试教育与每个学生之间不同的性格特长之间如何调和，才是问题本身。

事情过去了将近二十年，我去过了不少地方，也经历过很多事情，可以简单谈谈自己对于现在中国教育的看法。

现行的教育制度包括高考制度，肯定无法照顾到方方面面，也有很多需要改进之处，但没有一个制度是可以照顾到所有人的，对于大部分人来说，它有着基本的公平。不谈每个省或者不同民族的录取分数问题，好的大学基本上是对所有家庭敞开的。应试教育有很不足之处，更不应被歌颂，因材施教的时代也迟早会到来，但它在比较长的一段时间内是一定会存在的。

对于大部分普通家庭来说，根本没有必要去羡慕美国、英国的教育体系，而应该庆幸在中国。我们国家各种阶层壁垒还没有完全清晰，只要你够努力，还是有很大概率去冲破次元壁，去到更高的地方。我们会看到很多灰心自嘲的段子，大意就是只要你够努力，你就会发现……还是那么矬之类的，这些你真心当段子笑一笑就可以了，别真的觉得努力读书努力工作无用，还是去打王者荣耀吧。在中国努力学习，努力工作，进好的大学，学更多本事，最终改变生活，改变家族命运的可能性，一定比在发达国家要大得多。无论你的家庭，你的父母从事什么工作，你只要努力读书，最终成为科学家、院士、教授、公司高层、成功商人、政府高官、优秀艺术家，等等，都是有着不小概率的。在社会阶层已经非常分明的发达国家，跨越阶层要困难很多。社会新闻里粗鄙丑陋的富二代不是这个社会的全部，别一天到晚嘲笑富二代是土鳖了。和十几年前不同，我现在所接触到的富二代已经越来越强，普通家庭希望自己的孩子接受更好的教育，经济条件更优越的家庭难道不会这么想吗？他们从小双语三语上课，更好的学校更好的私教，看小孩子喜欢钢琴就有演奏级钢琴老师每天带着你一个人，看你喜欢画画就是美院的高材生一对一教你画画，并时不时拜访一些大家，家庭传授给你更好的眼界和素养，这些人能力也强，心态也好，根本不是纨绔子弟画风，你一问他们的父母，大多也不是权贵出身，都是白手起家富一代，就是一定的教育和个人努力，加上机遇，改变了他们父母的命运。更可怕的是，这些优秀的二代，他们的后代会更有资源，你孩子的追赶就会更难。

通过教育可以大概率改变命运和阶层这个窗口期的时间不会很长，可能也就几代人。在这两三代中，教育的目的就是为了维系最大化的效率与公平。几代人后，社会的阶级基本固化，只要没有剧烈动荡，改变命运就会变得更难了。你要突破自己的出身就要付出远远比现在大得多的努力与运气。而且最终你会发现，不是因为你不够努力，而是因为人家也很努力，人家起跑的时候就有涡轮增压，你一直在自然吸气。这就是可怕之处，大家一样的智商，一样的努力，但人家有着更好的资源，你凭什么超过人家？所以，趁现在，大家都尼玛自然吸气，别人至多有些山寨改装，你赶紧多吸几口，让自己排量大一些吧。

那么，关于退学不退学，扯回来就很简单了。你如果从事文科与艺术，觉得学校束缚了你的发展，在完成基础教育之后，你可以选择离开学校，前提是你要付出更多的努力和学习，并承受代价。成功的例子也不会多。伟大的羽翼必然追求自由之光辉，但因为受不了管束而退学那纯粹是懒惰。

如果你真要走上自我学习之路，我个人不建议在大学前离开学校。时代不一样了，在我退学的上古时代，吃鸡就是去肯德基吃原味鸡，吃瓜就是路边买个瓜吃，所谓玩手机就是掏出你的诺基亚，把屏幕从绿色的变成橘色的，周围人都惊呼牛逼。比如我，退学后，一周就要去好几次陕西南路地铁站的季风书园买书，回来看书看电影写东西远行采风，采风这两字听着土得掉渣，但基本娱乐生活就是这样的。如果我在今天退学，八成也是要荒废在打游戏和玩手机上。

如果你是其他学科或者其他兴趣，那就好好学习天天向上，考更好的大学。中国的教育质量不是最顶级，但整体不算差，创造力和想象力的缺失不光光是因为教育的问题。我看到过一组中国学生和欧洲学生的对比，在想象力环节其实大家都没差别，想象力这玩意，不是说你不做作业不管教，它就能出来了，有翅膀的鸟都能飞，笼子是社会环境和生存压力，不是教育方式本身。你若喜欢科学，那就应该在学校接受更高的教育。有些领域中国是不差的，无需妄自菲薄，有好的学校好的导师就可以。据说好几十年前，浙大物理系的学生写信给尼尔斯·玻儿，说想去欧洲留学，结果人家回信说你自己学校就有束星北和王淦昌，都是世界顶级，你来干吗……至于那些国外领先的领域，就去国外学，正视差距，也无需觉得China必须No.1。

所以，以后有陌生朋友再见到我，就别说自己也是学我退学的来套近乎了，我不会感到两颗心因此而贴近一点。我和李想，见面从来只聊汽车工业，聊互联网或者其他，从来没聊过咱俩都没上过大学这件事。这事不值得聊。这就好比哪天你崩了自己一枪，上天遇见凡·高、海明威，说哎哟，我学您的，我们都一样，两位大师肯定会告诉你，我们不一样，不一样，每一个人都有不同的境遇。学人长处难，学人不如意处却简单，你可以轻松学会托尔斯泰得个性病，你永远学不会《战争与和平》。

最后送大家两句话。第一，读书改变命运，知识就是力量。学习读书的确未必在学校，但学校和高考，是基本最公平和最有效率的，你要是普通家庭，更应该感谢与遵循。

第二，别以为读了几本书，有了点知识，有了个文凭就了不起了，这只是开始，是人生的标配。每当你觉得骄傲自满时，就去帮正在上小学的孩子辅导一下作业吧，你会宁愿复读十年的。

（“韩寒——新浪微博”，2018年1月10日）

“冰花男孩”的故事里写满庆幸与后怕

◎然　玉

近日，一男孩在教室中头发和眉毛被风霜粘成雪白的照片引发关注。男孩王富满是云南鲁甸县转山包小学三年级学生，父母在外务工，孩子家离学校4.5公里，上学要走一个多小时。当天气温零下9℃，孩子走路上学，头发和眉毛都沾满冰霜。被网友称为“冰花男孩”的王富满，迅速刷屏网络。目前，孩子父亲已赶回家中，他常年在外打工，每月赚三千块钱，几个月才能回一次家。

一图胜过千言，但照片背后的故事，往往更加催泪。随着越来越多的信息被曝出，“冰花男孩”王富满的形象也正变得越发清晰。只不过，当我们知道得越多，内心便也越是沉重。王富满的父亲在接受采访时表示，“大部分时间，就是两个孩子在家。他们自己做饭，菜就是家里种的洋芋。”并且，还说“不希望儿子学会不劳而获”。话里话外，尽是一个寒门家庭的辛酸与倔强。

“冰花男孩”的故事里，透着无奈，透着希望——每天4.5公里的苦寒之路，没有吓退这位坚强少年的求学意愿，也并没有让他放弃憧憬梦想；对于“读书改变命运”的执着信念，支撑着王富满穿过冰霜风雪，走向更值得期待的明天。“你吃的苦将会照亮你未来的路”，对于冰花男孩，人们发自内心地送上最真诚的祝福……但愿所有的努力都不被辜负，但愿所有认真生活的人都能如愿以偿。冰花男孩的进击人生，必将获得应得的回报。确实，据本报今日报道，对口帮扶昭通的东莞工作队已经采取行动。

的确，“冰花男孩”让人动容。可终究这份艰辛，本不该被这位稚嫩的少年过早担起才是。2017年度《中国留守儿童心灵状况白皮书》显示，农村学校学生中，因父母均外出而无人照料的留守状态学生占近三成。为此，民政部专门强调，“无监护儿童父母外出务工责令返回。”既然如此，王富满家“大部分时间，就是两个孩子在家”的状态显然是极不正常的。其所在学校、所在村庄，本应更早介入、更早有所作为才是。

从“冰花男孩”身上，有人看到了满满的感动，有人则看到了重重的风险。常态化处于无监护状态的王富满，自始至终都被置于一种危险的状态之中。唯一值得庆幸的是，每日涉险的冰花男孩，并没有遭遇什么严重的伤害或意外。可即便如此，那一头冰霜、那满手冻伤，已经足以让善良的人们心碎。事后回看此事，除了感慨，想必更多还是一份后怕。

在刷屏、被围观之后，“冰花男孩”很大可能会迎来命运的转折。可是，这种偶然性的个体救赎故事，远远不能打消公众的焦虑。试问，在那些不为人知的地方，还有多少孩子处于危境而不自知、历经艰险而惶惶不安。在庞大的留守儿童群体中，冰花男孩是特殊的一个，又是普通的一个。他的遭遇很有代表性，而他的结局却不是。

在情绪飓风刮过之后，能留下些什么？关于留守儿童的一系列政策与制度，又该如何更好落地兑现？关注“冰花男孩”，最终还是要关注这些……

（《羊城晚报》，2018年1月11日）

脸书与书脸

◎刘诚龙

脸书是什么？是一个社交网站吧？书脸是什么，书脸是一张文化驿站吧，或者是一堵诗墙，一栏词壁；或者是一卷画册，一轴好字；芙蓉如面柳如眉，封面如面段落如眉。归来手拈梅花嗅，春在枝头已十分；今宵剩把银釭照，书在桃花脸底风吧——我说的是，一定会有一张书脸，如嗅一朵梅花，便知春十分；如持一盏银釭，便识醉颜红；如对着一件仪器吹一口气，便测出酒气有与无，浓与淡；如对着你对着他对着我吐一个词，便测出其人底蕴深与浅，文与野。

商人有商人脸，武人有武人脸，农民有一张土脸，官人有一张官脸，小把戏有一张娃娃脸，鹤发老人有一张沧桑脸，那么，读书人有没有一张书脸？有的，青青子衿悠悠我心，但为书故，深沉沉吟，书卷气蒸眉眼侧，白面书生是书脸。

一卷窗帘拉下来，阳光暴烈不晒腚，也不晒面，书生脸便白里透红与众不同，那脸不会长成关公脸；夜无明月花独舞，腹有诗书气自华，跟谁去争呢？跟谁争都不屑吧，那脸不会长成黑公脸；平生万物原无取；消受家中水一杯，不曾酒吧拼死买醉，那脸不会长成酒糟脸；却看妻子愁不在，漫卷诗书喜欲狂，那么高兴，那么心旷神怡，不走上村头与街头，找人打架去了，书生之脸便不会长成刀疤脸。

书，会让脸，低处高隆些，高处走低些；书，会让脸，凸出深沉些，凹处饱满些；书，会让脸，尖处圆润些，圆处方正些。读书人戴一副眼镜，眼镜会把高高的颧骨压低，颧骨太高，不吉，高颧骨，黄黑面皮，一双直眼，看起来好丑；眼镜会把扁扁的鼻子压高，鼻子太扁，不帅，塌得如一只猴子鼻，鼻饲朝天，一张好脸破坏了。书，改变脸色，黑脸红脸便多数长成一张白面书生脸；书，改变脸型，稍稍修正上帝设定的颧骨与鼻子走向；书，改变嘴角，改变唇吻，读了书的男士，话一出口不会是一句“娘希匹嘎”，读了书的女士，气一出嘴不会是一声“剁脑壳的”。女士樱桃小嘴唇，吐气如兰，男士舌灿莲花，润物细无声。书，让口，让鼻，让眼，让颧骨与鼻梁，按祥和移位，朝柔和改善，照精气神模样生长，向真善美方向配备。读书人，真会长成一张与诸色人等诸样工种有很高辨识度的书脸。

看过鲁迅的脸吧，鲁迅的脸刀砍斧削，雷劈剑笋，像极了张家界奇峰陡壁，想想，这张脸将是粗糙的，将是凌厉的，将是尖刻的，但鲁迅的脸不全是这样的，他眉宇间有一股书气，脸面上有一股书香，那坚硬的发型，也是既有一股怒发冲冠的精神气，又有一股仁爱收敛的书卷气，您看鲁迅斗牛士一张的脸像，有没有孺子牛一般面相？也如张家界峭壁，鲁迅先生面相，有书的晨霭透析，有书的暮云飞度，硬度很高的脸面，因此有了柔泽之光，甚或一种明媚之气。书卷书卷，书有时真是卷的，书把过于外露的剑气，会向内卷一卷，书把过于侧漏的戾气，会向内敛一敛。书里多牛人，书生少牛二；书里多霸气，书生少霸王。我不太喜欢陈丹青，但我喜欢他有句话明心见性，明书见容：“鲁迅先生的模样真是非常非常配他，配他的文学，配他的脾气，配他的命运，配他的地位与声名。”

书卷书卷，书会卷一卷你，敛一敛你，让你由外及内，由表及里，由身及心，由像及魂，内化为圣，魂化为灵。这是书之一功；书之二功是，舒展，舒展，舒者，书也，书也是会舒一舒你，会展一展你的。有事想不通不，读一读书，人间万事皆无事；有愁不可解不，读一读书，绿蚁新醅酒，红泥小火炉，雪夜围炉读禁书，掩卷而眠，展卷而起，发现天是蓝的，草是绿的，云是白的，水在瓶里是青天样的。嘴角便嘻开了吧，眉角便松开了吧，脸上紧绷的凑成蜂窝状的皮囊，也由此脸面清圆，一一风荷举。常读书者，心无杂念，体无杂气，气血通，神气畅，面容面相自然飞扬。

读史使人明智，明智是，使人眼睛明亮，读书多的，眼睛真的澄澈，不浑浊；读诗使人聪慧，聪慧是，使人耳朵聪灵，读书多的人，耳朵真的阔达，不狭窄；演算使人精密，精密是，使人五官精美，读书多的人，眼鼻口耳眉，和谐搭配，不突兀；哲理使人深刻，深刻是，使人面相端严，读书多的人，不轻佻；道德使人高尚，高尚是，使人脸品与你人品对应，让见过你的人，感觉到你的脸品对你人品非常负责。

经常看电视的，会长一张电视脸；经常看微信的，会长一张微信脸；经常看钞票的，会长一张钞票脸，经常看书卷的，会长一张书卷脸。看微信看电视看钞票看书卷，可能都会流泪，都会看成近视，却各有不同，微信电视看多了流泪，那是你身体被辐射了；看钞票看多了近视，那是你精神被污染了；读书看书看流泪了，那是你心灵生活丰富起来了，看近视了，也是因为对大千世界看得更真切了。挑灯夜读者，或西窗共读者，脸上骨骼不妄动，动必有则；面上肌肉不乱牵，牵必有方。曾国藩说，“古之精相法者，并言读书可以变换骨相。”读书让一个人始终保持着面相的安定祥和，有点乱套的骨相便按照配套的面相有序移位与有效结构，便正也如曾国藩所说，“书味深者，面自粹润”。

读书，当然不只是让人安定，也会随喜怒哀乐而高低起伏。看美女们读书，笑起来笑得夸张，泣起来泣得动容；笑起来时候，脸上百十肌肤都蒙络摇缀，都动态了；泣起来时候，梨花带雨，忍泪佯低面，含羞半敛眉，泪水不是腌浸人的盐水，而是心灵之玉液，滋润脸庞。看看读书女人，即使老天曾经不厚爱她，让她天生歪瓜脸，读书读啊读，面相配置不全，配置不准，配置凌乱的，比如其歪瓜脸，也是渐渐变成瓜子脸，比如其土头土脸的鹅卵石脸，也渐渐长为鹅蛋脸。读书多的，不论男女，其面相不是死相，语言有味，不再“面目可憎”，那脸是活脸，生动飞跃，神采飞扬，不但五官布局从此美观，而且其表情因此丰富多彩而甚有层次感。

以润肤品而美面容，起先一定是光鲜亮丽的，以书卷气而易面相者，起先或是暗淡菜色的。世易时移，让时间过一个世界，你再来看，一切都反转过来。润肤品换脸的，撕开其“腻子胶”，那张脸可怖死了，真像个鬼脸；书卷气改面的，打开其朝天素面，都是那么红润，那么丰满，那么精神灌注，好一张神脸。纵使是沟壑纵横，那也是文化的纵深。

上帝按你的自然状态造你一张肉脸，尚书你按文化生态可以再造一张书脸。

（“刘诚龙——新浪博客”，2018年1月13日）

我的阅读习惯

◎俞敏洪

我是一个很喜欢阅读的人，从小就开始读书，后来有幸进了北京大学，大学四年整个宿舍基本上比的就是谁读了什么书，很少会去比谁找了什么女朋友，因为当时反正也找不着。

非常庆幸我在做公司的过程中，从来没有放弃过读书。我读到好书会不自觉写书评，写完书评就会发到我自己的自媒体上，还有新东方的媒体上面，让更多人分享我的读书感悟。从大学毕业到现在，一年翻阅一百多本书，认真读的书达到十几本到二十本。读书量还是挺大的，非常杂，主要依据两条线。

一条线是所谓无用的书籍，归入精神享受类的书籍，不是指导你的日常生活，不是菜谱，也不是告诉你一个工具如何使用，也不是告诉你这个企业是如何管的，这种书籍对我的吸引力非常大。因为我是北大文科出身，喜欢读历史、哲学、文化之类的书，包括现在年轻人的网络小说、网络诗歌散文，也都是我阅读的方向。

第二条线是有用的书，对我来说有用的书，某种意义上是能够指导我把教育行业和产业做得更好的书。这一类书包括科技类的作品，因为大家都知道现在哪个行业都不能离开科技。从李彦宏的《智能革命》到吴军的《智能时代》、李开复的《人工智能》都是我阅读的书籍，包括现代企业管理、能源管理、领导力等书籍。

我的阅读习惯有三个方面——

第一，始终坚持在适当的时候读纸质书，比如在家里坐在非常舒服的沙发上，泡着绿茶或者红茶，我就会读纸质书籍。所谓的书香，必须有书的油墨香味才有这种感觉。我家里的纸质书籍有一万多本，每个月以30~50本的速度在增加，每年购买新书的数量是500本左右，再加上出版社给我寄的书就更多了。

第二，读电子书，24小时不离身，我已购买的有3000多本电子书。我是一个总是在路上的人，每年坐飞机180多次，再加上坐火车、堵车，我一般有一到两本纸质书放到箱子里面。300页左右的书我大概用五到六小时比较认真就能够读完。如果出两天差我就会带电子书。其实电子书和纸质书从来不是一种互斥关系、矛盾关系，我觉得这在我身上体现得淋漓尽致。

现在还要读碎片文章。微信群中所读到的一些文章观点其实在书籍中是读不到的，尽管这些观点的表达有时候碎片化，只是一带而过，但是有时对我们的思想和思考能带来冲击性的影响。我的微信里收藏了将近一万篇文章，大多是我从标题上感到这篇文章值得去读，没时间读就先收藏，我用所有现代化的工具来为自己弥补知识做准备。

行走是另外一种阅读。每年我带着书到全世界旅游的时间也还是不少的。比如今年我走了柬埔寨，我在去柬埔寨以前把各种有关柬埔寨历史的书籍进行认真的阅读和研究，再去这个国家旅游时，我发现自己不仅仅是吴哥古迹普通的旅行者，还会进入它的历史中间，会进入它的现实中，体会老百姓的生活。

我把读无用的书和旅游当成是我的土壤，把读有用的书当作我的肥料，让我这棵树能够在这个过程中蓬勃生长。读书有没有用不重要，因为我们读书了，我们与众不同。

（《广州日报》，2018年1月19日）

“我最怕期末”：一名大学教师的焦虑

◎周　凯

作为一名大学青年教师，我最焦虑的不是“时不我待”的教学改革压力，不是科研上“不断加码”的绩效考核，也不是学校周边“突飞猛涨”的房价，而是我亲爱的学生们对考试成绩“正义凛然”的索要之风——

“老师，我要出国留学，劳烦您给我85分以上。”

“如果我这门课不能上80分，我就要被退学了。”

“如果我不幸考了84分，请老师多给1分保我上85分。”

诸如此类，不胜枚举。

每个学期，我最怕的是期末。从最后一节课结束到期末考试完成，学生们的“陈情”邮件会持续“轰炸”我的电子邮箱。有时候辅导员、班主任或家长们也会亲自出马，通过打电话、发微信、到访办公室等方式为学生“跑分”“要分”。而势单力薄的我总是不堪其扰、难以招架，只得忽略邮件，关闭手机，甚至干脆逃离办公室，这种东躲西藏、狼狈不堪的生活让人着实心烦意乱。然而，更糟糕的事情还在后面。当顶住各种压力，将分数如实提交教务系统之后，我的噩梦才真正开始。一旦查到期末分数，许多学生会立即向我表达对分数的不解、抱怨或失望。此时，“声讨”邮件扑面而来，汹涌澎湃。这些“群众来信”有的是对我本人不能设身处地站在学生立场慷慨送分表示不满，有的则列举其他课程老师如何“通情达理”“善解人意”的生动案例，有的会委婉指责我的不近人情。面对雪片般飞来的问责邮件，我总感到一种难以言说的无奈和焦虑，甚至是委屈，仿佛大错已然酿成——我的“任性”与“执拗”给这些青年人造成了无法挽回的灾难性后果，同学们一个个哭泣、失落、愤怒的神情时常在我脑海中浮现，一种莫名的负罪感甚至会让自己在睡梦中惊醒。这些邮件有时甚至让我觉得自己是一名极为另类的大学教师。

我曾借访学之机向哈佛大学、东京大学、香港大学等多所世界一流大学同人请教，如何应对学生“跑分”“要分”的行为，然而得到的回答却是他们“从未遇到过此类现象”，并且认为学生向老师索要分数是一种严重的作弊行为，必须予以及时纠正和严格禁止。

近日，与几位青年教师在学术会议之余交流时发现，大家虽身处不同高校，但在“给分焦虑”方面却惊人相似，这不禁令人唏嘘不已。在今天的中国大学校园中，为何“跑分”“要分”现象如此流行？一些学生为何如此理直气壮？任课教师给学生打分为何变得战战兢兢？为何我们的“天之骄子”不去思考如何刻苦用功获得理想分数，而是挖空心思向教师索要满意分数？这些问题我们没有现成答案，但可以肯定的是，其背后有更为复杂的原因。实用主义盛行，浮躁之风侵蚀校园，重知识教育轻道德塑造的办学模式，急功近利、望子成龙的中国家长，都可能是导致大学生“跑分”“要分”的深层诱因。由此，我们不应简单地把板子打在尚处在人格养成关键阶段的青年学生身上，而是要对社会教育、学校教育及家庭教育进行深刻反思。

当前，立德树人是大学教育的根本任务，是培养高素质人才的根本要求。作为教师，认真公正地对待每一位同学的成绩，既是我们的职业道德和伦理底线，也是树立大学生正确价值观和人生观的关键一课，我们绝不能掉以轻心，也不能随波逐流，而是要让青年学生清楚认识到获取高分不能靠要小聪明，唯有依靠勤奋刻苦和不断努力。

说话间，面对眼前这400多份期末试卷和接二连三的“陈情邮件”，那种熟悉而又无奈的焦虑感再次袭来，然而我知道自己其实别无选择，唯有坚守初心、坚守底线、坚守原则。

（《光明日报》，2018年1月23日）

“世界自有其原则”

◎方鸿儒

“世界自有其原则”一语出自“2018年上海春考作文题”：“人们往往为自己的行为找到充足的理由，然而，事情是怎样，它还是怎样，世界自有其原则。”

毋庸讳言，该作文题是值得点赞的好题：含蓄蕴藉，言近旨远，颇有海派特色。三句论断看似各自独立，却又相互关联，极具内在的逻辑性。

“人们往往为自己的行为找到充足的理由”，几乎一言点中自古以来国人惯性思维的穴位：即凡遇彼此间的矛盾与争执，几乎一律地指责对方的不是而为自己“找理由”——学校的、社会的，上级的、下属的，同事的、老板的，别人永远是“错的”，而唯独没有他自己的“不是”。对方是“豆腐渣”，自己是“一朵花”，“墨索里尼总是有理”！

其实“金无足赤，人无完人”，人非圣贤，孰能无过？犯错不可怕，道歉可原谅。可怕的是：为着维护所谓的“面子”（鲁迅先生说：“‘面子’是中国人的精神纲领”）而拒不道歉认错。

相较于鲁迅先生的在时刻解剖别人的同时，“更多的是无情地解剖自己”的人格精神，我们不能不承认：鲁迅先生才是“真君子”！而在笔者看来：亦唯有敢于无情解剖自己的“伟人”，才是“真”伟人也！

句中一个“找”字则极为传神地刻画出了“我是人非”者的嘴脸——“无理”欲辩为“有理”谓之“找”！

举凡所闻：从眼下已见怪不怪的为分割父母遗产子女间的争论不休，对簿公堂，到“苍蝇、老虎”为自己外廉内贪而狡辩，直到国际间的商贸纠纷，谁没有“为自己的行为找到充足的理由”？谁又找到了像样而服众的“理由”？

倘若这个世界，谁能“找到充足的理由”，谁就是获胜者，则“文字或语言”庶乎可以无敌于天下了！

“然而，事情是怎样，它还是怎样”。找到的“理由”不过是“借口”而已，一个简单而朴素的论断便将其一笔勾销了。“理由”的真伪须有且唯有由

“事情的真相”来断定！

“事情的真相”即“事实”。“事实胜于雄辩”，真相无法掩盖，历史不容篡改！历史档案，绝密文件，一旦解密，“真相”必将大白于天下！“事情是怎样，它还是怎样”——岁月虽流逝，“真相”却仍在，抹亦抹不去！

“事实”的利剑可以戳穿谎言，明断是非，因为“世界自有其原则”！

“世界”二字无疑是该题的“题眼”。有了“世界”二字，题旨便豁然开朗，视野才顿然拓宽。

“自有”二字则更意味深长。“自有”者，从来就有，亘古未变。“原”者，“初始”“本真”也；“则”者，“律条”“绳墨”也。世界自有的“原则”者，即裁定人类文明与否的天道、天理，人道、人性之原始律条也。

“自有”的“原则”，不是法律但高于法律，不是权势但胜于权势！它至高无上，冥冥之中裁决着人类行为的一切是非善恶！在人类最原始的共同信仰而遵守的“天条”“天规”前，即便你是皇帝老儿的所作所为，亦难逃其最终的裁决！

“人在做，天在看”。因为这“原则”就是“善有善报，恶有恶报；不是不报，时间未到；时间一到，全都报销”的人生因果律。“正义和善良一定会战胜邪恶”的人类社会进步的必然律！

“理由”，“事情”与“原则”，人生一世，其实从凡夫俗子到圣贤哲人，无一例外都在这三个俗常概念中周旋、打转，难得脱身。考题是佳题，但要写好一份出色的人生答卷，则又何其难矣！

（《杂文月刊·原创版》，2018年第3期上）

电影《无问西东》的“莽气与灵气”

◎王　昕

电影《无问西东》虽有叙事时空迷踪拳、音乐绵绵流不断等微毛病，但相比其风清骨峻、林下落落的品格与风格，则无关大碍了。从个人审美来说，我终能接受这种风从虎的莽气与灵气。

这个电影主题仍是“自强不息，厚德载物”，其源自《周易》乾卦和坤卦的大象辞，质为易道。清华的校训立得很高，《无问西东》中的大学精神，其实就是中华民族的文化灵魂。影片四个故事四个知识分子主人公，传承的仍是儒家精神，或曰儒家仁者爱人（孔）、舍生取义（孟）精神在20世纪中国的鲜活体现与新生内涵。“立德立言，无问西东”，我现还不知这八字组合源于何处，但知道“立德、立功、立言”三不朽的话最早出于《左传》。故电影《无问西东》追忆并弘扬的，主要是典出左易、以中国龙为象征的民族文化精神及文化自信，而也正是这种文化自信引领中国这艘古船历久弥新，驶向未来。

“子曰：知者不惑，仁者不忧，勇者不惧”（《论语·子罕第九》）。《礼记·中庸》中，孔子对鲁哀公说：“知仁勇三者，天下之达德也”。《无问西东》的四个故事分别为民国时期、抗战时期、20世纪60年代和当代。四个故事中，以抗战时期、60年代为主故事，以主故事说人事，从审美情绪上感化群众；以民国时期、当代故事为副故事，以副故事来说义理，从审美理性方面升华对历史与人性、知识分子运数与时代之命关系的理解与探索。主故事为风情，副故事为骨理，故谓风清骨峻，虚实相生。四个故事实质本各自独立，然作者以历史之眼给予了有机勾连。吴岭澜是梅贻琦的学生，又是沈光耀的老师。沈光耀从飞机上投下的糖果和食品，又养活了陈鹏。陈鹏和李想共爱王敏佳，是朋友兼情敌。做了亏心事的李想，又救赎心灵在西藏救了陈果果的父母。陈果果又救助了四胞胎及其他们年轻的父母。四个故事之间联系是松散的，作者想说的话却是明白的：中国现当代知识分子群体在不同历史时代人文精神的薪火相传以及对人民大众的仁心爱恋。该片主人公为复合主人公，叙事为散点回旋交互式（迷踪拳），音乐为连绵不断催情式，整体类型特征为电影叙事诗。全片以当代故事起，以当代故事终，呈现出以虚包实、假中存真的文本结构模型，暗寓现实包孕历史、现实由历史发展而来、现实与历史本来混一而无分。这种结构模型的好处是：突破了线性历史观和剧情线的审美定势，时间空间化，历史现实化，使观众的艺术思维穿越于古今之变，贯串于天人之际。此结构模型的不足处，在于风从虎跃回旋乏章，让有些观众难理头绪。

四个故事中，民国故事梅贻琦与吴岭澜谈论真实与真心问题，关乎文化与人性关系，关乎“智”“信”的在世为人玄学。抗战故事中，美国空军教官向沈光耀提出“真心、正义、无畏、同情”四要点，实为全片主题，只不过在分支故事中侧重于正义与勇敢，关乎战争与人性关系。沈光耀于家国之间的选择，是中国历史上士大夫投笔从戎、舍生取义的现代演绎，也是孟子之“义”的生动体现。20世纪60年代的故事凸显了陈鹏们忍辱负重、尽责（“礼”）为人、忠勇报国的岳飞精神。岳飞为大儒将，陈鹏与李想则是大儒生，其所为正所谓儒行。当代故事则于经济与人性关系中展开艺术描摹，陈果果受陈鹏、李想、王敏佳等长辈知识分子儒家情怀的感发，仍不改恻隐之心，继续救助四胞胎家庭，体现的正是孔孟仁者爱人的文化大根本，而他以生命之艰与心灵自强厚德关系的告白追问，卒章显志，升华了电影主题。纵观四个故事，第一个讲“智”“信”，第二个讲“义”“勇”，第三个讲“礼”“勇”，第四个讲“仁”“爱”。全片以礼义之士的勇敢故事，告白智仁为人的儒行价值观。这正是孔子“知仁勇三达德”的当代艺术抒写，也是“仁义礼智（信）”、元亨利贞《周易》中国龙精神的活的形象。

（《文艺报》，2018年1月24日）

把“儿童邪典片”逼进“铁桶合围”绝地

◎郑博超

“儿童邪典片”，一种听起来就很邪的文化垃圾，正在受到举国关注，国家有关部门都祭出了“杀招”。1月22日，全国“扫黄打非”办公室官方微博发布消息称，针对利用经典卡通形象制作传播涉暴力、恐怖、残酷、色情等妨碍未成人健康成长的有害视频情况，全国“扫黄打非”办公室已部署开展深入监测和清查。

“儿童邪典片”指向的是一类不健康的视频短片。这些视频短片以卡通片、儿童剧、木偶剧为包装，对一些经典卡通形象进行恶搞，米老鼠、小猪佩奇、蜘蛛侠、艾莎公主等原本天真无邪的动画形象，沦为暴力、虐待甚至是色情隐喻的载体。更邪的是，这些充斥暴力、血腥、色情内容的视频短片，一段时间内在国内众多视频网站传播，甚至以儿童为目标受众，贴上早教、益智等标签。由此看来，“儿童邪典片”毒害最甚的是那些天真的孩子，色情、暴力的毒素一旦渗入孩子们的人生观、价值观，戕害的就是我们国家和民族的未来。对这种文化垃圾，甚至文化毒品，必须铁桶合围，痛下杀手，坚决清除。

清理“儿童邪典片”，网络平台的常态化自查必不可少。网络平台具有跨地域性，网络用户遍布世界各个角落，对于网络平台发布的海量信息，完全依靠行政执法机关监管是不现实的，督促网络平台建立常态化自查机制，应该是行政执法机关监管的一项重点内容。这种常态化的自查机制，既包括对有害内容进行实时技术筛查制度，对举报内容的快速反应机制，也包括对问题视频进行删除处理，对问题账户进行封号处理等惩罚制度。

清理“儿童邪典片”，行政执法机关的强力监管是关键。散布含有暴力、色情内容的“儿童邪典片”，无疑具有违法性。但是，一些网络平台企业和视频发布者，为了吸引眼球、追求流量、赚取利益，罔顾道德法律和社会责任。因此，对于“儿童邪典片”这种不良文化，绝不能等他们自清自净，具有文化执法和网络监管职能的各部门应该果断出手，形成监管的合力，严惩违法分子，推动网络平台履行自查责任。没有行政执法机关的强力监管，网络平台就容易懈怠，藏匿在网络角落里的不法分子更会肆无忌惮。

清理“儿童邪典片”，司法惩治必须跟上。沉疴需猛药。对于通过网络等媒体大量散布含有血腥、暴力内容的视频文件，且突破刑法规定的界线，构成刑事犯罪的，必须用刑事司法手段给予相应制裁，让犯罪分子付出应有的代价。

清理“儿童邪典片”，离不开人人喊打、人人参与的社会环境。相对于监管力量的有限来说，网络空间是无限的。但是，相对于无处不在、无时不在的广大网民来说，网络犯罪只是“一小撮”。因此，清理整治“儿童邪典片”，必须充分发挥占绝大多数的善良网民的积极作用，发动广大网民共同监督，共同参与整治。有关部门要加大宣传力度，揭露这种不良文化的违法实质和巨大危害。同时，要充分发挥大数据时代信息技术优势，畅通举报信息的收集、反馈、互动和联网监督，让“儿童邪典片”陷入“人民战争的汪洋大海”，走进“铁桶合围”的绝地。

（《监察日报》，2018年1月24日）

别让"向钱看"破坏新媒体生态

◎一 然

近日，微信公众号平台发布一则公告称，部分公众号、小程序存在发布断章取义、歪曲党史国史类信息进行营销的行为，涉嫌传播虚假营销信息，对用户造成骚扰、破坏用户体验、扰乱平台的健康生态。对于存在此类借机营销行为的公众号，平台将对违规文章予以删除并进行相应处罚；多次处罚后仍继续违规，或是故意利用各种手段恶意对抗的，将采取更重的处理措施直至永久封号。此举为整治这类违规行为提供了规范，也为治理自媒体乱象迈出了坚定的一步。

互联网技术飞速发展，尤其是移动互联技术不断成熟，催生了一大批勇于表达自我、热衷传递信息的自媒体。微博、微信、手机程序的迅速崛起，促使信息生产、整合、传播方式发生了革命性变化，开启了信息传播的新模式。人人都有麦克风、摄像机让信息传播渠道更加多元，由此也诞生了一大批微博大V、微信大号，极大拓展了媒体概念的外延和内涵。

然而，随之而来的谣言滋生、价值观误导、信息虚假等问题也日渐凸显。尤其是"注意力经济""粉丝经济"的出现，更让一些拥有数百万粉丝的微博、公众号置社会责任和正确价值观于不顾，为了吸引眼球，屡屡造谣生事、宣传赤裸裸的拜金主义，沦为令人不齿的营销号，被人斥为"毒鸡汤"。

更有甚者，一些自媒体大号公然宣扬支持暴力行为。前段时间，成都摔狗事件甚嚣尘上，有自媒体为了蹭热点，不惜号召粉丝"人肉"摔狗者。如此极端的观点、暴戾的主张，对于平息整个事件、缓和公众情绪毫无用处，只会撕裂社会，让公众陷入无意义的对立之中。

自媒体要靠内容吸引受众，靠点击量吸引广告商。因此，吸引受众，获得高点击、高点赞成为一些自媒体从业者的唯一目标。在"掉粉"的压力下，有些自媒体为了维持关注，"另辟蹊径"，采取标题党、低俗内容等手段，而监管力量的薄弱又让这种违规行为有机可乘。自媒体生态一旦造成明显的"破窗效应”，真正的优质内容湮没无闻，自媒体竞争就容易陷入“比烂”的恶性循环之中。

只是，自媒体不是私人日记，大V大号也并非自娱自乐的玩具。利用自媒体挣钱，从互联网经济中找到适合的营销模式，这无可厚非。但信奉“一切都可以明码标价”的原则显然已经突破了社会原则的底线，触及了法律法规的红线。监管者要以更严厉的措施，扶正祛邪，不让无底线的人为所欲为，破坏新媒体发展的良好生态。

（《人民日报》，2018年1月24日）

都“总”起来了

◎吴　非

飞机“咣”的一声落地，前后左右迫不及待掏出手机，更有高喊“李总吗?”“高总吗?”“我是马总啊!”……叫成一片。

飞机已经滑行了，身边这个戴眼镜的中年黑汉子还在打电话：“李总吧，我马总。我大概四点半能到，你订的房间是不是投资大厦旁边的那一个？两间？好的、好的……这样，听我说，你和赵总住一间，我和张总一间……什么事？……行，晚上再议一下……他们不方便来的话，我们先吃我们的……”断断续续的讲话中，我听到了四个“总”：李总，马总，赵总，还有一个张总。我原来以为，一个老总出门，总要有几个跟班的；都当老总了，怎么会两个人合住一间房？还有，能自称“马总”吗？

空姐走过来，和颜悦色地说：“先生，请把手机关掉。”黑汉子马总在手机上摁了一下。空姐说：“把左边那个键摁一下。”马总顺从地摁了一下。哪知道空姐又说：“再把下面那个摁一下。”马总像是不会用手机的人一样顺从地操作。马总的手机关了。我非常佩服空姐：她怎么知道不同手机的按键功能？我又对“马总”不以为然：你都是个“总”了，怎么连关手机也不会？

坐飞机安静，我无事可干，就想起各式各样的“总”来了。二十多年前，有次在上海住宾馆，看到这一层有间“总经理室”，红字贴在玻璃拉门上，很显眼。我心想，这家宾馆多好啊，总经理就在走廊尽头办公。有天下错电梯，有点晕：这一层怎么会有两间挂着“总经理室”的牌子？这个宾馆怎么有三个总经理室？晚上值班服务员大姐不耐烦地告诉我：都不是我们的，一共有七家公司在这里包房办公，全挂个“总经理室”，侬不准他挂，他就跑到别家去租。侬要看清爽了，跑错的事经常有，烦煞了。其实里面就一个人，晚上还违反规定，偷偷用电炉煮挂面，恨煞人。

那些年，经济起步，“总经理”特多，一人一马一杆枪，山头就立起来了。一条街上有多少门面就有多少“总经理”。我平辈的，比我晚一辈的，成了

"总"的,"副总"的,出门见一个算一个,全是"总"。旧时代平头百姓称当兵的为"老总",谁承想有朝一日,自己也"总"起来了!

风起云涌,沧海横流。二十多年过去,大浪淘沙,一总发财万总哭,你看马云依然笑春风。

飞机"咣"的一声落地,在跑道上滑。说时迟那时快,前后左右全都迫不及待地掏出手机,看微信的报平安的,更有高喊"李总吗?""高总吗?""钱总吗?""我是马总啊!"……叫成一片,谁会听广播制止?我先前看到一层楼里一个两个"总",就好奇。哪里会想过飞机普通舱里前后左右挤着这么多日理万机的"总"啊!

全都"总"之后,我想,那个"总"不起来的人,要不会累得要命,要不就快活得要死。

(《扬子晚报》,2018年1月25日)

不要温和地走进那雪夜

◎孙小宁

2018年的新年，朋友圈一片雪意。故乡的朋友也在晒雪，我便发了一张美食图上去：切好的半颗柿子上，几颗鲜红欲滴的石榴籽，正好是故乡两道果品名物的合成，我将它作为对故乡的致意，并以此纪念刚结束的北海道之行。美图就摄于札幌一个雪夜的餐桌，就餐中我们还相遇一个故事。和高仓健有关，却是由我们对美食的好奇引起。同行的年轻人要制作一部旅行短片，每到一处都会架起机器既拍又问。在这家“寿司善”，做寿司的师傅被问多了，店老板便出来问询，听我们解释了意图，又说明打中国而来，他突来兴致，拿出前不久也光顾过此店的中国人所送的书出来，结果又引来一片惊呼。原来是《舌尖上的中国》总导演所写的《至味在人间》。在座有几位表示和作者认识，这近乎拉得主人更加高兴，随即又说出张艺谋来。只不过和张艺谋连带着说出的是高仓健。原来这位老板和高仓健有多年的交情，在新出版的有关高仓健的书中，收录了他对老友几十页的回忆。他还展示了有高仓健合影的相册，照片上多是他们年轻时的样子。“那他也喜欢你们家寿司吗?”“不，每次我都是到外面买牛排给他吃。”看着我们就餐的地方，他又补充说，当年高仓健每次来，就是在这儿就座。但我们环顾店中墙壁，并没有任何合影与说明文字。同行的人不禁感慨：真朋友才是这样啊，不会把高仓健作为宣传他家的卖点。他的年龄比高仓健小一轮，故人离世，想来大部分时候他是把高仓健埋在心底，这次因陈晓卿的书而引出这段交情，对我们来说也是意外插曲。

那个雪夜的晚餐，已经是我们离开北海道之前倒数的几次，美味加上故事散发的情怀，应该说非常有北海道质地——如屋内的气氛一样温暖，又有屋外雪一般的洁净。只不过，这样的描述，仍然只是回忆的一个镜像，它无法还原人与人之间从生疏渐至热络的微妙层次，更无法再现告别后的我们，一出门便投入漫天大雪的决然。是的，没错，北海道一行走下来，我们已习惯并热爱上这样的转换：屋内暖洋洋，外面漫天飞扬的雪。以至于有好几次，我们都拒绝就餐后打车回酒店，就三三两两结伴，暴走于雪夜当中。雪越大越猛，我们的兴致就愈昂扬，雪仿佛是通天地之神，我们借由了它，便可以进到北海道的魂魄，“不要温和地走进那雪夜”，说的或许就是这正面的迎向。说来和第一次来北海道，感觉真不一样。

第一次来，已是十三年前。也是十二月下旬，路线基本差不多，但人走着走着，就还是走出了缤纷的岔道。不可能踏入同一条河流，也因为主旨不同。上次的北海道之旅，更像时空置换中的文学远行，当时的策划者、旅日作家毛丹青邀请了莫言，我们的旅途思绪，便难免从广阔的北海道，常常跳接到他的东北高密乡。此行还是毛丹青倡导，有当年一些故友同行，但已然是现实之旅。品尝着拉面、和果子，探究着札幌啤酒的历史，一路从札幌前往道东。北海道冬天的身形味，被我们从各个角度触摸，并深植于感官记忆当中。而能做当下的领会，或许还有另一种因子起作用，叫岁月熟成。十三年的时光，我们中间几位，或许已不再着意于文学之幻，却可以在另一层面上看山是山。

于是，就不得不对当年的印象做个校正。当年同样是雪意相随，在我们则更像是被寒冷驱赶，照一张相都缩头裹脸，很是狼狈了一番。因此难免觉得，人在北海道生活，真需要一番勇气，还要加上寂寞与隐忍，才能挨过这漫长而凛冽的寒冬。后者，也有当年从北海道影像中得来的印象，对应的是高仓健银幕上那张脸。高仓健与北海道有关的电影有好几部，只不过当时的视线中还没有他早年的《网走番外地》系列。这次走访了网走这座城市，不得不说，再说起北海道，意象可就驳杂得多了。

高仓健演艺生涯的这个系列，网上尚留着他配唱的主题歌，歌中不断地出现あぼしり（网走）这个地名。整首歌依旧是硬汉的浅吟低唱，却颇能看出导演石井辉男对高仓健颇有远见的人设——“我想推销高仓健的演员魅力。我决定将他的角色设定为普通人当中的一员，不过他忠于女人和无条件的爱的观念。这是一个无私、诚实的角色。……我们并不着力从黑帮片的角度来拍这个系列的影片。”对于《网走番外地》所成就的导演与演员，做过石井辉男访谈的美国电影学者曾这样概括：“沉默寡言、具有令人心跳的阳刚气质的高仓健，之所以能够从临时演员跻身为60年代具有巨大票房卖座力的明星，他（指石井辉男）至少在一定程度上起到了推波助澜的作用。他和高仓健的合作，令他成功地执导了《网走番外地》系列影片的最初十部——这是标志着黑帮动作片黄金时代萌芽的、混合了暴力动作和罗曼史成分的颇具娱乐性的粗制滥造的影片。”

热爱电影的人来到网走，自然能明白，为什么这座城市总是和黑帮电影扯上关系，仅一座网走监狱，就可以给无数导演提供源源不绝的素材。而网走监狱还是北海道开拓史的缩影。从当年囚犯们开拓劳作的影像看过去，他们身后的北海道，还是一片荒寂。工作人员为我们从头说起——北海道150年历史，最早的时候，北海道除了函馆，其他地方还一片蛮荒，整个网走只有六百多人。为了开疆拓土，也为了化解来自俄罗斯帝国的威胁，明治政府从别的地方监狱转来1200个囚犯。而正是这最初的囚犯加看管人员，挖掘出横贯北海道的中央道路。整个工期仅八个月，中间牺牲无数。余下的人继续开荒拓土，当然也为自己，建起这座监狱。网走监狱仿比利时的卢邦监狱而建，木造建构，五翼放射状平屋式设计。人走在狱室长廊中间，只觉得天窗高悬，狱墙高高。囚犯们苦哈哈地劳作，北海道却因此而繁荣起来。这不禁让我想起前年曾经到过的乌斯怀亚。那也是阿根廷政府曾经放逐囚犯的地方，俗称世界的尽头。犯人们被罚做苦役，并建起那座城市。而他们也终老于此，相当于客死异乡，这使得乌斯怀亚至今都弥漫着无尽的乡愁。只是置身已然成博物馆的网走监狱，气氛又略有不同，除了被讲述的北海道开拓史，我们还听到另一种打鸡血般的故事。有“昭和逃狱魔神”之称的犯人白鸟由荣，一生越狱四次，从网走监狱越狱，是他的第三次。虽然看守森严，但他还是用每天提供给犯人的酱油汤茶汤，腐蚀了牢房门上监视孔上的铁格子，进而破狱而出。

钉着“第4舍24房”牌子的牢房，俨然一个逃狱现场，只不过监视孔上那几根铁棍还在，并没有显现被几个月的汤中盐分腐蚀后的样子。即使那几根铁棍都被撅断，人又如何能从这狭小的一块中钻出，进而爬上天窗下的横梁——他越狱时的飞鸟般的身姿，正好就在我们望向长廊的视线上方。连说明文字都在此发问：这，怎么可能？但接着又是果断的一句：这却是真的。奇崛的故事需要相应的背景衬托，另一块说明牌文字，恰好做此铺垫，来自另一位囚犯的回忆，“寒冬低于零下30摄氏度是常有的事，那样的天气里即使有暖气牢房里也只有零下八九度。自己的呼吸会在眉毛和睫毛上结冰。冻伤的鼻子如果不经常揉揉，皮肉会一点点地掉下去。”即使身为囚徒，如果待遇非人，越狱也就能成为被理解的选项。有关白鸟由荣的好几个版本的影像改编，好像都会涉及狱中黑暗一面。当然，故事背景地是网走，在我看来，也是能给剧增添几分传奇。网走用日语读，是あぼしり四个音节，听觉上很平很顺，但用汉字打量，则更像一幅网格图案。一种象征困境的网，后面跟一个要挣脱的动作“走”。很形象又很有爆发力，颇符合绝地反击的作为。在北海道地图上，网走的位置更偏北一些，想来更有北国的奇寒。这让我不免又想到，上面提到过的那个研究日本电影的美国人，在他的《日本异色电影大师》一书中，所说的深作欣二的《北陆代理战争》，也是与北海道有关，观感是这样的：影片在现实中的北海道外景地拍摄，狂暴的冬天气氛来势凶猛，寒冷砭人肌骨，这使这部表现黑帮冷酷无情的残暴行为的影片让观众看得牙齿格格作响。

哈，牙齿格格作响，那真是银幕上才有的观看之冷，有时比置身其中还冷。这可是我几天下来的体会。比如说，每当我把北海道的雪拍到朋友圈，得到的反馈总是：看着很冷啊。外面确实很冷，但室内的供暖，却可以让你放心地饮下一杯冰啤。另外，银幕上的冷意，还来自黑帮弟兄在雪天中斗狠，这在现实中的北海道，可是难见了。

所以，不瞒你说，看着北海道有几天落雪，竟然也像白色恋人巧克力一般轻柔甜腻，我们中还会有人轻微抱怨，北海道的雪怎么能不够劲儿呢。结果行到知床，老天发力了。那天参观完自然博物馆出来，已是中午时分。天开始飘起雪花，进而转成大片大片，很有重量感地打在我们头上、身上。此时的我们，正打算到两公里外的地方看瀑布，那地方不通车，需要我们从一片林子中间穿行。雪大风急，但谁也没有退却，就顺着林间深雪中唯一的小径，向目的地迈进。

两公里的路，我们像走了很久很久。开始还狂喜拍照，后来渐至默然。回程也是，一个个的苹果手机全冻得黑屏，低头前行时，耳边只有脚踩在雪上发出的喀喀声。敬业的摄影师，为我们拍下了这一幕。到今天，我们中很多人都觉得，那天最难忘的不是瀑布，甚至不是看到林间出没的鹿，而就是这一行人，在深雪中义无反顾，一个紧跟一个地走着。看照片，能感到每个人都在把自己收紧，收在天地间的静默当中，却又显得无比坚忍。

而照片所记录下的场景，十三年前也还有相似一幕。只不过，当年一行人，是行走于静静的雪后，不像这张，结结实实就在日语中所说的“猛吹雪”中。当年雪地小分队中那些队友，很多已散于各方，如今我的身前身后，多是刚认识的“八〇后”“九〇后”。人生的旅程大概就是这样交替错落，越来越能让人体会什么叫一期一会。

知床好大雪，且让我留到记忆深处。连同这张照片。它于我，是一个提示也是激励，我也到了对岁月绝地反击的年龄。

（《文汇报》“笔会”，2018年1月26日）

谁卖了我的电话号码?

◎盛斯才

自从我在一个楼盘买了一套房子之后不久，促销电话就蜂拥着打进来。我知道是谁卖了我的电话号码，就是我的那个“置业顾问”。她之所以敢毫无顾忌地卖我的电话号码，是因为她做完我这一单后，就从那家售楼部辞职了，而我，再也找不到她。

一开始，我既厌烦，又不知所措；但慢慢地，我不仅适应了，而且感觉，对于每天固坐办公室面对电脑屏幕的我，它是一个另类的了解社会的窗口。

打进来最多的，是售楼小姐、售楼先生的电话，有卖住宅的、卖门面的、卖二手房的；还有，我不是买了一套房子吗，就有中介打来问是否出租、出售。这些年因为电商迅猛增长，许多现有门面关张，新门面成为鸡肋，劝说你投资门面的，也就更多、更巧舌如簧、更加卖力。

接着就有大酒店的推销电话打进来，说我如何具有信用，以至于他们要向我提供贵宾待遇，邀请我加入他们的什么会，成为VIP会员，然后就可以在住宿、餐饮上享受特别优惠的折扣，过年过节还有免费的活动，赠送礼品……大半生身在闹市无人问，咋一不小心就成了大酒店豪华消费的贵宾会员了呢？对不起，我没有喜不自胜，我很冷静：每天按时上下班的自己，不可能一步登龙。所以，我的回答是：“我习惯于住在自己家里，吃自己做的饭菜，虽布衣蔬食，但安全可靠不是?”

但是，人是感情动物。世界围棋顶尖高手李世石、柯杰下不过机器脑“阿尔法狗”，据说一个重要原因就是人的情绪有起落，智商发挥有好坏，而“阿尔法狗”永远超级冷静，你想尽办法也激怒不了它，也忽悠不了它。又一次，我正与合作者全神贯注地忙于一个很重要的事情，一个电话打进来，我非常厌恶，禁不住回了一句粗话，并把手机静音。等我把事情忙完，看到一个打进来十几次的未接电话，我已经完全忘了刚才自己说的粗话，于是赶紧把电话回过去，得到的是一个小伙子炮火般猛烈的谩骂，我插不进话，无法解释，只得把电话挂掉。

为此，我愤怒了一秒钟，接着就开始反思自己。这些漫天撒网打电话推销的，都是公司里资历最浅、薪酬最低，也是干最辛苦的活儿的年轻人，他们刚刚从相对清纯的学校或老家走上无比复杂的社会，情绪上很茫然，工作上不顺手，在他们的心中，本来就积累了无限的怨气和不平……所有这一切，才促使这个受了我粗话的小伙子，那么锲而不舍地要打电话骂回来。

我很感谢这个骂我的小伙子，是我先用粗话对待他，无礼也是我在先；此外，我对他们这样的社会群体缺乏了解和理解。通过深刻反省，从此无论接到什么骚扰电话，我最极端的回应只是直接挂掉，再也不会对人家口出粗言。还是那句俗话说得好：你从这个世界听到的，就是你自己对这个社会所说的话的回音。

当然，有时我比较闲的时候，也会来点小小的“恶作剧”。例如，有要向我推销“无抵押优惠贷款”的电话打进来：“您近期有资金周转的需要吗？我们愿意向您提供无抵押优惠贷款。”我假装“单纯”地问：“需要还吗?”对方倒是很认真：“要还。”我说：“那就算了，我怕自己还不起，我也不想承担负债的压力，如果你们愿意送，我可以考虑部分接受。”

让人始料不及的是，我的电话号码竟然被卖到了无远弗届的地方，不仅远隔数省，而且是偏远省份的中小城市，他们的推销当然各有特色：有的是海滨胜地，有的是天然氧吧，有的是全国著名的长寿村……总的来说，他们向你展示的是一个广大无边的世界，你可以拥有这个世界上无论是大城市的豪华酒店，还是山水胜地的别墅套房；你可以享受山珍，你也可以享受海味；你可以置身于繁华闹市，也可以漫步荒野乡村……唯一的缺陷是，所有这一切的前提，是你拥有花不完的钱，也是成功人士的重要标志，说起来还文绉绉的，叫“财富自由”。

听着这些电话，我就像看见我的电话号码像一个断了线的风筝，在天空随风飘荡；像一叶没了根的漂萍，在大海随波逐流；也像一个没了爹妈的孩子，在四处流浪……

（《杂文月刊·原创版》，2018年第2期上）

孩子天生是诗人，大人却失去了耳朵

◎曹卓彧

我们也发现，孩子其实不太清楚“诗是什么”，更没有学习过诗歌的好坏要怎么评，但这并不妨碍孩子们写出充满奇思妙想的诗篇。

作为图书编辑，最开心的事莫过于自己做的书受到读者青睐。2017年10月，我做责编的《孩子们的诗》，甫一上市就在网上爆红，多地出现断货的情况。从目前看到的读者评论里，被孩子们感动的很多很多。看来，孩子的诗句真的唤醒了每个人心中都有的童真。

其实我第一次看到这些孩子写的诗句，就是这种感觉。比如，看到《挑妈妈》的那一刻，马上想到自己小时候也想象过“在天上挑妈妈”的场景。不过看多了孩子的作品，我们发现有些题材出现概率特别高：太阳、月亮、星星、春天、影子、爸爸、妈妈……或许这就是孩子的世界，元素单一甚至单调。综合考虑到读者的阅读体验，在这些常见题材的诗里，我们最后选取了少数特别有想象力的。像“灯把黑夜 / 烫了一个洞”，语言简单，但极具冲击力。为什么会用“烫”字？网友猜测，孩子家里一定有家长抽烟，所以会听到“烫了个洞”这样的表述。

我们也发现，孩子其实不太清楚“诗是什么”，更没有学习过诗歌的好坏要怎么评，但这并不妨碍孩子们写出充满奇思妙想的诗篇。比如，七岁的李雨融说：“写诗有点像拍蚊子/有时候我一不小心/就按死了一只/有时候/我拼命地拍打/却怎么也打不到它/我觉得写诗/就是这样。”哈哈，也真是这么一回事儿。有时候，孩子为了完成作业、参加比赛硬写出来的诗歌，还不如他们平时脱口而出的句子呢。

不过，我也留意到网上有人质疑这些诗句不是孩子们写的。也许，是这些句子超出了他们对孩子汉语运用能力的想象吧。在这个疑问面前，我想更有发言权的应该是那些做了父母的读者。很多家长说，读了这本书之后，瞬间想起自家孩子也说过很多有诗意的句子。

确实，小诗人们的成长离不开家长的启发。书中很多小诗人，都是在父母启发下养成了用诗句记录生活的习惯。比如，铁头小时候看到阳光很好，对妈妈说：“我想到阳光里洗洗手”，于是妈妈开始鼓励铁头记录下来这些句子。那时候，他的本子上还常常有用拼音代替的字。还有另一位小诗人姜馨贺，两三岁的她曾跟爸爸说：大蝴蝶没有小蝴蝶好捉，因为大蝴蝶“经历了太多往事”。这句话让姜爸爸很惊艳，于是开始有意地帮她做记录（当时馨贺还不会写字）。有时候姜爸爸试图给姜馨贺提意见：“这个词是不是换一个效果会更好？”这时姜馨贺就会傲娇地说：“是我的作品还是你的作品？”

呵呵，孩子的世界有别于成人的世界，孩子的语言也有别于成人的语言。记得丰子恺先生说过，由儿童变为成人就好比青虫变为蝴蝶，而青虫的生活和蝴蝶是大不相同的。丰先生告诫成年人：“对待孩子，切不可在青虫身上装上翅膀，教他同蝴蝶一起飞翔；而应是蝴蝶收起翅膀，同青虫一起爬行。”诚哉斯言，孩子是天生的诗人，只是成人失去了听见诗的耳朵。但愿为人父母者，能够呵护孩子的“诗心”，能够听懂孩子的“诗意”，请用心记录孩子灵光闪现的句子；切不可像“拍蚊子”一样，一不小心就按死一只，要知道你一不小心也可能扼杀孩子的诗心！

（《南方周末》，2018年2月1日）

为亲情拓展对话空间

◎彭　飞

近日，一篇《北大毕业美国留学生万字长文数落父母，12年春节不归决裂拉黑父母6年》的文章在微信朋友圈被热转。文章复述了一位儿子写给父母的万字长信，痛陈父母从小到大“过度关爱”“肆意操控”，导致自己在心理和生活上遭遇一系列问题。写信人高考状元、北大本科生、美国名校研究生等身份，与他同父母走向决裂的结局形成强烈对比，引发舆论热议。

真相还有待进一步确认，但一封信所引发的舆情，却促人思考背后的亲子关系问题。父母和孩子间发生如此激烈的冲突并不常见，然而，极端个案往往包含共性要素，文中一些细节触发了不少人的成长记忆。从小到大，几乎所有衣服都严格按父母的喜好和审美来置办；想学感兴趣的东西，父母却要求学“实用”的东西……在这封长信中，类似亲子关系被概括为：父母对子女的控制欲太过强烈，甚至让子女产生了心理问题。

无论是视为肆意操控，还是视为过度关爱，深层次问题往往在于代际冲突。父母脑海中赖以生存并被认为是普遍正确的生活准则和价值观念，对不同时代环境中成长的年轻人而言，很可能会水土不服。一旦父母基于在家庭中的权威地位，将自己的想法强加给子女，争吵也就在所难免。“万言信”提到关于学校的选择、人生的规划，乃至委托熟人进行“照顾”反倒成为人际负担等等，很难通过一面之词判断对错。但信中的亲子冲突，很多不一定是“父母与子女的战争”，而是代际之间对于世界、对于人生等问题认识差异的体现。

代际冲突几乎不可避免，如今还有不断加剧的趋势。一方面源于社会环境变化，年轻人更加追求个性、崇尚自由，对传统的由父母主导的家庭关系产生不小冲击。另一方面，互联网打开了更加平等开放的交流空间，但由于算法、屏蔽等技术的应用，文化圈层现象愈加显著，反而在代际之间筑起沟通的高墙。“交流的工具是多了，却越来越不懂孩子在想些什么。”许多父母心中的困惑，映照着冲突的根源。

如何探索弥合代际冲突的方法？面对极端案例，我们也许无法说服矛盾双方各退一步；但在更普遍的生活经验里，父母和子女却拥有达成和解的广阔空间。作为父母，应多反思自身的教育方式，涵养循序渐进的耐心，多用引导代替教训，尝试理解子女所处的时代环境；作为子女，应在成长的积淀中学会换位思考，理解父爱母爱本身的局限性，包容时代在他们身上刻下的印记……努力增进超越代际并基于共情的有效沟通，即便无法一劳永逸解决问题，也有利于家庭构建和谐的亲子关系。

父母与子女，构成我国家庭结构和伦理关系的核心。不可否认的是，以“孝”为核心要素的中国家庭伦理，不仅是“中国人之所以为中国人”的文化根脉，反映着人与人之间关爱、感恩等情感需求，更深刻塑造着每个人的生活方式与精神气质。因此，这封信也许会被忘记，但它所带来的反思却应该留下。

（《人民日报》，2018年2月1日）

姑妄信之

◎韩　羽

一友人求得方成新画钟馗，要我题跋，写了如下几句话：

“钟馗捉鬼，唐明皇尝梦见之，诏吴道子画其像。自古迄今，画不完的钟馗，捉不完的鬼。到底钟馗厉害，还是小鬼厉害？丁酉夏，百岁老人方成画钟馗，八十七岁小韩涂鸦凑趣。”

清人顾炎武考证过，钟馗实乃“终葵”。终葵，椎也。类似槌子，用以逐鬼。以讹传讹，至沈存中《补笔谈》，由物一变而为人。云唐时人，能捕鬼，玄宗尝梦见之。无稽之谈，“未必然也”。

言者谆谆，听者藐藐，人们偏偏相信唐明皇。何以故？盖人民之所愿望者，纵使不是真人真事，寄托之泥塑木偶，不亦聊胜于无，何况“假作真时真亦假”乎！

漫画家徐鹏飞新出一画册。莫非出之同样心情，而情有独“钟”？

鹏飞画钟馗，有点像现下摄影的“偷拍”。钟馗隶属鬼籍而又混迹人间，当必也有人的趋利避害、乔装作势的本能。这一偷拍，乘其不备而窥之，那“本能”也就曝了光。

先看闪光点，“干活不用赏，全凭好思想，只要鬼还在，钟馗不离岗”。豪言壮语，掷地有声，好一个打鬼英雄也。

调门忽地低了，“越抓鬼越多，越捉鬼越大，百思不得解，老钟有点怕”。面对“百思不得解”的庞然大物能不悚然而惧，老钟实话实说，坦诚得令人爱煞。

还有更挠头的哩，“钟馗潇洒在阴间，步入阳世心茫然，阴府恶鬼不足惧，世上小人最难缠”。钟馗捉鬼，捉来捉去，终于明白了人比鬼还可怕。知乎知乎，小人之智，远胜君子，给你摆个“无物之阵”，使之无所用其力。拔剑一茫然，奈何奈何！

哇哈！“迎风户半开”乎？“阴府不好，阳世不妙，何处净土，醉乡找找。”

岂料刚一闪念，如妻妾之争宠，“满庭佳酿扑鼻香，都是小鬼送的礼”。钟馗再傻，也不会把“小鬼送的礼”嚷嚷出来。实系出之“偷拍”，而窥其心中之秘。入醉乡欤？抑不入醉乡欤？

到底钟馗厉害，还是小鬼厉害？于画笔毫端可见蛛丝马迹。钟馗固然厉害，小鬼也不是省油的灯。虽然“不管黑猫白猫能逮住耗子的就是好猫”，但也别忘了“不管黑耗子白耗子能不被猫逮住的就是好耗子”。形格势禁，出之多种缘由，既有逮住了耗子的猫，也会有没被猫逮住的耗子。

（《河北日报》，2018年2月2日）

每所高校都要有个拉风的名号?

◎邓海建

中国高校改名潮，前有古人、后有来者。有同学很担心地说，就怕这个寒假刚过去二三十天，按“名”索骥回去，怕是要找不到自己的母校了。

在测字改名这件事上，中国高校最是痴迷最是执着。不算不知道，一算吓一跳啊：2012年至2017年间，左右不过五六年，中国竟然有超过200所高校更换了校名：其中2012年有30所，2013年有51所，2014年有36所，2015年有72所，2016年有39所，2017年列入专家考察的高校有46所。

当然这还没有结束：2018年1月20日，教育部发展规划司正式公布了2017年度申报设置列入专家考察高等学校名单，共有46所高校入选，其中包括新设本科学校（21所）、更名大学（16所）、独立学院转设为独立设置民办本科学校（6所）和同层次更名（3所）。如果各家比较顺利，很多同学的毕业证又要换封皮了。

一花一世界，一名一笑谈。

某些大学改名的那点小心思，其实我们都懂的。改来改去，无非就三种手法：一是升级战。从学院变成大学，听起来就洋气。二是扩张术。去掉“省”字头，改成华中华北华东，恨不得冠名全宇宙。三是美颜技。去掉“水产”“铁路”“化工”，改为“海洋”“交通”“理工”。生源危机之下，学生不好招啊。广告还要靠表演艺术家加持呢，名字改了，让你蒙圈了，填报志愿的时候就能浑水摸鱼了。

有意思的是，去年6月11日，教育部权威发布了全国正规高校名单后，381所“野鸡大学”名单随即出炉。你看看这些野鸡大学，名字取得简直和改名后的正规院校一个德行啊。这是巧合呢还是规律呢?

中国有句老话，“行不更名坐不改姓”。这话其实说的是，名号就是信用。这年头很多人鄙视经常换手机号码的人，何况是用了几十年的大学校名？北大清华的招牌未必洋气，但人家起码不会在校名上做文章。2017年2月，教育部发布《关于“十三五”时期高等学校设置工作的意见》，明确规定坚决纠正部分高等学校贪大求全，为了更名、升格盲目向综合性、多科性发展的倾向。

大学之大，非大楼、非大名，还得有大师，还得有大“人”。

（《燕赵都市报》，2018年2月3日）

令人叹息的“暖新闻”

◎司马心

日前一大门户网站，在首页赫然发表一则“暖新闻”——因为时下“暖新闻”的金贵与稀缺，所以照例引起不少人的关注。

啥样的“暖新闻”呢？一瞧标题就会一目了然——“老人买菜收百元假钞 路人用真钞换走”，说的是湖南湘潭板塘市场，一名卖菜老人不但收到一张百元假钞，还倒赔了几十元的找零，这就是卖菜一个早上的辛苦本钱啊！于是一位陈先生，便拿出一张百元真钞换走了老人的假钞。陈先生将此事发朋友圈后，不断有好友表示愿帮老人换假钞，纷纷表示这些钱“算我的”。结果当然更温暖，老人感激不尽，还送给陈先生一面锦旗，上书“雪中送炭”呢！

这是一条“暖新闻”吗？怎么读来像是要抽一口冷气呢？这是“和谐”的赞歌，还是我们的一点无奈？好心人固然不错，但对我们的社会却多少是一种无奈——难道市场上假钞的横行，已经“无奈”到只好靠“好心人”用真钞去换走？这个“换不胜换”，其实对于打击犯罪一点作用也没有，反而只能让制假用假者在那里窃笑数钱呢！我们的媒体，传播甚至弘扬这种“以真换假”的好心，我看就有一点令人叹息了。

其实不久之前，还有一条令人叹息的“暖新闻”——新闻史学的泰斗方汉奇教授欲捐百万助力研究，他去银行汇款时，“银行如临大敌，陪去的师妹被当成骗老人钱的骗子审问，就差报警了”。银行有至少三名工作人员同时向方教授了解汇款情况，“一听是学生和基金会的人更紧张了，直接喝退师妹和基金会老师：你俩后退，我们单独跟老爷子说话！老先生，您有孩子吗？他们都知道吗？方先生说：有个儿子在美国，还有个女儿在英国……完了！更像上当受骗了！”……

这条新闻见诸报纸时，做了一个大标题，叫做“温暖的误会”，无疑也是一条“暖新闻”。但是这个误会，真的很“温暖”吗？银行对于诈骗的防范，当然尽心尽责，但电信诈骗金融诈骗投资诈骗等等的甚嚣尘上，已经使银行“如临大敌”，连一个方老泰斗都被怀疑和盘查，这背后的社会问题，究竟是“温暖”呢，还是一种悲哀？我们的编者在做出“温暖”的大标题时，心中有没有一丝凉意？

现在“暖新闻”确实稀缺，固然有某些媒体热衷于“负面”的原因，或连篇累牍，或夸大渲染，甚至还有杜撰编造的“客里空”，这里既有吸引眼球，追求轰动的不良新闻观使然，也不排除少数人“不可一日不拱卒”的居心叵测。但平心而论，我们本来就不够的暖新闻、正面报道，有些却还存在着思维方式的差误，比如把我们的悲哀当成赞歌来颂扬，比如将复杂尖锐的社会问题交给所谓“心灵鸡汤”来化解，就可能使某些暖新闻有悖常理、违乎常情，反而造成读者网友的叹息甚至反感。

数年前雅安地震时，长春有一位“卖粥奶奶”，曾令多少人垂泪。一位84岁的孤老，天天卖粥为生。地震了，老人将卖粥攒下的200元无私地捐了出来，于是报纸你载我转，荧屏争相竞播，我们闻此善举，眼泪都要掉下来了。但是落泪之余，也不妨想一想，一个84岁的孤寡老人，仍然一年四季在街头露天寒风里烈日下一勺一勺地卖粥，那么多少年来，奶奶天天站在街头的样子，我们为之动容过没有呢？

所以，对于这样的“暖新闻”，我们与其感动，不如反思一下呢！

（《解放日报》，2018年2月6日）

娱乐不是肉麻

◎乐　朋

“娱乐至死”的年代，影视界大刮娱乐风，影视明星纷纷化作大腕。我就见过某“女神”在电视娱乐节目里自诩“高智商”，还卖弄风骚地宣称：“我有‘最强大脑’，主要是我的屁股比较大。”“女神”自炫屁股大，引来满场尖叫。这般搞笑，是娱乐，还是肉麻?

由此想起鲁迅的《夜来香》——这篇杂感，五百来字，却予弥漫上海滩的色情文化以辛辣讽刺和沉重一击。它录下一首广播歌曲《夜来香》歌词：“夜来香，夜来香，千万种香花儿比不上……哥哥喜爱夜来香，一阵一阵香风儿透入两个心房……多么骨软筋酥，飘飘荡荡……”果真是香词艳曲。鲁迅说，“只要记得这一首，就懂得洋场上顾影自怜的摩登少年的骨髓里的精神”。他又推及文学、戏曲等，批评某些“苏滩”剧目和一些诗歌“集肉麻之大成，尽鸳鸯之能事，听之而不骨头四两轻者鲜矣”。其毒腐作用，不可低估。

鲁迅将批评提升至社会层面。说“在鸦片当饭，指南针看风水，镪水浇衣服的国度里，单能想播音不宣传肉麻文学吗?”汇集封建遗老、时髦恶少的“国度”，必然生长出下流的“肉麻文学”。“肉麻文学”的根源，是社会的腐败存焉。目光如炬的鲁迅，抨击色情文化鞭辟入里。

大众娱乐，要助人奋发向上、使人得到美的愉悦，而非尽玩些肉麻、色情的低级趣味。蛊惑受众的肉麻娱乐，与鸦片枪、麻将牌、姨太太一样，不过是某些“大人用的玩具”（《花边文学·玩具》）。除了供阔人享乐，便只会使大众麻木和麻醉。

文艺要“讲品位、讲格调、讲责任”，不要“低俗、庸俗、媚俗”。肉麻的“三俗”娱乐，有碍社会的文明进步。恶俗的“肉麻文学”“娱乐至死”，当坚决抵制。

我说娱乐不是肉麻，不是反对一切娱乐、重返“样板戏”年代。我想说的，是娱乐的格调、品位要高雅些，以利于人的现代化。文化是“化人”的，而“肉麻文学”只会催人兽化。

前些年“娱乐至死”、肉欲色情泛滥，不就照见官商两界的腐败风气吗？但确如鲁迅所说，“若文艺设法俯就，就很容易流为迎合大众，媚悦大众。迎合和媚悦，是不会于大众有益的。”大众消闲文化之一的娱乐，同样肩负着“化人”的责任。娱乐圈的大腕、新星，要致力德艺双馨，切莫“骨头四两轻”！

（《今晚报》，2018年2月20日）

少有人顾及鸟的感受

◎商子雍

灯节（也就是上元张灯结彩），是古老的中国民俗，而近三十年来，每逢春节，西安的城墙灯会闪亮登场，已经成为这座美丽城市的一张醒目名片。鄙人作为资深西安市民，又有着西安城墙历史文化研究会研究员的头衔，和这样的活动发生联系，是非常正常的事。比如羊年（2015）春节，作为亮灯仪式的嘉宾来到现场，和其他几位嘉宾一起，把红酒注入一个漂亮的羊形雕塑之中，顿时，华灯亮起，欢声雷动，那场面，的确是感人至深、至今难忘。今年灯会，仍然有活儿要干，只不过不是登台亮灯，而是幕后敲字，被要求写出千五百字，为戊戌春节城墙灯会造势。文章在一个名叫“悦西安”的网络平台推出后，没几天，就接到主事者的微信，说是阅读已上两万。好啊！想来今年的灯会，一定会盛况空前。

事实也果真如此，正月初三晚上，我和老伴、孙女前往城墙灯会，一进永宁门瓮城，摩肩接踵的观灯者，便让我大吃一惊：这么多人！永宁门广场上和瓮城里的灯火辉煌，就已经令人叹为观止，排了长长的队（很多年都不曾排如此壮观的队了），好不容易登上永宁门城楼，美不胜收的各色华灯沿城墙向东、向西延伸，让人目不暇给。在中国人的传统思维中，狗年是被视为“旺”年的，看来，戊戌春节的西安城墙灯会，还真是以其出类拔萃的风姿，给这个“旺”年开了一个红火、吉庆的好头！

不过，观灯归家，在脑海中挥之不去、让我久久不能入睡的，却是这样的一组华灯。

那是在由永宁门东去文昌门的一段城墙上，十几个巨大的鸟笼错落而立。既称鸟笼而不呼笼子，是因为其中，无一例外地都关着一只漂亮的鸟。

太熟悉了，这样的生活场景，几乎天天可见。就在和城墙比肩而立的环城公园里的某几个地方，当然，不是晚上，而是早晨，你会看到，十几个挂在树枝上的鸟笼一字排开，煞是壮观，而此起彼伏的优美鸣叫，更是令人在一派天籁之中如醉如痴。没有人不爱看美丽的鸟，没有人不爱听美妙的鸟鸣，这也难怪笼养鸣禽，在中国已有不短（甚或很长）的历史并且被一些国人津津乐道地称之为“国粹”呢！

可有多少人知道，让一只野生的鸟，脱胎换骨地成为让人悦目、悦耳的笼养鸣禽，该有多么艰难！

首先是要选鸟。以画眉为例，在鸟市选购时，一只画眉的优劣，要按照一定的标准，通过对其头、嘴、眼、眉、爪、羽色、须式以及整个体型进行仔细观察后，才有可能做出较为准确的综合评估，这是件技术含量很高的活儿，非吾等外行可以胜任。

下来是要驯鸟。由于画眉性情刚烈，野性十足，饲养者必须以极大的耐心慢慢接近它，通过亲手喂食喂水，不断增强信任、逐渐加深感情，等到画眉能够较为安静地置身于笼中，见到主人不惊不炸时，驯鸟即大体成功矣！

不过，本已驯服的画眉，在见到生人，或忽然来到陌生环境时，又常常会野性大发，惊悸乱扑；要改变这种状况，就需要遛鸟了。或清晨，或黄昏，主人提着鸟笼外出，行进时两臂自然摆动，切记动作不可过于剧烈。最初遛鸟时，要给鸟笼穿上笼衣，以免陌生环境对笼中画眉的刺激过分强烈，慢慢地，笼衣可以一点儿一点儿地掀起，直到画眉对周围的各种环境完全适应，这时，便可以脱掉笼衣，把鸟笼悬挂到某个鸟笼聚集之地了。画眉天生一副好嗓子，又极善于模仿同类及其他鸟类鸣唱，在先行者动听鸣叫的熏陶下，后来者很快就会引吭高歌，加入到众多画眉的美妙合唱中去。

在动物保护主义者的心目中，包括驯鸟在内的所有驯兽，都是违背自然之道的倒行逆施，一律坚决反对。当然，对这种似乎有些极端的认知，不认同者大有人在，也并非全无道理；因为，“马牛羊，鸡犬豕，此六畜，人所饲”——总不能把饲养家畜这么一个人类进步的里程碑，也一笔抹杀吧！但同样无法回避的事实是，在笼养鸣禽这样一个系统工程之中，位列第一的环节，是为捉鸟。有鸟类专家称，鸟市上一只活鸟的背后，是十几乃至几十只鸟的尸体，惨不忍睹啊！对这种说法，我信，鉴于此，那种能够让人如醉如痴的由画眉唱出的天籁之音，是不是便会在你的耳中，顿时大大减色甚或完全失色呢？

并且，侥幸活了下来，并在笼中引吭高歌的那些画眉，就果真快乐吗？

宋人欧阳修有句："百啭千声随意移，山花红紫树高低。始知锁向金笼听，不及林间自在啼。"

清人郑板桥认为："平生最不喜笼中养鸟，我固欢娱，彼在囚牢，何情何理！"

若有人问：你商某人对此事有何看法？答曰：吾非鸟，安知鸟之乐抑或不乐；唉！不说也罢。

看来，早晨，环城公园的树荫下，有关在笼子里的画眉婉转高歌，夜晚，以此为题材的华灯，在遐迩知名的西安城墙灯会上，也赫然存在，归根结底，是由于少有人像欧阳修、郑板桥那样，顾及鸟的感受。是啊，同鸟相比，人的确是太强大了；而有意无意地忽视弱者（不仅仅是鸟）的权益，又是人类社会至今尚不曾完全摒弃的一种丑陋！

我叩问自己：倘若事先便知道有这样一组把鸟关进笼里的灯，对给戊戌春节西安城墙灯会撰写推介文字这么一桩活儿，还会欣然接下吗？

（"商子雍——新浪博客"，2018年2月20日）

大数据也可以有温度

◎张慧中

最近，美联社盘点了去年美国公司“大赢家”，排在榜首的是亚马逊。在观察者看来，这家积累了大量大数据，对数据分析成熟度远远超过同行的公司，“把技术平台优势运用到了每一个领域”；因为长期保持对用户行为的追踪，它也一直在提供更加卓越的个性化购物体验。“数据就是力量”，如何让数据“开口说话”，为社会服务，再次成为公众热议的话题。

发端于20世纪90年代的大数据研发，如今早已融入工作、生活的方方面面。麦肯锡公司的相关报告指出，大数据将会成为未来创新力、竞争力和生产力的关键基础；“运用大数据进行决策”，也被列入了未来影响人类发展的23项技术变革之一。然而，对大数据发展的“负面性”，近年来不乏反思的声音。

英国《卫报》分析，大数据时代，个人信息本身就已经变成了可被出售的产品。而在反映人被科技操纵的英国电视剧《黑镜》中，有一集讲的是根据用户的社交网络数据评分，来预测一个人是否靠谱，是否有资格租房、坐飞机。评分高受人尊重，评分低则被轻视，这让许多人不得不疲于应对。大数据所延展出来的种种特性，令它多少显得有些技术性的“冷酷”。

新技术往往会以其特有的未知性、前瞻性，冲撞我们的心理认知舒适区。人们害怕大数据的发展，会使自己在未来被控制或被替代，这样的担心不能说是多余。据欧盟统计，目前90%的工作都需要人们具备某种数字技能，而65%的欧盟新入学儿童长大后将从事目前尚不存在的职业。不过这一尚处于青年时期的“新技术”，如人类本身一样，是复杂的多面体，因此观察也需要更丰富、多元的角度。

事实上，没有大数据时的人类社会，组成历史进程的每一个个体，是极易“消逝”的。竹简、纸张被毁，一段历史也许就此被遗忘，至于影像技术，也有被永久消除的可能性。而现在，当个体数据被一一抓取、储存、上传、记录，人们的生活和记忆，就此定格为历史进程中的永恒坐标。

每5名中国网民就有一人追赶过“韩流”；《舌尖上的中国》播出时，美食类商品的购买高峰从白天变为了夜晚……此前有电商企业推出的“淘宝时光机”，通过大数据分析，清晰呈现了十年来用户的消费状况。诚如网友所言，“大数据骨子里是有温情的”，历史的发展潮流沉淀而来的大数据，同时又在精确地记录和塑造着历史，填补个人情感和记忆消逝的遗憾。这或许可以说明，看似冰冷的数字，一旦和生活相融，也能产生意想不到的温暖价值。

“一个世纪前，最有价值的商品是石油，今天则是数据”。福布斯网站发表文章预测，2018年将在技术领域开启一个新的时代，大数据不再仅仅是纯技术，会更多应用于管理的过程与实践。这和去年世界电信和信息社会日的主题“发展大数据，扩大影响力”遥相呼应。科技发展的初心是造福于人，摸清大数据的“脾气”“习性”，有效推动其和实体经济、生活方式深度融合，我们才有可能畅享数字红利。

（《人民日报》，2018年2月27日）

读者，书店最好的“合伙人”

◎张魁星

“书籍是人类进步的阶梯。”“爱书吧，它是你知识的源泉。”“读一本好书，就是和许多高尚的人谈话。”“读过一本好书，像交了一个益友。”——读书的重要性不言而喻。然而，作为经营书籍的场所——书店却是潮起又潮落。几年前，很多实体书店歇业的场景还历历在目，但是近两年风向似乎变了，在资本的助力下，不少书店乃至连锁书店纷纷进驻商业空间，甚至电商巨头也在实体书店产业跃跃欲试。实体书店的春天来了吗？

实体书店的春天是不是来了我们很难判断，但有一点我可以肯定：拽住了读者就抓住了书店的春天。天津天泽书店的老板卞红女士希望天泽书店能够做成一个百年老店，她认为，天泽不是她个人的，而是每个读书人的，希望书店能够不断给予读书人一方“读书的空间”，因为无论社会如何发展，都会有那么一群人，希望有一个空间，可以与书结缘，与爱书的人结缘。书店可以是几个股东共同经营，按照常理说，股东都是书店的“合伙人”，但是对于文化的载体的书籍来说，读者不只是书的合著者，也是书店的最好“合伙人”，没有读者这群最好“合伙人”，书店是不会有未来的。

这是一个理念的问题。书店不只是出售书籍的商店，最重要的是，书店出售的是知识，传承的是文化。书店是开给读书人的，但更是开给未来的，没有读书人哪有未来！书店最重要的经营之道就是找到最好的“合伙人”。什么是书店最好的“合伙人”呢？就是能传承文化撑起未来的读者。说起来很深奥，但做起来很容易，就是只卖好书。什么是好书？标准只有一个，那就是有利于人民群众有利于社会文明健康的书籍。经营书店虽然是商业行为，但能把书店长期经营下去的不是金钱，而是好书以及喜欢购买和阅读好书的“合伙人”。不以经营好书为目的的书店，不会有最好的“合伙人”，即使处在寸土寸金的闹市，也免不了倒闭的命运。

现代商业虽然离不开广告，但“酒香不怕巷子深”，好酒藏在深山也有人去买。书店也是如此。人们去书店买书不是为了逛闹市，更不是为了观赏人们摩肩接踵，书店可能偏远，但书店的幽静，更有利于读者静静地欣赏。闹市有闹市的好处，但闹市肯定不是读书人的好去处，肯定不是书店的黄金地点。卞红女士有一句话很好地表达了读书人的心境，对于真正爱书的人，生活里不仅需要的是买到书的结果，还需要一个可以接近书、看到书、抚摸书、打开书、翻看书、选择书、带走书的这样一个与书结缘的愉快过程。书也是商品，但书带给人的不是尘世的喧嚣与浮躁，而是内心的宁静与平和。书中有黄金屋有颜如玉，但书中更有诗和远方。

一家民营书店能延续十多年，靠的是赢得读者的经营之道，但我以为更要有一份定力和精神。卞红女士悟出了其中的道道，书店不只是书店老板的，更是读者的，一家书店的倒掉最失望的是读者，因为读者是书店最好的“合伙人”。一家书店的成功，有老板和员工的付出，更有读者的心血。“我希望天泽能够长久地经营下去，能够给读者提供更好的空间。”卞红说得好，书店就是那个能让人找寻片刻安静的地方。要把书店打造成这样的地方，不仅要有好书，还要用心经营着书店的声音、味道和周边的一切。

作家创作一部书需要耗费无数的心血，而经营好一家书店比创作一部书稿需要更多的心血。一个正能量的作家可以团结很多人，一家只卖好书的书店却可以凝聚志同道合的一群人一批人，因为每个读者都是书店最好的“合伙人”，他们都可以成为燎原的星星之火。星星之火是火种，同时也是燃亮星空熊熊大火的一部分。

（《杂文月刊·原创版》，2018年第3期上）

胡迁之死

◎鲁　敏

也，我“也”是先读到胡迁的死亡，之后才读他的一些作品，跟所有那些懒洋洋又不失真诚与精致的眼光一起，通过汩汩的网络推送，像推送其他类似的激起涟漪的艺术家之死一样。我亦不想讳言，胡迁之死——年纪很轻、刚烈自取，拮据日常、女友分手、影视圈倾轧、艺术梦想幻灭等渐次披露或倒推的信息——呈几何级倍数地带动了对胡迁阅读以及这种阅读的投入程度。人们从各个角度带着痛心与愤怒般（这痛心与愤怒，究竟投射于什么？或谁呢？）的惊呼：这是天才的陨落。那整齐的喟叹活像是在惋惜正要端上桌子却不幸被打翻的甜点。

其中我读到最刺目的一条微信公号，是某别具影响力的书评副刊，在推送胡迁其人其事其作时简约带过的一句背景：胡迁此前的新书，也曾被推荐给编辑部，但因种种原因我们没有关注——“种种原因”——这是一句很诚实的无心之语，却以游鸿一瞥的方式，勾画出世俗与艺术的勾肩搭背之道：从泯然路人到聚光灯下，有一条含混又确乎运转有效的链（别的领域不敢妄言，仅指与大众有互动的艺术门类）：媒体、评论、展览或研讨、签约或获奖、版权改编或输出，等等，大致如此。而可堪玩味的在于，这个聚光灯是高频变更的，流水向前、淘汰如洗的，平均每人三分钟、三天到三个月不等（视吨位与道行深浅不同，有着力学与纳米单位的精准程度），相当于一则微信从开头拉到末尾点赞，相当于一个榜单的投票周期，相当于一个流行季的温度与风向。并且，这被普遍认为很公平，可谓生生不息、有容乃大，是艺术与俗世博弈之后在传媒学意义或未来艺术史册上的最大公约数。不会出现怀才不遇，不会发生出身偏见，不会遭遇审美傲慢，必然会百花争妍、各自芬芳的。嗯，也许差不多算这样吧。挺好。

当然，人们偶尔也会想到，究竟是什么，决定了这一链条的准入环节？像被一只巨大的无形之手从仆仆尘灰里拈起，投放到亮光闪闪的成功学台面上？

那个神秘到致命（不是譬语，在胡迁这里，是实指）的契机式推动，取决于什么？艺术家本人的某种姿态？其艺术创作的超凡脱俗？茫茫暗黑中的伯乐之灯？火热俗世中资本控场方闲嗑瓜子般的唇形与口水？永远饥饿又胃口败坏的媒介与媒介审美？不知道。没有人可以回答，并且我想，这是应当藐视、拒绝回答的一个问题——当一名艺术家钻研或思考起这个问题，在那个瞬间，他已经站到艺术的马路对面了，中间隔着马车、自行车、跑车和红尘。马路这边的艺术或那边的世俗，大而化之地讲，本无所谓对立，都是肖像与风景，无非在质地、标准与掌声上有些差异。但有一点，无法回避：艺术家及其艺术，是需要通过辐射来达成光热的，需要目光与回声，需要流淌的牛奶与蜜。此在与彼岸，他们最好、必须、不得不双跨。或谓之：内心飘飘遗世，肉身烟火熏烤——

于是，这些搞艺术的大家伙们与小家伙们就会在马路两侧交叉跑动，反复地横穿马路，可能大多数人，随着熟，随着老，随着角质变厚、脑子变钝，头发稀白落光，他们掌握了穿梭马路而毫发无损的技巧，甚至会因为这种高段位的穿梭而形成大境界的冰裂纹与隐身衣——同时，我们也会眼睁睁看到，有一些人，年轻到没来得及学会，或年长得执意不肯去学会那跑动之术，乃或认为这世界竟可以飘逸飞翔。他们坠落了倒下了，愚蠢或笨拙，主动或被动，无意或蓄意。胡迁是其中之一。由于身为导演（以原名胡波自编自导四小时长片《大象席地而坐》）、身为作家（以笔名胡迁出版中短篇集《大裂》、长篇《牛蛙》，另有新书《远处的拉莫》待出）、得到大奖（生前获台湾电影小说首奖、身故后获柏林电影节最佳处女作长片特别提及）等关键词的传播效应，胡迁之死多少还惊起飞起几只雀儿、震落几朵野花。而更多的坠落与倒下者，只是像灰尘绊倒在灰尘中那样，从生到死，从有到无，从始到终，都在不为人知处。那些可能怀有亦可能诞生的伟大艺术，像从来没有落下的雨点，是无稽的、不存在的，于是也被认为是无世俗意义的。胡迁之前，亦有多例。胡迁之后，不会终止。这是哪里出了错（如同人们那些无所指、无法指的痛惜与愤怒），还是艺术在向俗世流动中的折损与成本？以生命的方式、以骄傲的残酷、以纤尘般的力量。

具体到胡迁，以可憎的后来的眼光来看（因我们无法假装无视他的死去，那我们甚至都不会打开他的书），正可以感受（加强版的逻辑）到那无法或拒绝与世俗勾搭的气息。他对艺术这件事，有着不自知的令人敬畏的绝对顶真与迷信，艺术成了他飞行的扫帚，他在空中，或者只能在空中，一旦落到马路的对面，世相的那种热腾、甜美与务实，便与他彼此侧目、互为伤害了。

这里，我想觍着早已变厚的脸皮说一句：我能体悟到这种极具伤害性的隔阂与打击。即便而今我已人到中年——用陀思妥耶夫斯基在《地下室手记》里的说法：只有傻瓜才会活到四十以上，并成为这个、成为那个。40岁，这就是整个一生，就已经是风烛残年，就已经卑鄙了、不道德了——但在俗世与艺术的马路两侧，我也依然没法摸索到真正安全的周到地带，我仍会频频遭遇撞击与险情，会滑倒，会倒退，会迷路，会迈出夸张僵硬的步伐，会因为走形的飞升而更加堕落。但因为努力的麻木和足够的鲁钝，我还是在左冲右突、别别扭扭中，侥幸又可疑地抵达到世俗的局部。

因此，假如说，艺术、俗世与死亡是一个“可回收标识”的三角关系，那么我想稍作延展，像一切可恶的世故者那样，我们总在追求面面俱到的说法。

一、在一定的高度、角度和一定的圆融手法上，艺术与俗世，亦可如盐入水、混沌如一。例子很多，多得站满了所有的纪念碑、博物馆或广场，比如名人堂、大师雕像、终身成就或德艺双馨——虽然看上去像，但我真的一点都不是讽刺，世界上的确有许多这样的双全者。艺术本身，绝对是慷慨大方、无限宽广的，它护佑并解救着所有那些受苦或以为自己在受苦、简直过不去了的人们。

大约就在半个月前，我看过一部法国纪录片，记录的是法国新浪潮祖母阿涅斯·瓦尔达在89岁高龄与街头艺术家JR合作进行的一项艺术活动，他们进入乡村，把农夫与农妇的面孔拍放成巨幅照片，张贴在山墙、谷仓、礁石、码头集装箱或长途大货车上……瓦尔达在影片里对着镜头说（大意如此）：“艺术就是这样，你要寻找一个方式让它去进入更多人的生活，与此同时，你也能够巧妙地夹入和实现自己的想法（私货）。”瓦尔达做到了，她顶着一头并不好看的蘑菇形双色发，她矮胖老，89岁之老。也许，这种兼达的和谐，得足够老衰才能抵达，得向长寿去努力，去与时间并肩，进行消耗战与持久战，这会让年轻人感到陈腐吧，哪怕那陈腐即意味着肥沃，如同特供给艺术家的野心酵母。

二、如果不圆融、不辩证也不野心，并且拒绝陈腐、宁可去死。那么……好的，这个小小三段论就直接进入死亡。

死亡，当然，这是一个百感交集的点。如果我们足够冷静冷酷，尽量不感情用事不伤感主义，你可能多少会同意，人们对死亡总有强烈到难以掩饰、也不想掩饰的嗜血之癖，在这一点上，俗世和艺术算是达到了高度的共性。世俗的权力、幸存者的内疚或者垂怜，会以青眼投注到亡者身上，慷慨地开辟绿色通道，直接通关，予以长达三分钟或三天的光芒。众声嗡嗡嗡。另一方面，对艺术家最后一击的作品评判，也会因死亡之力，而被直接镀金、升华，是的，死亡的大悲大恸大决裂在不知不觉中高拔了放大了我们的感受力。死，那一无功利、无争夺的终止符，多么泫然，又多么炫目——这难道不是一种巧夺天工般的顶级光芒吗。罪过，如果我的口气仍然显得反讽，我愿意为此修正并道歉。此非本意，因我并无这一资格，或许任何生者都会推卸这一资格。死亡面前，所有的立场都会三鞠躬，都会颤抖着股膝表示对死神的心悦诚服。这是八百击的最强一击，扭转俗世规则与平庸艺术的赛末点。

……死亡成了胡迁作品的一部分。我不赞成（当然，谁又需要谁的赞成呢）他的死亡，也并非说喜欢他的小说到一个多么高的程度，但我看重他对写作风格的选择，看重他对世俗的彻底背弃，看重他对死亡的主动调度。这三个方面，他所达到的纯粹与酷烈，仿佛是我们所有这些混迹艺术与世俗者的一个代表——拒绝的、反方向与反作用力的一个代表。

最后写两句关于胡迁的小说本身。说实话：他的东西不太合适集中阅读。那股强烈的丧衰，会大大地拉拽阅读者的心绪，你会感受到那赤诚中所迸射出的破坏力，是的，我用了“破坏力”这个褒贬各半的词。我个人感觉，他的小说适合单独、单篇儿、冷不丁地读。夹杂在光鲜顺溜的公号文或金融报表或逗趣对话截屏里，这时的阅读才会更为清澈，获得完整和有效的灼伤，纯正的艺术性灼伤，如同佐罗的签名或V字仇杀队的面具，那是胡迁对艺术这片领土，日渐荒芜贫瘠的领土的贡献。他加重了阴影，他校减了速度。他后视镜，他恶作剧，他思无邪。

（《北京青年报》，2018年3月2日）

表情包也要有“法治脸”

◎谢　军

“葛优躺”表情包侵权案二审落槌，维持原判，判决艺龙网公司赔偿葛优经济损失及维权合理支出7.5万元并赔礼道歉。从“葛优躺”走红，到葛优肖像权“躺枪”，再到今天葛优胜诉，尽管维权过程并非轻而易举，但这起案件给企业和公众都上了一堂普法教育课：使用真人表情包不能随心所欲，即使博人一笑，也应谨守法律边界，以不侵犯他人合法权益为前提。

时下，表情包已成为流行的网络表达方式，但也带来了滥用的乱象。除了本案中的演员葛优外，姚明、傅园慧、张学友、周杰和黄子韬等体育演艺明星的表情包，也是网民社交聊天、商家广告宣传的热宠。事实上，明星官方出品的“正版”表情包不仅是宣传工具、圈粉利器，还能带来实实在在的收入。现实中，明星真人表情包的使用却往往超越官方提供的范围，侵权纠纷也因此时有发生。

更为恶劣的是，个别商家与网友在制作与使用真人表情包时，为蹭热点而践踏道德底线，为博眼球而不顾民族情感。比如，韩红帮助环卫工人打扫街道的画面被制作成“韩红听了都想打人”的表情包、纪录片《二十二》中“慰安妇”受害老人被制作成带有戏谑成分的表情图像，等等，此类侵犯他人合法权益、有违社会公德的表情包，不仅销蚀社会的价值认同，更把网络环境搞得乌烟瘴气。

真人表情包乱象，折射出制作与使用者法律意识的欠缺。真人表情包以权利人形象为基础，容易涉及其肖像权、名誉权、姓名权等民事权益。以商业使用为目的，未经肖像权人同意，截取图像制作表情包，就会构成对他人肖像权的侵害；如果表情包对权利人进行不当处理，指向丑化、歪曲的效果，可能侵害他人的名誉权；此外，没有取得许可就利用了特定的名人肖像、影视剧片段，还可能侵犯影视剧的著作权。在实践中，真人表情包侵权现象并非完全独立，一种表情包的制作与使用甚至可能同时侵犯两种或者三种权利。因而，在制作与使用真人表情包时，就不得不进行预见性的考虑，谨守获得肖像权人许可、不以营利为目的、不丑化他人人格等红线。

滥用真人表情包，可能会吃官司，这是法治社会的题中之义。制作与使用表情包要以社会公共利益为准则，绝不能突破法律边界，突破道德底线，更不能包含歧视或宣扬封建迷信内容。这既是对自己的保护，也是对他人的尊重。唯有如此，打造喜闻乐见的表情包文化，方能形成“万类霜天竞自由”的网络氛围。

（《人民日报》，2018年3月2日）

同学会是一场皮影戏　注定活在彼此记忆里

◎张五毛

只想做一面镜子，照见青春，照见彼此。

掐指算来，我大学毕业已经12年，中学毕业16年，小学毕业23年。几乎每年都要参加一两场同学聚会。庸俗攀比的表演我见过，感人肺腑的真言也听过。讨厌过别人，也被别人讨厌过。

随着年龄增长，我学会了以佛系青年的姿态，出现在同学会上。人生得意须尽欢，人生失意莫瞎攀。努力在同学会上，维持一个成年人的成熟与体面。

于多数人而言，人生中最美好的同学聚会，大概是在大学毕业五年左右。此时，同学们初入职场，略识人生，像正在爬坡，即将登顶的运动员。挥斥方遒的学生稚气要脱未脱，人生成功的小确幸将到未到。有一肚子苦水要吐，有满腔的抱负要说。

毕业五年，我们没被社会完全同化，也没被生活完全碾压。在事业上，同学们虽有拉开差距的迹象，但也并非遥不可及。所以，曾经的兄弟尚可以勾肩搭背；在感情上，大多数还未婚娶，即便是结婚了也还没有生娃。所以，昔日的恋情还可以想入非非。

念旧情是真念，因为尚有一丝纯爱的余温；祝福也是真祝福，因为还有一些真情的底色。此时的同学会，像水中月，雾中花，照见的全是美好。

毕业十年的同学聚会，大概是最丑陋的同学会。此时，人生的分水岭已清晰可见。同学已完全褪去学生时代的单纯。华丽的包厢里全是人生的演员，华丽的衣服里全是生活的褶皱。

同学们言语之间未必是炫耀，但我们会以为他在炫耀；同学之间未必没真情，但我们已经扭曲了真情。因为人到中年，纯真已经退却，人生尚未悟透；危机四伏，刀光剑影。

几年前，陪一位老领导参加他的同学会，我在一旁端茶倒水。

老人们话不多，一见面先把手搭在一起，不是学生时的勾肩搭背，也不是中年时的仪式性握手。而是见一面少一面的不舍与珍重。他们的手用力地攥在一起，一直握着。

谈起不能来的同学，唏嘘不已；谈起去世的同学，潸然泪下；酒桌上，他们不再排次序，哪里顺手就哪里坐下；也不再劝酒，说得最多的一句话是：能喝就喝点，血压高就别喝了。

记忆最深的是一位从云南赶过来的“老同学（他们叫他老刘）”，颤颤巍巍地走进包厢，好多人已经认不出他来。做了自我介绍之后，同学们一片哗然，记忆被瞬间唤起。坐下之后，老人家把自己大半辈子的经历娓娓道来。显然，他过得不好。但我清晰记得，老人在讲述人生时很平静，看不出自卑，也没有哀怨。只是把自己这些年的经历分享给了昔日同窗。

老刘讲完后，有位四川籍的“老同学”拍着桌子说：你个瓜娃子，为啥不跟我说？你过得这么难，为啥子不跟我们说？你有困难给我们打个电话嘛，我们帮你呀！我们都老球了，要钱有啥子用？咱们一个被窝里躺过的，我们不能自己享福，让你一个人受罪！

老刘说：也没那么难，我还有退休金，能过得去！就是老了，想来看看你们，怕不来以后见不到了！

那位四川籍“老同学”拍桌子时的神态，我一直记得。我被他的真情打动，也被他们老年时的赤诚感染。那是我参加过的最感人的一次同学会，那不是我的同学会。但我知道，有一天，我们也会拥有这样的同学会。

因为旁观过一次这样的同学会，所以，我很少缺席自己的同学会。混得再不好，我也会去。不为攀比，不为互助。只想做一面镜子，照见青春，照见彼此。

同学，是我们的影子，你逃不了，也踩不住。同学会是一场皮影戏，去与不去，都不会缺席，因为我们注定要活在彼此的记忆里。

年轻时，如何攀比，如何假装，如何钩心斗角都不重要。重要的是，我们终归会有一天，把布满皱纹的手搭在一起，不愿撤离。

（《北京青年报》，2018年3月2日）

规则意识当成现代文明通行证

◎高亚洲

没有人会怀疑我们已身处“现代社会”，关于现代社会，有一个颇为流行的说法——就是从身份到契约。契约的最大特点就是“讲规则”，那么，规则意识是否已经深入人心呢?

最近，中国青年报社社会调查中心就此联合问卷网，对2001名受访者开展了一项调查。调查结果中有几个值得关注的重要信息——69.0%的受访者感觉人们的规则意识比过去增强了。62.4%的受访者建议人们从生活细节入手，从小培养孩子的规则意识。61.0%的受访者建议学校给予正确引导。据悉，被调查者以70后、80后、90后为主，这三个群体也是目前社会的主要活跃群体。

仍有必要对规则意识做一番厘清，它所描述的，是人们发自内心、以规则为自己行为准绳的意识，而不是简单地依照规则。当它被郑重地提出，无疑是因为在当下要直面两个现实：一是规则意识在现代文明语境下，越来越被推崇，二是在现实中，规则意识仍处于相对尴尬的境地。

就前者来说，以法治为主旋律的现代文明，本身就是以各种规则为基础的，对规则意识给予何等程度的强调，都不过分；而就后者来说，类似闯动物园、阻停高铁、景区刻字等热点事件，无不说明规则意识在一些人内心可谓淡漠之极，而比照我们身边的现实，插队、随意闯红灯、随地吐痰等现象，又足以说明，规则意识的缺失，依然是国人的通病。在此次调查中，虽然有将近七成的人认为社会规则意识在增强，但是，这依然只能说明情况得到好转，并不意味着规则意识已蔚然成风。

规则意识的淡漠或者说缺失，这又显然不仅仅是关乎个人素质的问题，往大了说，这是阻碍社会文明进步的硬伤，因为，没有被广泛认知和接受的规则意识，契约精神就不可能成为社会主流，没有契约何谈文明；往小了说，规则意识的有无，将直接影响每个人的生活。在经济学中有一个概念叫交易成本，完备的市场规则，将降低交易成本。虽然社会交往中不完全是经济交易，但是，它与市场交易同理，没有成熟的规则意识，同样会影响人与人之间的交流成本，让合作变得艰难。

规则意识的形成和培养，是一个长期的过程。从孔子时的“从心不逾矩”到后来“无规矩不方圆”，再到今日对规则意识的强调，建立广泛的规则意识，从来都没有被忽视过。但是，面对人性先天逐利冲动和社会制度的种种漏洞，从朴素的良好愿望到现实，建立全民规则意识，它需要长期的社会培养和全方位的训练。

到底该向何处着手，在此次的调查结果中，其实也间接给出了答案，大多数受访者认为，应从生活细节入手，从孩子抓起，以学校培养为主。只有从细处入手，才能把规则意识贯穿到生活点滴中，也只有从孩子抓起，才能把规则意识在代际传递中，塑造成性格和品质。学校在培养孩子品行中的作用毋庸多言，但是，每个人都是身边孩子的老师，每个人的举动，都将直接影响孩子对规则的认知。

总而言之，规则意识当成为现代文明的通行证，每个人都将置身其中，成为规则意识的操练者、受益者。

（《北京青年报》，2018年3月2日）

历史与空间：从“节女堂”想到“女德班”

◎张桂辉

“节女堂”，翻阅我家书橱中《新华字典》《现代汉语词典》《辞海》等工具书，都找不到节女堂的踪影，甚至连“节女”一词，只有上海文艺出版社2000年出版的《语海》中，有条“节女怕情郎”的谚语。其释义是：封建礼教指保持节操的妇女，怕遇到多情的男子，使之不能终节。几年前，收看电视连续剧《刀客家族的女人》后，我才知道世间真有节女堂的。

事有凑巧。前些日子，我在闽北山区采风时，“意外”发现一处节女堂遗址。在实地踏看期间，但见节女堂早已被无情的岁月“洗劫一空”，只有满地的野草、葱茏的树木。几堵石砌的残垣断壁，以及坚实的石头地基，依然在各自的“岗位”上默默坚守，折射出忠诚背后的凄惨。透过它们，不难想象出当年曾经有一群管理人员与所谓的“节女”，在这座面积不小的建筑物里生活生存过。那天上午，6年前退休返乡安度晚年的建阳市农业局原局长彭利荣，用遗憾夹杂亲切的语气告诉我，靠南一排是房间，66年前，他就是在这里的一间破屋里出生的。接着，他用手比画着说，这边是厨房，那边是猪圈。他还告诉我们，厨房里原来还有几口用来装饮用水的方形大石缸，如今全都不翼而飞了。只剩下三个或埋在地里、或裸露在外的石雕构件。在老彭指引下，我们把几个石构件挖出来，组合在一起后，发现其高约1.3米，上部的香炉长约80厘米，宽约50厘米，厚约30厘米。当用水把它们洗刷干净后，但见香炉正面雕刻的腾龙图案，栩栩如生，清晰可见。可惜，文字较小，且已风化，不易识别，只能识别“乾隆”等少量几个字。即便如此，我亦释然——虽说一时无法弄清这处遗址的“来龙去脉”，但由此可以推断出，这座节女堂，至少有200多年历史了……

地处新历村下保自然村的“节女堂”，背后是几百上千米高的崇山峻岭，俨如重重屏障；前面是一条几十米宽的河流，恰似深深沟壑。穿越“节女堂”遗址，我依稀看到，在远去的年代，这里实实在在、真真切切有一群又一群、一批又一批的女性，从四面八方押送到这里，在生存中抗争，在抗争中生存。老彭告诉我，旧时这里没有公路和桥梁，交通闭塞，进出两难。“节女”们即便逃出这座高墙大院，也逃不出大山、越不过河流，不是被活活饿死，就是被活活淹死。我接过话题：任何一个“节女”，不论年龄大小、身体好坏，一旦被“送”到荒山野岭中，无异于关进天然大牢，除了老老实实服从管教，其他任何念头，都是痴心幻想，只能叫天天不应，叫地地不灵。

节女堂的性质，与“贞节牌坊”差不多，是古代为了鼓励寡妇为亡夫守节而专门设立的祠堂。修建、创办节女堂的根本目的，是要让那些所谓不守妇道、不守规矩的女人，通过入“堂”管教，懂得“规矩”、恪守“妇道”。当我带着对早已消失的节女堂，以及那些曾经在这里生活过的节女们缕缕怀想，告别这个特殊的遗址后，对旧时节女的同情、对封建礼教的愤慨，久久萦绕在我的脑海里——封建时代，除了“节女”，还有“节妇”什么的。所谓“节妇”，指坚守贞节，丈夫死后不改嫁的妇女；而“节女”，乃封建礼教上指妇女守节或殉节。

在“吃人”的封建社会，妇女死了丈夫，只有立志不嫁，坚守贞操，直到老死，才有“女德”，才是“守节”。唐代诗人张籍在《节妇吟·寄东平李司空师道》中写道：“君知妾有夫，赠妾双明珠。感君缠绵意，系在红罗襦。妾家高楼连苑起，良人执戟明光里。知君用心如日月，事夫誓拟同生死。还君明珠双泪垂，何不相逢未嫁时。”千百年来，在儒家礼教中，妇女必须“从一而终”——不但在丈夫生前要贞节，死后还得守节，抚养幼孤，侍奉公婆。据史料记载，表彰节妇之举，一直延续到民国初期。它在给相关家族带来荣誉的同时，也给当事妇女带来巨大的痛苦。这是何等的荒唐，这是何等的不公！

1918年7月，鲁迅先生在《我之节烈观》中，旗帜鲜明地对“节烈论”痛加批判。他一针见血地指出：“道德这事，必须普遍，人人应做，人人能行，又于自他两利，才有存在的价值。现在所谓节烈，不特除开男子……所以决不能认为道德”，“节烈这两个字，从前也算是男子的美德，所以有过‘节士’‘烈士’的名称。”现在“表彰‘节烈’，却是专指女子，并无男子在内”。同时，掷地有声地质疑：“节烈是否道德？”“多妻主义的男子，有无表彰节烈的资格？”由此联想到此前不久辽宁抚顺市传统文化学校开设“女德班”一事引发社会关注、网友热议的奇闻。在一段网传视频中，有的“女德班”学员泪流满面，跪地、磕头、忏悔自己的“罪过”。而授课老师却振振有词：“无论丈夫说啥，都要说是，好，马上”，“女人就不应该往上走，做什么女强人，就应该在最底层，女强人下场都不好。”而某“女德班”的“著名语录”是，“打不还手，骂不还口，逆来顺受，绝不离婚”，“如果要做女强人，你就得切掉身体的女性特征，放弃所有女性特点”。这样奇葩的“女德班”并不是个例。

如此“女德班”，这等培训法，哪里是传统文化教育，分明是变相扭曲心灵。不过，开设“女德班”并非什么新鲜事，媒体早就报道过，只是未能引起社会和舆论关注罢了：2013年9月28日，在孔子诞辰2564年这天，“以儒家思想为办学特色”的重庆资讯技术职业学院举办的“首届中华女德班开学典礼”，吸引了人们的眼球。首期女德班限收的43名学生中，有三分之二为在校女生，其余则是学校的女教职员工；2014年9月21日，中国之声《新闻晚高峰》报道，“打不还手，骂不还口，逆来顺受，绝不离婚”，这16个字，被形容为学堂宣导的“女德”四项基本原则。目前这类“女德班”正在全国遍地开花：从北京、山东、河北，一直绵延到陕西、广东和海南……

早在1954年，我国就将“男女平等”写进了宪法，60多年过去了，为什么还有人热衷于举办歧视女性的“女德班”？“女德班”的性质，与女子师范、女子学校等截然不同，它灌输的是“守妇道”之类的“德”。单从这一点，就不难看出带有明显的男尊女卑成分。现在，辽宁的“女德班”被“叫停”了，其他地方的“女德班”是否还冠冕堂皇地照办不误？不错，传统文化应当弘扬。然而，时代不同了，社会进步了，对儒家理学等“历史遗产”，既不能盲目拿来，更不能全盘照搬，而要“取其精华，去其糟粕”，在批判的基础上继承和吸收。可是，近年来偏偏有人打着弘扬传统文化的旗号，干着为封建思想招魂的事情。听任其回潮蔓延下去，后果比兴办“女德班”严重得多。

（《文汇报》，2018年3月3日）

说“跪”

◎蹇庐氏

跪，自有了膝盖，就被“发明”了。

比如羊，就是跪乳，古人将之演绎成孝，说“羊有跪乳之恩”。再如人，在古中国，无论地位多高，出身多贵，都得经常下跪，即使贵为天子的皇帝，祭天、祭地、祭祖，以及面对尊亲，都要跪。晚清的光绪皇帝，16岁“亲政”之后，为表孝心跪得更加勤勉，一会儿到太后的寝殿跪送，一会儿到太后办公的地方跪迎。

鲁迅先生曾不无感慨地说：“我们是最能研究人体，顺其自然而用之的人民。脖子最细，发明了砍头；膝关节能弯，发明了下跪；臀部多肉，又不致命，就发明了打屁股。”说这话的时候，是在1934年，那时距光绪的跪迎跪送还不远。先生那是对奴隶般的人“哀其不幸，怒其不争”。

跪，从孝道和尊重他人的角度说，也确有合情和令人感佩之处。没有人会觉得祝寿时跪在尊亲面前是下贱，也没有人会对别人向尊长表示敬意跪下而感觉其软弱。央视主持人董卿的两次下跪，就不但不让人感觉其卑贱，而是令人感动。一次是她在采访坐着轮椅的“90后最美铁警”李博亚时，单膝跪下与其对话，另一次是她跪着采访96岁高龄的同样坐在轮椅上的著名翻译家许渊冲老先生。董卿这两次跪，都赢得了满堂喝彩。

这样的跪，跪出了职业素养，也跪出了尊重英雄、尊敬长辈的优秀美德。

著名的“华沙之跪”，更令人肃然起敬。1970年12月7日，西德总理威利·勃兰特访问波兰，到华沙犹太隔离区起义纪念碑前敬献花圈，当时，勃兰特缓缓地走上石阶，面对着巨大的青石纪念碑——那沉重的石块、黝黑的人形，犹如代表无数无辜的死难者在默然注目，他突然双膝下跪，为纳粹德国侵略期间被杀害的死难者默哀。后来接受采访时，他说，“我当时突然感到，仅仅献上一个花圈是绝对不够的”，“在德国近代史的压抑下，面对百万受害者，我只做了在语言力不能及的情况下一个人应该做的事”。他的这一举动，也成为二战后国际社会具有重大意义的瞬间定格下来，并在爱好和平的人们心头激起了恒久的震撼。实际上，这一跪，并没有跪低这位总理，相反，勃兰特的形象在世界人民面前更加高大和光彩。

这样的跪，跪出了人性，事实上也跪出了尊严。

然而，同样是跪，有些跪，则跪出了丑态，跪出了丑陋，也跪出了龌龊的灵魂。

安徽霍山县政府办副主任、机关事务管理局局长许卫东掌管当地政务区建设，手中握着大量工程项目，许多老板对他趋之若鹜，他也以“与老板交往以增进感情，从而更好地协调落实工作”为借口，从平时吃饭喝酒到逢年过节收受烟酒礼卡，再到大额贿金，大小不拘、来者不拒。2015年下半年，县委原书记陈某等数人接连被组织调查，许卫东想到给自己送过大额财物的一个工程老板也与陈某有瓜葛，便坐立不安，他虽记不起收了这个老板具体多少不义之财，还是准备了10万元现金，找上门去想“退赃”，不想老板为表“义胆衷肠”，不愿收回。这时，戏剧性的一幕出现了，许卫东突然双膝跪下，哀求老板收回贿金。直到老板拍着胸脯“承诺”，“无论发生什么事情，决不会交代此事”，许卫东才感激涕零地起来。自然，利尽则断，得知许卫东接受调查，老板马上就“交代了此事”。

鲁迅先生的感叹作为“历史的回声”，确实长久地震荡着人们的耳膜，敲动着人们的灵魂。“发明了下跪”，终究说明，有时候还是需要下跪，所以，跪从其本原说不上是美事贵事还是丑事贱事，何况羊也有“跪乳之恩”。许多人喜欢豪言“膝下有黄金”，其实，也不必如此铮铮铁骨，得看你向谁跪、为何跪。当然喽，膝盖毕竟是骨头，不能一跪不起，一个人如此，一个民族更如此。

（《联谊报》，2018年3月4日）

“迷失”的美感

◎唐　颖

我曾在美国大学修过一门课，“美国战后戏剧（1945年后）”，读到70年代时，剧作家玛丽亚·伊琳·福纳斯的《费芙和她的朋友们》（Fefu and Her Friends）称得上惊世骇俗，无论观念还是戏剧形式都属Avant-Guard（前卫）。

剧中故事发生在30年代，剧中女性属有闲阶层，某一天在女主人公费芙客厅相聚，原本是为慈善事，却引出女性们内心的悲剧生活，用我们今天的陈词便是，在表面光鲜的生活背后看到黑暗的核心。

此剧开场便不同凡响，第一句台词来自于费芙，可谓一鸣惊人，她说，“我丈夫与我结婚就是为了持续地证明女人有多么令人讨厌。”此语一出即引起她的女性朋友惊诧和不满。更刺激她们的是，费芙进一步道，“我并不在意，当他告诉我时我笑了。”对于女朋友们的强烈反应，她的解释愈加具有攻击性，“我觉得有趣，因为这是事实，所以我笑了。”接着更困惑惊人的场面是，费芙在朋友面前拿出一管枪朝着门外的丈夫瞄准并射击，对于她们的惊恐尖叫，费芙镇静告知，“他已经走开了。他上楼了。这是我们之间的游戏。我射击他倒下。无论何时他只要听到枪击声他都会倒下来。无论在什么地方，都会倒下地。有一次他倒在有泥浆的水坑里衣服弄得一塌糊涂……”费芙很优越感地告诉她的女性朋友，互相用枪射击是她和丈夫之间一项持久的游戏，他们是通过这项游戏，以一种标新立异的方式保持彼此的新鲜感和爱的张力。

无疑的，费芙在这个女性沙龙，构建了一个梦幻，一种新的关系，令人好奇也让她的女伴们感受到威胁。

是什么在威胁剧中人和观剧的我们？此中有真相揭示，而人们很容易将之变成概念。你也可以把这一对男女间的游戏看成是一种象征，男女之间“战争”的象征，早在20世纪50年代的法国新浪潮电影，楚浮在他著名的不朽电影《朱尔和吉姆》中便阐述了这一观点：即使在战争中，男人女人越过炮火线还在互相征服，世界大战结束后，个人的战争还在继续。爱情便是一场战争，由爱生恨，爱恨交错，征服、占有，直至毁灭。

不过，玛丽亚·伊琳·福纳斯的戏剧走向却似是而非、反讽、自嘲，对于情爱关系的根本怀疑，揭示情感的暴力本质，不断带领观众体验崩溃的边界。剧中人物精彩议论一段连一段，“其实人类就是指男人，从男孩长大的男人，地球上的一切都是为男人，也就是为人类存在……”；“女人不属于人类，她是：1——某种神秘的事物。2——另外一个种类。3——还不能界定。4——不可预知。……上帝给男人的伴侣是女人而不是其他，羊很不错但不能做男人的伴侣”。诸如此类，为了说明男人和女人是在两个星球。

当时这个剧本在课堂引起的讨论非常热烈，学生们感到兴奋有趣但毫无愤怒生气之类的负面情绪，他们太年轻了，爱对于他们是上帝馈赠的礼物，对于女剧作家的自嘲自贬自虐，她所展示的两性关系中的掠夺、占有和挣扎这一面，觉得好奇也有些为难。

在这间课堂，听不到任何批判或界定，戏剧课教授是个希腊裔美国人，来自东岸，也带来了纽约的开放气氛，他的微笑富于魅力，他不断提出问题而不是讲解，几乎是愉快地吸纳所有的奇谈怪论。

过后我在一篇随笔中，发过议论，“恰恰是知识和文明让女人更有迷失感，然而，我喜欢这种迷失感，‘迷失’这一词具有美感，正是这种感觉让女人在自省和自我怀疑中不停止地探索，让她们的心灵更加丰满。”

然而很快，生活又告诉我，这认知乃是为文章而用，无济于真实人生的困境。彼时，我的美国好友、一贯乐天的康妮突然变得郁郁寡欢。

康妮的魅力来自她的笑声和智慧，她是女性聚会的灵魂人物。离婚单身的她在网上结识一男士，两人笔谈投机，之后便有电话热线，电话里的男人健谈幽默，作为成功人士，其个人奋斗史十分传奇，这热线电话递送的能量也十足充沛。终于到必须见面的时刻，她有些忐忑找我商量，我也不太有主意，直觉是个冒险。说来可笑，我和她一样，所谓的“险”是怕见到的真人“面目可憎”，我俩达成共识，坚决不接受“大肚腩”。

我离城一段时间，回来时被邀去她家聚餐。她那天苹果绿衬衣配淡绿镜框眼镜，衬得她的双眸更绿，风采照人。康妮在餐桌上快乐宣布，与网恋男友相见甚欢，他们将正式开始约会。女友们举酒杯说着祝贺话，我心里却有些忐忑，中国人的我多一些忌讳，总觉得某些好事刚开始不宜声张，仿佛一说出口便有掉落的风险。但那晚当她抽隙轻声告诉我，肚腩不算大，未过底线，我也有买彩票中到奖的充满侥幸的欢喜。

几个星期后我们再见面，她那里故事已结束，相见甚欢的约会并未继续，那个曾经浮出海面的男人，突然又消失在茫茫无边的海水中，从此再未露面，就像被海里的鲨鱼吞去了一样。这样的结局从抽象的含义上于我并不意外，因为，奇迹终究不可能发生。让我不好受的是，康妮变得委顿，她特有的自信乐观荡然无存，这正是我最怕见到的后果：这段情虽然短暂，好友终究被摧残了一下！

“一场恋爱可维持七年零三个月。三个月的爱。接着用一整年的时间对自己嘀咕，还不错，总算越过了所有的烦恼忧虑。跟着一年里在试着搞清楚什么地方不对了。在两年的时间里明白了这段爱已到结束的时候。再用一年的时间寻找结束的方式。分手后的两年里则一直在试着探究这一切到底是怎么发生的。七年零三个月。然后是新一轮的关系，一样的次序。”

这夸张的断言仍然来自女性主义戏剧《费芙和她的朋友们》，我与康妮分享，也给困顿于感情纠葛的其他中国女友们分享，她们个个忍俊不禁，为了它的寓言式的覆盖力。

这段议论早在20世纪70年代便发出，四十多年过去，今天的人不过是用科学方法研究出，人的生理机制决定，“激情只能维持三个月！”

于是，现实生活的女人们至少有了这样的共识，每一段情感关系，好像，的确，最值得珍惜怀恋的时光真的不会超过三个月。

不过，这并不影响人们对于爱的憧憬，并继续沉入爱的幸福和折磨中。终究，是人性成就了作品，而不是相反。

（《文汇报》“笔会”，2018年3月7日）

旅行文学

◎王鼎钧

现在旅行文学很热门，据说最早是航空公司想出来的广告文案，没想到发展成文学的一时风尚。《散文》杂志说，他们收到的来稿，记游约占半数。我能看到的几份副刊，也是游记连篇，图文并茂。如果旅行文学起于广告文案，那将是非常成功的经典之作，它不直接为自己宣传，它要带动一种风气，使人闻风景从，为自己制造利益。文学作品可以鼓动读者去做某一件事情，读了旅行文学你会想旅行，现在旅行动不动跨国或者跨洲，有人创用了一个名词："大旅行"，相形之下，李太白五岳看山也只能算是小旅行。大旅行的风气一开，航空公司就会增加很多生意，旅馆，餐厅，土产店，出租汽车，大家有份儿。旅行文学也就成了热门。

台湾话有个说法叫"走透透"，可以拿来形容旅行文学。人住在一个地方，好像四面都有隐形的墙壁，诗人顾城的隐喻，拿着旧日的钥匙，敲厚厚的墙壁，说出许多人的隐衷。拿着钥匙找不到门，即使找到了门也打不开锁，因为钥匙是旧的，锁是新的。航空公司给你的那张飞机票是新钥匙，大门敞开，你穿墙而出，不亦快哉。墙外光天化日，耳聪目明，见多识广，故谓之透，如囚得释，如病得健，心满意足，故谓之透透。我想台湾"戒严"三十年幽居墙内的人，领到第一批观光护照，最能尝到个中滋味。走啊走，不走不透，越走越透，这个说法真好，早晚要进入汉语语言的大词库，东西南北的人都使用。

有大旅行、小旅行，也有真旅行、假旅行。真旅行的人有福气，他在享受清福。新闻记者，尤其是名记者，足迹遍天下，那是采访，不是旅行。外交官经常换国家，换大洲大洋，那是调差，不是旅行。我也到过不少地方，那叫流亡，不叫旅行。从前美国海军招兵，设计了一张广告："你想免费周游世界吗？"当年几乎全世界各地都有美国的海军基地，理论上美国水兵坐美国军舰，美国军舰可能去每一个美国基地，那叫服兵役，不是旅行。有人一生"大江东去，长安西去，为功名走遍天涯路”，但是并未尝到旅行的滋味。我也不知道那是什么滋味，我宁愿是一棵树，有了立足之地，永远不必移动。我只是歌颂这个大旅行的时代，祝福那些真正旅行的人。

善哉，由敲墙的时代来到大旅行的时代，由假旅行的时代来到真旅行的时代。有人说，“旅行是离开自己活腻了的地方，到人家活腻了的地方去”。这是过甚其词，杂文笔法。大作家龙应台谈到旅行，指出我们日常为人“深深嵌在既有的生活规律里，充满属于他们的牵绊，相处的每一个小时都是努力额外抽出的时间，再甜蜜也是负担”。旅行呢，“脱离了原有环境的框架，突然就出现了一个开阔自由的空间。这时的朝夕陪伴，不论长短，都是最醇厚的相处、最专心的对待。”她的说法中肯。旅行家生机盎然，有好奇心，他到了北极，天地间并非只有冰雪，他也能带回来阳光。热爱生活的人才去旅行，才会真正享受旅行的乐趣，旅行是离开自己热爱的地方，去热爱另一个地方，把自己的感情贯注给人家，也把人家的感情带回来。

说到旅行，势必要赞叹今天的观光事业。看《徐霞客游记》，他吃了很多苦，哪像今天，飞机、邮轮、旅馆想尽办法让你舒服方便。对许多人而言，机舱、船舱比他家客厅好，旅馆比他的卧室好，餐馆比他家厨房好，很可能同游的人比他的邻居好。一切观光的景点，都站在你的立场，增加了许多设计，摆在那里等你，导游都受过专业训练，随行左右，有问必答。为了迎接观光客，整个地区经过整修，整条街上的人经过训练。游日月潭，旅行社可以安排你做高山族的酋长，歌声舞影之中一呼百诺；游西安，旅行社可以安排你做一夕帝王，嫔妃娇美，太监伺候你吃满汉全席。千年格言改写，“出门千日好”，回程之日还真有点惘然若失呢。

当然，旅行能够风行全球，必定有多种功用，使世人各取所需。据说旅行可以解除压力，治疗忧郁，抛弃烦恼，增加能量，我想也是真的。人在旅行途中，不断接触陌生：陌生的人，陌生的风景，陌生的食物，还有陌生的语言，加上陌生的举止。这些“陌生”使我们像一个婴儿，婴儿没有烦恼，因为婴儿没有回忆。旅行是心无挂窒，“若无闲事挂心头，便是人间好时节！”好心情，好时节，到好地方，事后写出好文章。这是福气，读游记是分享这一份福气。

记得有一年，英国的公主爱上一位青年军官，皇室不准他们结婚，只好分手，于是公主有一次“伤心的旅行”。她到南美，南美的火山她没有和那位军官一同看过，她到北美，北美的大平原她没有和那位军官一同走过，她到印度，印度的食物她没有和那位军官一同吃过，这就从触景伤情中解脱。旅行途中没有江山，只有风景；没有王侯，只有演员；没有新闻，只有生活；没有国家，只有世界。没有动心忍性，只有陶情怡性，跋山涉水等同依花傍柳。结束旅行，回到英伦，前尘往事都有隔世之感，这就好办了。

这就影响了我们的旅行文学。文学作品来自生活，旅行文学来自旅行。旅行是什么样的生活呢？美食、美景、美人，赏心悦目，称心如意，社会为你作秀。这是旅行的内容，也是旅行文学的内容，你的笔，也就像你的手机，迅速捕捉画面，过眼成幻的一瞬。休怪旅行，今天的大旅行、真旅行，本来就是为了使你忘忧，忧患来自现实，忘忧也只有暂时跟现实切断，这就使旅行文学脱离现实。那也无妨，文学家的那只笔，也能在雾露泡影中发现永恒，也能在唯美中营造境界，无如那是两座高峰，我们的旅行文学没有兴趣攀登。百年以来，文学一经贴上标签，戴上帽子，就可能列为异类，判为次等，成为特别席上的来宾，我们的旅行文学作家并不介意是否如此。

我对旅行文学略有涉猎，印象最深刻的一位作家，已在十年前淡出文坛，不知踪迹。这位旅行家对人迹罕到之处特别钟情，到冰岛观察火山地形，测量地质密度及地心引力变动。她到蒙古大沙漠，辨认地下水与各种补给水源。她到南极半岛查看冰雪融化情况。她登上非洲第一高峰乞力马扎罗火山，破晓前气温只有零下21℃，空气稀薄，依然奋力冲上海拔5681米处看日出照耀山巅“赤道上的雪”。她到西伯利亚游贝加尔湖，“贝加尔湖”就是历史上苏武牧羊的“北海”。这样的旅行简直就是探险，航空公司不但一再丢了她的行李，有一次她还险些遇上坠机，她在自己选择的景点上摔断了腿，打上石膏继续完成预定的计划。

她何以能到这些“人迹罕到”的地方去呢？为了旅行，她参加了一个叫做“地球观察”的组织（Earthwatch Institute）做义工，这个组织支持很多学者做专门研究，义工可以跟学者的工作团队一同前往。义工要交会费，还要自己负担旅行的费用，但乐此不疲者大有人在。这位与众不同的旅行者不但文笔好，摄影也受过专业训练，对贝加尔湖的湖水、石头、野花、鲜菌、草莓有生动美丽的描写，把山岳绝境拍成的照片，险怪诡奇，有吸引人的魅力。这样的旅行文学，可算是中文世界的奇珍异卉。可惜她始终没有在传播媒体遇见知音，居然埋没于红尘之中，留下一本薄薄的《大步走天下》，发行也不广。

（《南方周末》，2018年3月8日）

电视剧的智商

◎毛　尖

《和平饭店》第一集，王大顶和刘金花小艳调开场，然后五拨人马分别登场，十分钟内，男女主角和打酱油角色，加上伪满警察和日军，一起被赶入和平饭店，“大逃杀”华丽开场。如果此剧能保持导航集的节奏，加上和平饭店的密室设定，绝对年度最佳，但是，这个电影容量的故事被反复推回原点又重新打开折腾出39集，各种匪夷所思的反转直到临终一刻，终于成功玩坏我们，大家眼看着虐人狂变身铁血战士，已经拍不出掌声。

“密室电影”，虽然称不上电影类型，却是无数电影得以成功的情境选择。空间小到《活埋》中的一口棺材，也可以大到“楚门的世界”，最常见的设定是“越狱”（比如《肖申克的救赎》）、“移动密室谋杀”（《东方快车谋杀案》）、“荒郊庄园命案”（《无人生还》）以及“灵异空间求生”（《相干效应》），所以，密室逃脱类影片，经常也就成为炫智者首选。《和平饭店》的编导，毫无疑问怀着这个抱负，“智商在线”一直是片方宣传关键词，女主扮演者陈数，有《暗算》的履历，看上去也像是演艺圈里会数学的，可是，等我扒拉扒拉看完全剧，却遭到了很多朋友的讽刺，你的智商哪里去了？“跳一跳”玩傻了？

《和平饭店》的进程确实跟寒假期间风靡微信圈的“跳一跳”很像，游戏中凭空而来的分数就像陈佳影从天而降的老公和战友，但黄药师一样能易容会轻功的老公也会突然抽风领盒饭，然后陈佳影回到起点重新跳，编导重新为她扔出一个个方块。不过，电视剧和游戏毕竟分属不同区块链，游戏角色智商不需要解释，电视剧的人物智商却需要实打实的情境铺垫，就算所有角色跪下来膜拜整个中国只有陈佳影掌握的“行为痕迹分析学”，但是剧中例子类似“眼睛向左看，表示在回忆”的顶级分析，小学生也要拍大腿笑，这种套路，从《谈判专家》一路玩到狗血《谈判官》，我们从来不缺这些陈词滥调。

说到底，电视剧的智商不是靠剧中整个核物理专家有个会读心术的女主来奠定，《广告狂人》让观众直呼智商高，不在情节多高端，而是情境准确，男角的每一颗袖扣女角的每一种唇彩都是对的。回看这个豆瓣高分的《和平饭店》，陈佳影一个手提皮箱可以变出几十套衣服十几种唇膏我们可以不介意，但是伪满何时变出了法国领事馆？一个犹太核物理专家第一次到中国和女土匪一见钟情双宿双飞，二十年后再来就遇到了女土匪的前子女，这个概率，才应该是日本人要考验老犹太的试题吧？和平饭店集合了伪满国际政要没关系，但是俄罗斯人就叫巴布洛夫，美国是乔治和瑞恩，德国该隐，所有这些外国符号人，在床上说中文，对着心上人照片说中文，我是真心服气这样的中文推广。反正，除了刘金花，和平饭店角色没一个正常的。

因此，国产剧要提高智商，当务之急是提升情商，否则我真认为，陈佳影住进和平饭店，弄丢徽章，纯粹为玩一局狼人杀。

（《文汇报》“笔会”，2018年3月10日）

我们到底在怀念霍金什么?

◎尤琳娜

2018年3月14日，霍金离世，举世震惊。全世界都在为这位伟大的科学家去世而哀伤不已，每个人都自发地在社交媒体上缅怀这位科学家。在如今信息碎片化的时代，霍金为何能得到全世界的关注？怀念霍金的时候我们到底在怀念什么？

史蒂芬·霍金正式结束了他在地球的76年旅行，回到了浩瀚宇宙。

霍金的声名鹊起是在1974年，彼时的他坐在轮椅上向世界宣告，黑洞比人们想象中更加壮丽。不断坍缩的过程中，黑洞会发出耀眼的光芒，爆炸，向宇宙喷射物体。当然，人类无法观察到这场宇宙中最壮丽的焰火。

霍金对于科学领域的贡献是有目共睹的。

如果一定要在其中挑一个最突出的，那就是“霍金辐射”：黑洞会释放辐射，不断“蒸发”和“缩水”，最终消亡。

1974年1月，霍金把关于“霍金辐射”的工作发表在了《自然》杂志上。在当时还没有互联网，但整个研究引力物理的圈子已经轰动了，马上就有很多人的文章引用霍金的结果。可见当时霍金对黑洞热辐射的证明颠覆了经典广义相对论给人留下的冰冷印记。那一年霍金32岁。

随后，霍金证明了广义相对论的奇性定理和黑洞面积定理。他提出的黑洞蒸发理论和无边界的霍金宇宙模型，在统一20世纪物理学的两大基础理论——爱因斯坦创立的相对论和普朗克创立的量子力学方面走出了重要一步。

霍金与彭罗斯一起证明了著名的奇性定理，他们因此取得1988年的沃尔夫物理奖。作为跟他一起证明了奇点定理的合作者，同时也是关系密切的好朋友，彭罗斯在霍金的讣告中说道：“霍金是为我们理解宇宙的本质做出了革命性贡献的理论物理学家，他的思想能够自由地漫游宇宙，有时还会不可思议地揭示出一些凡人无法洞见的宇宙奥秘。”

同时，霍金数十年如一日地进行着物理学科普，坚持把前沿物理学带入普通人的生活。霍金的科学科普巨星之路，是在他才华和学术成果的基座上铺就，但仅仅如此是不够的。如果说爱因斯坦把科学当作逃避庸俗生活的艺术和美，一般科学家把科学当成养家糊口的业务工作，那么霍金就把科学当成了自己的信仰。他以传教的姿态传播科学，并且通晓商业世界里的一切传播规则：他语言简洁且富有煽动性，他甚至主动给他的作品起宏大而刺激的名字，如霍金的代表作《时间简史：从大爆炸到黑洞》（1988），这本书至今累计发行量已达2500万册，被译成近40种语言。

《时间简史》从黑洞出发，探索着宇宙的起源，凭借丰富的想象，精妙的构思，字字珠玑，探索了宇宙的起源和归宿，天体物理学高深的知识进入大众视野，成为不少人的启蒙读物。黑洞、虫洞、狭义相对论、宇宙起源、时间旅行……这些神秘又带有禁果味道的概念变得耳熟能详。《时间简史》的出现让许多人以“科学教育家”的身份重新认识霍金。

“即使我被关在果壳之中，仍然自以为是无限空间之王。”这是霍金在著作《果壳中的宇宙》里引用莎士比亚的悲剧《哈姆雷特》中的一句名言，无形中却映照了他自己的生活。

1963年1月，霍金在踌躇满志的年纪被查出罹患无法治愈的肌萎缩性脊髓侧索硬化症（ALS），不久后他全身瘫痪，仅有3根手指可以活动。到了43岁，霍金因肺炎又丧失了语言能力。尽管医生曾说他最多能活两年，但霍金却与病魔战斗了50年。被迫坐上轮椅的霍金并没有因此消沉，他甚至喜欢上了“轮椅飙车”这项运动，经常把电动轮椅开到全速挡，疾驰到马路中间，享受助理被吓坏的表情。这里的霍金并非理论物理学家霍金，而是个活生生的人。

据美国《野兽日报》报道，霍金最喜欢做的事，就是用轮椅轧过讨厌的人的脚指头。1976年的一次英国皇家宴会中，英国王子查尔斯就不幸中招，霍金轧过他的脚趾之后，还高兴地开着轮椅在地上转了一圈……在自己的自传里，霍金也曾写过：人生中最大的遗憾之一就是没有轧过撒切尔夫人的脚趾。

众所周知，霍金的女神是梦露。在纪录片《走进霍金的宇宙世界》中，霍金说，“如果我有一架时间机器，我希望去拜访梦露，或者去拜访伽利略……”他酷爱客串影视剧，大多都是酷酷的玛丽苏角色。在《辛普森一家》中英雄救美，在《生活大爆炸》中本色出演，台词常常尖酸讽刺，在《星际迷航记》中跟爱因斯坦、牛顿等人一起打牌。他热爱音乐。尤其喜欢听德国著名古典音乐大师瓦格纳的作品，原因是瓦格纳“设法用音乐传达感情”，霍金称赞“瓦格纳比任何人都强”。1994年，他利用电子发声器献声，和英国大神级迷幻摇滚乐团Pink Floyd合作录制了摇滚作品《Keep Talking》，创作了他的歌曲。

霍金在加州理工学院的老朋友、诺贝尔奖得主基普·索恩说，“当他费力地在用他的电脑开始说一句话的时候，我从来不知道它最后会是一句如深海珍珠般的智慧之语，还是一个稀奇古怪的笑话。”

这样的霍金极度聪明，又极度幼稚；极度理性，又极度顽皮。在世界范围内，无论是发表关于“上帝”“世界真实性”“外星人”的争议性观点，还是客串、配音《生活大爆炸》《星际旅行下一代》《辛普森一家》等。霍金已然上升为当代的一种精神符号与公共记忆，人们凭此汲取力量。

同时，他以知名物理学家的身份做了许多与物理学无关的事。2016年，霍金开设新浪微博，吸粉三百万。第二天，他在微博上宣布“突破摄星”项目，要在一代人的时间里，研发出“纳米飞行器”，预计花费20年时间，抵达离太阳系最近的恒星系统，半人马座阿尔法星，霍金从未向命运妥协。

在这一生中，霍金在三条战线上同时作战：他的身体，他的生活，他的研究课题。和研究课题的战争中，霍金是个伟大的胜利者；和他身体的漫长战争中，霍金节节败退，但在众目睽睽之下，他依然是个英雄；和生活的战争无人知晓，却最为漫长。

如今的他成了天空中最闪耀的星辰之一，为前行中的世人指明了前行的方向。有人说，霍金的去世意味着“少了一个地球链接宇宙的VPN”；也有人说：“人类欠他一个诺贝尔奖，而他属于宇宙。”真正的伟大是不需要悼念的，我们与其说是在悼念霍金，不如诚实地说是在悼念他在超脱躯体禁锢中迸发的无限可能。

在时间中亲历了霍金的离去，人们将他与伽利略和爱因斯坦放在一起——在伽利略忌日（1642年1月8日）降世，却在爱因斯坦诞辰（1879年3月14日）离去。在霍金的身影谢幕之后，是一个时代的远去。

在另一个平行世界，霍金正自由奔跑。

（《时代人物》，2018年第2期）

阳光也是最好的防骗剂

◎游宇明

“作秀”这个词，本来是中性的，它的含义是表演。“时装秀”“内衣秀”就是一种非常普通的商业行为，但一旦用到政治上，则有了几分暧昧成分。对某些政治作秀，老百姓有句话，叫“假积极”。

因严重违纪，正接受组织调查的阳江市委常委、统战部部长周某就是作秀的高手。2003年6月，周某出任阳春市委书记，上任的第三天即自费乘飞机北上兰考，参观焦裕禄纪念馆，拜谒焦裕禄墓，从兰考回来，他立即在市委、市政府礼堂连续三晚放映《纪念焦裕禄专辑》纪录片，组织全市副科级以上干部观看电影《焦裕禄》。2006年8月，阳春遭遇洪水，周某抱着一位老太太过险，当时洪水仅及脚脖，老太太手中提着的水鞋足以保证她平安地走过去。事后有人发文称，此张照片系摆拍。在周某的办公室悬挂着一块牌匾，上书“民在心中”，当时他的办公室桌上还摆着一个竹篮，篮子里有一块苍黄色的石头，系红布，上写“周某书记留念。山坪镇黄垌河村全体村民”。据周某自己介绍：此村是老区村，交通条件很差，当年他千方百计筹资改造了村里的道路，建起了桥梁，村民便送了这块石头。

我们说周某喜欢作秀，绝非出于“墙倒众人推”的心态，而是基于他的做法违背起码的常识。焦裕禄确实是个好官，为政清廉，心系民众，值得其他官员学习，但向焦裕禄学习应该落实在夙夜在公的日常行动上，而不是在形式上做文章。遇到洪水，老人家走不过去，身强力壮的人帮一把也是人之常情，但当时的水并不深，人家穿上水鞋明显可以走过去，周某偏要抱着她过险，也不可理解。身为市领导，为村民修路建桥是好事，但在办公室挂“民在心中”的横匾，摆老百姓送的明显带有褒扬自己的意味的石头，就明显是宣传个人了。

政治作秀表面上看是一种行为的高调，本质上是一种诈骗，所有诈骗都有一个目的：获取超额回报。经济上的诈骗，是希望通过言语上的夸大诱人上当，谋取不义之财。政治上的诈骗是通过包装自己，使别人觉得自己操守高尚、能力超群，从而更快地得到升迁。周某后来不是成了“副厅级”吗？我们自然不敢说周某后来的升迁就是作秀造就的，但我们同样不能说，他的作秀就完全没有欺骗提拔、重用他的上级，否则，他这种喜欢搞形式主义的人就不会得到提拔。

要让某些官员对政治诈骗失去兴趣，关键是破除作秀等行为带来的利益。一个官员事情做得好不好，他辖下的民众最有发言权，只要有关部门俯下身子，跟民众认真接触一下，官员的品德、能力、社会声望就一清二楚。他做了事，不作秀上级也知道，该提拔时一定会得到提拔；他没干事，作了秀上级也不理睬，有时甚至还要遭到降级之类的惩罚，官员作秀的动力就会下降或消失。

有句话叫：阳光是最好的防腐剂，其实，阳光也是最好的防骗剂。

（“游宇明——新浪博客”，2018年3月18日）

那个测不准的时刻永远让我们着迷

◎宋明炜

差不多一年以前，我在意大利University of Bologna（所有意大利人心目中的Alma Mater）的历史与文化研究中心做短期访问学者。每天走过那些古老的街道，红色的墙连着红色的门，高高低低的塔楼，幽静的修道院，像宫殿一样的图书馆，沸腾的大学广场，安静的咖啡馆，古旧的书店，一个连着一个，我不敢触摸那些几世纪前的巨大的书册，在墙上我看到文艺复兴的意大利，古老欧洲的地图，大航海时代的世界。我认出Umberto Eco的名字，曾在Alma Mater执教几十年的哲学家与小说家。我的东道主Claudia Pozzana，住在威尼斯的诗人，翻译家，历史学家，欧洲最古老大学的汉学教席执掌人，告诉我，她的丈夫Alessandro Russo，也是诗人和历史学家，在Eco去世前和老先生是一起打球的朋友。我们坐在阳光下的露天饭馆，中午时分，我像做梦一样，初春的风吹过，她告诉我Eco的逸闻趣事。

对于中国读者来说，Eco，Calvino，Moravia，Pirandello代表20世纪世界文学的高峰。这四位作家都写作过幻想和科幻作品。在Bologna，我遇到年轻的意大利作家Jadel Andreetto，他写诗，写歌词，写剧本，写科幻小说。我从Jadel那儿开始了解意大利科幻小说史，这是一个曾经充满了反法西斯精神和左翼想象的文类。Calvino两部科幻名著Cosmicomics和tzero都诞生于风暴一般的60年代，虽然其中的宇宙看似远离时代风云，充满谐趣与幽默。

不久之后，在Helsinki，我认识了意大利科幻小说的领军人物，了不起的Francesco Verso先生。我们第一次见面，还没到三分钟，他就告诉了我，他是Bologna人，让我顿时有了“他乡遇故知”的奇异感受。善良而热情的Francesco，还告诉我他正推动中国科幻小说进入意大利读者视野，他与非常年轻的意大利汉学家，另一位美丽的Bologna人，Chiara Cigarini女士，编辑翻译了这本Sinosphere。令我万分感动的是，这一卷竟然已经是翻译到意大利语的第三本中国科幻小说选集。

最近二十年的中国科幻，从曾经是一支不为人知的寂寞伏兵（飞氘的比喻），变成席卷全球、领跑整个科幻界的新浪潮。随着刘慈欣《三体》的英译本获得雨果奖（他是七十多年历史上第一位获得雨果奖的非英语作家，而Calvino是此前唯一一位获得雨果奖提名的外语作家），在德语和西班牙语世界均又获得文学大奖，并陆续翻译到更多欧洲和亚洲语言，也随着一大批科幻作家各式各样的作品，被广泛翻译，中国科幻变成国际现象（international sensation）。

我们（这个我们算是除了中国科幻作家与科幻迷之外的全体）到2010年才了解这新世代的科幻，实在是我们自己的无知。中国科幻在1999年到2010年，已经走过辉煌的十年，其间已经诞生了自己的巨星（比如三巨头：刘慈欣、韩松、王晋康），自己的星座（科幻期刊、出版社、幻迷群体、嘉年华），自己的宇宙规律（科幻已经不关心主流文学在做什么），到2010年中国科幻毋庸置疑已经处在黄金时代。自2010年到2018年，又八年过去，中国科幻甚至有了自己的平行宇宙，多维世界。虽然科幻作家和科幻迷们有时借用英美科幻术语来命名自己，但多重形象是在短短时间内共同呈现的，并没有一个从古典工业时代到后现代的发展历程。星云闪烁，宇宙交响，创世与寂灭，都在共时发生中。当代的中国科幻既有太空歌剧，也有蒸汽朋克，有赛博乌托邦，也有荒潮里的幽暗，有不可阻挡的流行化趋势，也有在先锋位置上坚守的新浪潮。2014年《三体》英文版在美国出版，很快中国科幻新浪潮在全世界引起影响，这是一次超新星爆炸，照亮了整个文学世界。

即便把中国科幻放在过去百年的历史中来看，21世纪的科幻盛世也是前所未有的。晚清最后十年科学小说与理想小说的流行，台湾人文科幻在70到80年代的异军突起，以及同时期大陆科幻在改革时代一度重新点燃理想主义的短暂复兴，似乎都在中国文学主潮之外。寂寞的伏兵首先在文学史意义上显出悲壮的色彩。但到了今天，寂寞的伏兵已经不再寂寞，也已经不再是伏兵，而是一跃成为流行文化中的新锐之时，科幻作家面临的问题与八年前，与十八年以前，乃至一百一十八年前可以没有什么不同？最重要的依然是写出最好的科幻，但作为整个领域，科幻面临的问题终究不同了。科幻需要重新思考与现代文学传统之间的关系吗？我们时代最好的科幻作家，往往谦虚地保持与文学家之间的身份距离，这体现着另一种对成规的拒绝，但与此同时，走在现代文学体制边缘上的科幻在创造什么样的新文学呢？无论在商业化的层面，还是在个人创造力的层面，这一轮科幻的太平盛世背后又有着多少惊涛骇浪呢？任何形式的新浪潮都注定不会长久，但科幻作为一种探索未来无限可能的文学，希望它可以长久地存在于中国文学里。

科幻作家们关注的问题，还有科幻与现实的关系，科幻与虚拟现实的关系，科幻与未来的关系，科幻的中国性的问题。在一个最大的意义上，科幻关注的不仅是个体的生活，而是我们整个的社会，整个的物种，整个的世界。美国著名的科幻作家Joseph Campbell戏称科幻文学比现实主义文学更大，因为它写的是宇宙中所有的时间与空间。当代的美国韩裔科幻理论家朱瑞瑛Seo-Young Chu认为，科幻是一种高密度的现实主义，因为所有的隐喻对科幻而言，都可能就是现实，在语言表现的层面，科幻中的幻想，比现实还要更真实。中国科幻的盛世，既是一个文类的成功故事，也是“现实一种”从不可见到被看见的过程，在量子力学测不准原则之下，这个瞬间难以捉摸，它是否在物质上是实存，它又如何创造意识？我们如何去看，如何去幻想，如何去书写，也决定了我们自己世界有怎样的现实会被看见，或者会被改变。

科幻最激动人心的，也许还是来自它诞生于大航海时代与大革命时代的双重语境。科幻是背井离乡、漂泊无定的文类，它也许从来不属于单一的民族与国家，在科幻的世界中，有着超越国家、超越制度的想象维度。不要说《弗兰肯斯坦》Frankenstein的作者Mary Shelley是爱与光的孩子（Child of love and light，Percy Shelley的话），父母分别是无政府主义和女权主义的奠基人，相遇在动荡的法国大革命，这部小说的元素至少来自日内瓦人卢梭，日耳曼古老传说，英国浪漫主义文学，故事终点则在北冰洋上。这一个世代的中国科幻小说，刘慈欣笔下的流浪地球、时间移民、宇宙归零，以及我们在冥王星坐下来哭泣的时刻，都是这样的时刻，提醒我们，科幻有一个更大的世界。面对未知，那个测不准的时刻永远让我们着迷。

《三体》里写程心的不忍之心，不肯按下毁灭两个世界的按钮，没有这个人物，《三体》不会这么大气。三体迷对于程心的态度不大友好，称之为圣母，不是褒义。程心的人物塑造方面或许有欠缺，但正是在一个零道德的宇宙中，程心做出了一个有道德的选择。刘慈欣的科幻世界有崇高的一面，外星人来了，毁灭你与你何干？但一个属于文学世界的心灵，让程心作出放弃打击的选择，也让程心最后选择文字，来书写，《三体》的冷酷世界，变成《地球往事》。这个题目翻译到英文Remembrance of the Earth's Past，不可避免地让英文读者想到普鲁斯特。科幻之心，除了测不准的量子态，也可以是诗。

（《文汇报》“笔会”，2018年3月28日）

我读鲁迅的小说

◎止　庵

说来我读鲁迅的小说最早，家里有一套《鲁迅全集》，其中的《呐喊》《彷徨》和《故事新编》，我很小的时候就翻过，但是年幼无知，看不大懂。懂得一些，总在二十岁之后。其中《明天》是一篇我久久难以理解的小说，总觉得单四嫂子很无辜，为什么她的儿子一定要死呢，而且最后连梦也不能梦见，——那结尾写得很隐晦，是“不恤用了曲笔”，而鲁迅在《〈呐喊〉自序》里对“在《明天》里也不叙单四嫂子竟没有做到看见儿子的梦”耿耿于怀。我觉得由此可以体会鲁迅内心深处的某种东西，当然并非全部，但肯定是不应忽略的重要方面。再如《药》，华小栓是否也可以有别一种结局，即他吃了蘸了夏瑜的血的馒头，病势竟好转了呢。这或许于作品的艺术震撼力有所减弱，但是在主题上并无大碍，至少提出这种可能性是无妨的。而鲁迅如此选择，除了艺术方面的考虑之外，是否也有别的因素呢。我由此感受到他的作品中的一种残酷或死亡之美，这在以往中国小说中几乎是见不到的。我觉得《彷徨》比《呐喊》更冷峻，更绝望。像《示众》那一篇，简直是冷酷无情了。鲁迅小说的魅力和力量，至少有一部分因此而产生。

《呐喊》《彷徨》一共只有二十五篇，当时对“小说”的概念还没有明确的共识，所以有些小品散文如《一件小事》《兔和猫》《鸭的喜剧》和《社戏》也编入了，除去这些，几乎每篇小说都有体式上的开创。《孔乙己》和《祝福》构思约略相近，均限定在某一场景之内，《孔乙己》是咸亨酒店，《祝福》是鲁镇，在此场景之外发生的事情一律不写。记得父亲曾说二者都可以写成中篇甚至长篇小说。我最佩服在中国现代小说刚刚发轫的时候，鲁迅就选择了一种限制而不是扩张自己的写法，这非常不容易。他的语言读来结实而沉郁，好像浓缩过似的，比茅盾以下各位要好得多。鲁迅的小说若举出一篇我最喜欢的，就是《孔乙己》。作者安排酒馆小伙计作为第一人称的叙述者，具有特殊意义：他的身份决定了他必须固定在某个位置，所以只看到也只描写孔乙己来到酒馆里的举止言谈，顶多再记述一点传闻，这就具有一种被动性；他与孔乙己之间疏远的关系，则决定了通篇的冷淡语气，这都使得小说关于孔乙己的叙述有种“天地不仁”的意味。而结尾处，“自此以后，又长久没有看见孔乙己。到了年关，掌柜取下粉板说，‘孔乙己还欠十九个钱呢！’到第二年的端午，又说‘孔乙己还欠十九个钱呢！’到中秋可是没有说，再到年关也没有看见他。我到现在终于没有见——大约孔乙己的确死了。”更让人感到可怜的是孔乙己被人世间一步步地给抹掉了。

《故事新编》中，我最喜欢《铸剑》，深邃劲健，当在鲁迅最好的作品之列；其次是《补天》，再次是《奔月》，而一九三四年到一九三五年所写的几篇都较粗疏，相比之下，《出关》《采薇》稍强，《非攻》《理水》逊色，《起死》最差。除《铸剑》外，《故事新编》无论智慧灵动，还是表现手段，都远逊《呐喊》《彷徨》，尤其是现实攻击性的成分（同样出现在《朝花夕拾》中），我不觉得有多大意思。顺便说一句，《补天》原名《不周山》，原本是《呐喊》里的一篇，鲁迅说，成仿吾写文章，“以‘庸俗’的罪名，几斧砍杀了《呐喊》，只推《不周山》为佳作，——自然也仍有不好的地方。……于是当《呐喊》印行第二版时，即将这一篇删除；向这位‘魂灵’回敬了当头一棒——我的集子里，只剩着‘庸俗’在跋扈了”，此举最可见鲁迅的性格，正如周作人所转述的他的话，“人有怒目而视者，报之以骂，骂者报之以打，打者报之以杀”。

鲁迅的翻译作品，因为收录在他的全集里，所以也都读过。现在回想起来，最值得注意的是阿尔志跋绥夫的《工人绥惠略夫》。鲁迅创造了阿Q；如果说在他笔下有个在现实中与阿Q形成对比的形象，就是绥惠略夫，他们构成了鲁迅心目中“人”的两极。而《铸剑》中的眉间尺、宴之敖，与绥惠略夫正是一路人物。前些天我去看波兰导演格热戈日·亚日那导演的话剧《铸剑》，想到宴之敖与阿Q适成为一对“有意味的对比”，阿Q是毫无原则的，宴之敖则是个过度有原则的人——或许在鲁迅看来，苟不如此，就不能算是有原则了。所以宴之敖说：“仗义，同情，那些东西，先前曾经干净过，现在却都成了放鬼债的资本。我的心里全没有你所谓的那些。我只不过要给你报仇！”“我一向认识你的父亲，也如一向认识你一样。但我要报仇，却并不为此。聪明的孩子，告诉你罢。你还不知道么，我怎么地善于报仇。你的就是我的；他也就是我。我的魂灵上是有这么多的，人我所加的伤，我已经憎恶了我自己！”宴之敖在已经杀了楚王之后，还要将自己的头砍下去帮助眉间尺的头咬楚王的头，真是将“报仇”写到了极限之外，可以说小说家鲁迅就完成于此。

（《文汇报》“笔会”，2018年3月31日）

霍金：第一位伟大的后人类

◎桃子酱

“在很多人看来，斯蒂芬·霍金教授已经是最接近未来人类形态的当代地球人。他靠电动轮椅行动，靠语音合成器表达，而他的大脑，是他作为一个生物人为数不多的证据。然而，绝大多数时候，我们不知道这个大脑是如何工作的。人们经常开玩笑，斯蒂芬·霍金教授是不是已经被AI控制了。”

果壳网主笔、科学松鼠会成员瘦驼曾这样写道。巧合的是，学者严锋也将霍金称为“第一位伟大的后人类（Posthuman）”。

所谓“最接近未来人类形态的当代地球人”“第一位伟大的后人类”，指的是从霍金身上，我们看到了未来学家雷·库兹韦尔、科技产业先驱埃隆·马斯克等人都曾展望的“脑机结合”将会呈现的样子。虽然还称不上真正的“脑机结合”，但霍金的例子证明，这个方向是可行的。

2002年8月，霍金第二次访问中国，在杭州香格里拉饭店举行的记者招待会上，《南方周末》记者王寅和同行们第一次听到了霍金的声音。“你们能听见我说话吗？”这是他对记者们说的第一句话。王寅在报道中写道：“这吐字清晰的声音带点金属味，令人想到电影中的机器人在说话。”

“站在霍金的背后，记者看见他用功能仅存的两根手指把玩着手里的控制面板，不停地刷新着计算机的屏幕。通过控制面板上的按钮，霍金可以自如地移动光标，轻松地选取现成的单词，造出想要的句子，送到声音合成器上，机器就开口说话了。”这是王寅当时在现场观察到的细节。

到了2005年，霍金只剩下一根手指能动；而到了2008年，他连手指都无法控制了，只有面部的部分肌肉可以活动。霍金的研究助理开发了一个叫做“Cheek Switch”的传感器，安装在霍金的眼镜框上。传感器发射肉眼看不见的红外光束，当霍金收缩右脸颊的肌肉时，传感器收到信号，将之反馈给电脑，选中目标字母，从而完成“用脸打字”。

“用脸打字”效率还是低下，为此技术人员尝试过两种新技术：一是眼球追踪技术，即通过检测眼部的细微运动实现对设备的操控。但霍金严重的眼睑下垂，导致该方案被放弃。二是脑电波识别术。如果该方案能成功，霍金将是实现真正“脑机结合”的第一人——以目前的科技，脑海深处的思维尚无法解读，倒也不用担心霍金的思想会被窃取了。可惜，该方案也无法实现。最后，解决方案是：霍金仍然用脸部动作操控设备，但换了一个更强大的输入法，再加上一个简称ACAT的辅助情境感知工具包，效率大大提高。

霍金去世前，人们就曾设想各种脑洞，希望帮助他从被困的身体中解脱。脑洞一：换头术。头部移植手术的技术一旦变得成熟，霍金获得新的身体后（有人建议用死刑犯的身体）将重获新生。脑洞二：给他换上一个机械身体。亦舒小说《弄潮儿》中，女主角见义勇为，在火灾中救出9名儿童，自己的身体被烧得只剩下头部。医生给她接上机械身躯，使她拥有金刚不坏之身。不过，按照小说的设定，这事发生在2074年。脑洞三：把他的思想意识数字化，如果有合适的继承者，则由继承者拥有这些思想，就像理查德·K·摩根的小说《副本》（Altered Carbon）设想的那样。脑洞四：用ASC冷冻法把他的大脑保存下来，时机成熟的时候上传到云端，并实现重建，就像创业公司Nectome所做的那样（给该公司投资的创业孵化器Y Combinator创始人萨姆·阿尔特曼就付了一万美元定金，希望保存自己的大脑）。脑洞五：霍金被操控他的轮椅的人工智能系统劫持，他其实是人工智能的傀儡……

也许霍金本人会愿意接受脑洞三的方案。2013年，他在接受英国《每日电讯报》的采访时这样表示：“人的大脑和一台电脑的工作原理本质上差不多。所以，从理论上来说，人的意识可以脱离肉体，被保存到电脑里，并在人死后形成一种新型生命形态。”他也提及，目前的技术无法实现这一目标，所以还只是一个“童话故事”而已。

2017年，霍金在接受《连线》杂志专访时，再次提及“新型生命形态”，不过这次他指的是人工智能：“如果有人能设计出计算机病毒，那么就会有人设计出能提升并复制自己的人工智能。这就会带来一种能够超越人类的全新生命形式。”虽然霍金一贯持“人工智能威胁论”，但从这个表述来看，他对人工智能技术本身的态度还是乐观的。“但我们不确定我们是会被人工智能无限地帮助，还是被无限地边缘化甚至毁灭”，这是他的担忧。在他看来，人工智能的威胁分短期和长期两种。短期威胁包括自动驾驶、智能性自主武器以及隐私问题；长期担忧主要是人工智能系统失控带来的风险，如人工智能系统可能不听人类指挥。

在纪录片《斯蒂芬·霍金的大设计》中，有一集专门探讨生命的意义。“我们人类是高度复杂的生物机械，我们的大脑通过一张由互联神经元构成的网络，创造并维持着我们的思维意识。这种思维意识营造了一个外部世界的三维模型——一个最适合的模型，我们称之为‘现实’。”而意义，就是“我们每个人在自己的大脑中建立的另一个现实模型”。“我们的大脑其实就是一堆严格按照物理规律行事的微粒，可它却有这种能力：不只是感知现实，同时也赋予它意义。”

如果我们只是一些生物机械，而不加以思考，那生命就没有了意义，我们和人工智能也就没有什么不同。霍金如此教导我们。

（《新周刊》，2018年第7期）

永远年轻可取吗?

◎薛　巍

斯坦福大学教授罗伯特·波格·哈里森说，现代社会对青春的膜拜正把整个世界变成孤儿院，过去被视为异类的年轻人将沦为历史的孤儿。

如果翻看老照片，你可能也会像斯坦福大学教授罗伯特·波格·哈里森那样发现，“在较早的时代，才12岁的小孩便看似大人，脸上业已显露岁月痕迹”。而如今，“一个在圣地亚哥打网球的30岁女人更像巴尔扎克笔下30岁女人的女儿而非妹妹”。如今，发达国家的人虽然照样会随年纪而萎缩，却始终有一张嫩脸蛋。哈里森在《我们为何膜拜青春》一书中说，现在人之所以青春常驻，“不只是我们有更好的营养、更好的医疗保健、更少受到风吹日晒，还因为一个整体的生物文化转化把一大部分人类变成了一个年轻物种，现代人外观上年轻、行为上年轻、心智上年轻、生活方式上年轻、欲望上年轻”。

哈里森首先肯定，保持年轻、长不大是有好处的。生物学上说，人类有一种幼态持续的情形，我们的幼年特征会被保留到后来的生命阶段，胎儿成长速率变慢为我们带来更高的智能，拉长了的襁褓期和童年期使我们具有更高的社会化能力，它们让我们的学习过程延长。人类花在成长上的时间远多于我们在生物界的近亲（大约多了三成）。“人类的幼态持续并不是一种退化或停滞，而是一种修改过的成长方式，它让幼态特征可以进入一种新层次的成熟状态：一种保留幼态形式的成熟。”爱因斯坦在人生接近尾声时说，他在物理学上的突破都源于一个事实：不管在心灵上还是精神上，他一辈子都是个小孩。这显然不是说他的心灵自孩提时期就停止了发展，他的意思是，他从不停止探问那些大人不太知道该怎样回答的问题：天空为什么是蓝色的？为什么我看不见风？一个人需要孩子般的好奇心才会想知道原子是由什么构成、时光在什么情况下会倒流或以光速前进会看见什么景象。在这个意义上，爱因斯坦的心灵无异于解剖学家博尔克所说的性成熟的灵长类胎儿，这又等于说他是个天才。

哈里森还分析了另外一个永远年轻的典范——古希腊哲学家苏格拉底。他说："苏格拉底一辈子都保留着年轻驱力，他是过去几千年来幼态持续人物中的佼佼者。他是个从不肯向老去过程交出自己激情核心的人。苏格拉底拒绝摆出智者的姿态，承认自己对真理的无知，他让自己成了永远的学生。所以身为一个老人，苏格拉底却是许多贵族青年崇敬的老师。"苏格拉底的哲学直接打动了雅典年轻人身上最年轻的部分：他们的力比多、他们的蠢动不安、他们对英雄气概的渴望、他们善于惊奇的能力、他们对人生的无限憧憬、他们好疑和好发问的倾向。想要停留在无尽头的成熟过程中，需要心灵一种整体的回春。显然，正是因为希腊人的心性非常年轻，他们中间才能出现苏格拉底这样的人物。苏格拉底之所以始终是个幼态持续的天才，主要原因是他能把年轻的激情带到一个新的反省高度而没有让出它的内在年轻驱力。"要能激发和教育弟子的爱，一个老师必须同时比弟子年长和有着相同的精神年纪。作为教育家，苏格拉底最突出的特征是他在学生眼中不是一个智慧老人，而是他们年轻抱负的一个更成熟的化身。"

哈里森说，我们其实不像我们看上去那样年轻。"历史性地说，我们都是彻头彻尾的古人。我们的身体同时是60之龄和百亿年之龄，因为构成它的原子都是出现于大爆炸发生的几秒钟之后，所以几乎和宇宙本身等老。另外，一个身体的各部分也不是同步老化。一个衰弱的心脏与一颗强壮的肾脏有不同的年纪。若就灵魂层面而言，我的年纪至少老得不亚于摩西、荷马和但丁，因为他们的遗产造就了我的部分精神自我。我性情气质中的19世纪成分断然要多于21世纪成分，我宇宙观中的多元天体成分断然多于广义相对论成分，我文化地图中的古希腊成分也断然多于互联网成分。"

我们的身体是长期进化的结果。我们可以造出打败最高段棋手的电脑，却造不出一部可以像动物一样在房间里行走无碍的机器。我们能用人工方式复制人类的推理能力，却几乎无法挑战我们的感觉运动、深度知觉、反射动作和身体协调性。"为什么会这样？因为从演化的时间尺度来说，人类的智力是一种全新的东西，只有几万年历史，而生物的运动功能却是花了几十亿年才达到完美的境地。"

创新中也有继承。"法国作家、飞行员圣-埃克苏佩里在1940年的文章《工具》中说，你可曾好好看过一架飞机？我们的眼睛必然会看到的是好几代工匠所进行的实验，以致我们会忘了飞机是一部机器。大部分我们日常生活会用到的机器都是动动手指便可控制，但不管是飞机、洗碗机还是个人电脑的运作里，都包含着百万条累积起来的知识。你的车也许是新车，但它的内燃机却可回溯至19世纪，而它的基本能动性更可回溯至轮子的发明。没有一个人可以懂得构成一辆车子的全部科学，但一个有驾照的小伙子却可以把车开得像一个对汽车背后的公式原理略有所知的工程师一样好。”

哈里森区分了天才和智慧，它们是人类拥有的两种性质迥异的智能，前者体现在我们的创发性天才，即我们实验、发明、发现、想象、计算和摆布外在世界的能力；后者体现在人类老成持重的智慧，由这种智慧产生出诸神、墓碑、法律和诗歌。天才专注于创造属于未来的新事物，智慧专注于继承过去的遗产，在把它们传递下去的过程中予以更新。但它们又是紧密关联的：天才的核心总包含着智慧，不然天才会无法从自己的历史中收割奖赏，每次都得把轮子重新发明一次；而智慧的核心总包含着天才，否则它无法有创意地转化和更新过去。现在的问题是，天才的涌现让智慧几乎无法执行它的基本任务，即综合新与旧，为世界提供一定程度的永久性和持续性。“二战”后重大发明纷至沓来，几乎改变了全球人类社会的每一方面，然后，这些发明现在看来都像是老古董，因为过去20年来的重大创新多如过江之鲫，其眼花缭乱是人类文化从未经历过的。

代沟是一个严重的社会问题。社会学家霍格斯塔德和乌伦贝格主张，现代社会因为把年轻人局限在学校、把成年人局限在职场、把老年人局限在安养院，已经把隔离制度化了。结果就是，人们大部分时间都用在跟同辈相处而非跟异辈相处，这种隔离剥夺了老年人传统的指导角色，剥夺了年轻人更宽阔的亲属意识，让家庭失去了传承创新的功能。“今天，一个较老的人不会了解小孩、少年或青年的想法，所以几乎不可能给年轻人提供指引，为他们指出通向成熟或公共事务领域之路。乍看之下，这个世界现在主要属于年轻一代，但实质上，我们的时代正自觉不自觉地夺去年轻人赖以茁壮成长所最需要的东西，它夺去他们的闲散、庇护、孤独和创造性想象力。”年轻的创造力需要过去的遗产加以调和与指引，过去的遗产也需要通过创新保持活力。如果二者严重脱节，社会就会变得失常，这就是哈里森看到的情形。

（《三联生活周刊》，2018年第13期）

从八抬大轿到人工智能

◎赵　威

人工智能是对人的意识、思维过程的模拟，当下，已被广泛运用于各行各业，推动技术革新和产业发展，预示着新的工业革命的到来。这让笔者想起当年西方进行车轮上革命时，我们尚坐在八抬大轿里摇晃，回顾历史，对当下也是一种启发。

第二次鸦片战争，英法联军烧了咸丰皇帝的园子，皇帝被逼换约，允许外国公使进驻北京，这才算了结。不久，公使夫人们坐着四轮马车进了京城，之前，内地可是西洋女人的禁区。这下，京城百姓算是开眼了：一是见着了传说中的“番鬼婆”，金发碧眼，脚竟然那么大！二是她们乘坐的马车很特别，有四个轮子。要知道，天朝的王公大臣、八旗老爷出门坐的可是轿子。三品以上的京官用四人抬轿，各省督抚坐八抬大轿，至于天潢贵胄的轿子，三十多人抬的也有。

从穆天子西巡“驾八骏之乘”，到秦王扫六合“车同轨”，再到清末，用车的历史也有几千年了，怎么就没想到多安两个轮子呢？早在春秋战国时代，制车技术就很发达了，《管子》言“万乘之国必有万金之贾，千乘之国必有千金之贾”，“乘”就是四匹马拉的战车，“万乘之国”代指大国，这句话用以说明国家地位、战车数量跟商业实力的密切关联。例如，东方大国齐国的首都临淄，“车毂击，人肩摩”，商业繁荣，街上车子多到轮毂相碰。

中国古代一直没能解决前轮转向问题，所以四轮车没普及。两轮不仅没发展成四轮，到了汉代，还摘掉一个轮子，成了独轮车，畜力转为人力（人不如牛马）。据考证，诸葛亮发明的“木牛流马”就是一种独轮车。再往后，干脆把仅存的一个轮子也摘掉，用人扛着，叫做“肩舆”。“舆”就是车厢，“肩膀上的车厢”，倒也贴切。唐代大画家阎立本有一幅《步辇图》，画的就是唐太宗坐轿的场面。用人扛，少了车马劳顿之颠簸，多了作威作福之快感，也就有了两人抬、四人抬、八人抬的乘坐规矩，等级森严。

马拉车的时代，技术差别还不是太大，等瓦特发明蒸汽机，工业革命到来，八抬大轿里的王公大臣仍做着“天朝上国”迷梦时，西方的四轮车早已甩开我们几条街。而今，以人工智能和大数据为特征的第四次工业革命来临，机器人可以连续战胜世界围棋高手，这种具有人类深度学习能力的技术，在金融贸易、医疗诊断、互联物流、图像和语音识别等领域运用广泛，虽然某些人会陷入机器人抢饭碗的恐惧中，但坐在八抬大轿上做梦的时代早已过去，各行各业都怕被时代潮流所淘汰，加快产业转型升级。

当然，人工智能也不是万能的，工业技术愈先进，生活节奏愈快，愈需要文艺复兴来充实人们的灵魂。生活中“不能没有诗和远方”，不能没有书籍，没有报纸，没有艺术。

我们在积极拥抱人工智能的时候，谨防从一个极端走向另一个极端。

（《上海法治报》，2018年4月9日）

生命在别处

◎南　帆

“生活在别处”——如同许多人那样，我也是在昆德拉的小说之中读到这句话，并且知道这是19世纪法国诗人兰波的诗句。不幸的是，我在一个毫无意趣的场合突然想到这句诗：一个穿大衣的妇人慢悠悠地走过马路的斑马线，对于周边往返飞驰的汽车视而不见。她的双眼盯住手中的手机屏幕，脸上浮出了神往的笑容。我猜她收到了一条有趣的微信。眼前这个红尘滚滚的世界又算什么？真正的故事发生在手机里面。多年以前，我们的渴望是坐上火车奔赴远方，遭遇一个浪漫的邂逅；现今，我们的人生轨道轻巧地拐入手机——手机里的微信犹如人生百态的收纳袋：一个会场的局部，一篇心仪的文章，晚餐的几盘菜肴，屋角的一丛小花……不管怎么说，只有那些显现于手机屏幕的景象才会产生非凡的魅力。凡夫俗子的日子庸碌不堪，手机屏幕是一个魔幻之域，那里收藏了无数遥远的良辰美景——生活在别处。

这一段时间开始流行一个词：“佛系”。据说“佛系青年”风轻云淡，与世无争，脸上一副落寞的表情。言及日常的起居饮食，他们的口头禅是“可以”“都行”。然而，电子游戏开始的时候，他们如同突然换了个人，目光炯炯，声嘶力竭。《修真诀》《明月传说》《三国无双》《王者荣耀》，刀光剑影之中，血脉贲张，炽烈的激情火焰一般燃烧起来了，一个大智大勇的王者终于矗立在虚拟空间的地平线上。

生活在别处。虚拟空间肯定比乏味的写字楼或者逼仄的蜗居精彩。可是，梁园虽好，不是久恋之家；虚拟空间无非镜花水月，过眼烟云。我们的双脚迟早要回到真实的泥土地面。这才是我们存放生命的空间。只有泥土地面才能长出水稻、苹果，百草丰茂，牛羊成群。虚拟空间的各种故事无非电子元件和信息配置的壮烈和浪漫，谁会愚蠢地为若干信息的衰老、消亡而伤感，或者如痴如醉地爱上电脑屏幕上的那个美妇人影像？

必须承认，写下这几句话的时候我有些心虚。数日之前，我删除电脑之中一个多余的软件。即将卸载的时候，界面上出现一个掩面而泣的孩子，一句旁白是："你不要我啦?"一时之间，几乎不忍心按下确认键。我联想到了电子宠物。屏幕上跳出一只顽皮而又憨态可掬的小狗或者鸭子，它们会撒娇，会生病，需要喂养和照料，不小心也会死去。什么时候开始，我们不知不觉地惦记这些小玩意儿，甚至魂牵梦绕，似乎生怕它们有什么不测。我曾经抱怨那些可恶的工程师，他们伪造种种电子生命窃取我们的怜爱之心。现在，我突然觉得世界正在变质。是不是到了修改那句名言的时候了——生命在别处?

我们的习俗之中，喜爱一张桌子、一部电影、一支钢笔或者自己的汽车座驾与喜爱一个人乃至一匹马、一条狗存在重大差异。前者仅仅是物，后者是生命。生命之间的交流包含了深刻的互动：慈爱收获感恩，怨恨收获复仇。忘恩负义或者以德报怨往往由于重大的失衡而成为众目睽睽的特例。相对地说，物无嗔无喜，从不因为离合而悲欢。这极大地减轻了我们的内心负担。更换一部手机，不会如同离婚一般痛苦；购置一辆新车的时候，没有必要顾虑旧车的不快。众多女性情深谊长，从一而终，可是，她们从不因为频繁地添置衣橱里的服装而感到内疚。人不如故，衣不如新，这是性质迥异的两件事情。然而，现在我想说的是，两件事情的边界似乎开始混淆，物与生命开始交织为一体。

戴一副眼镜增添视力，借助一部电话扩大听觉的范围，骑一辆自行车代步，工具并非躯体的组成部分；放下工具之后，这些功能立即从躯体之中分离出去。然而，如果发明一种智能的负重骨骼呢？事实上，这一套装备（HULC）已经问世。穿上这一套装备如同增添了一副微型计算机与液压驱动构造的骨骼，躯体的负载能力大幅增加。这一套装备与躯体合而为一，人们可以自如地行走、下蹲乃至匍匐，机械的能量仿佛就是从躯体之中涌现出来的。如果说，假牙、假肢、股骨头或者心脏起搏器、支架仅仅是挪用某种医学器材修复躯体的某一个小小局部，那么，大规模地改造躯体的工程肯定已经列入生物科学的议程。

躯体的改造无疑将改写"生命"的定义。那位谷歌工程总监雷-库兹韦尔信心十足地告诉人们，"奇点"正在临近。人工智能与生物科技的全面合作正在导演的伟大剧目是，人类将于2045年左右实现永生。库兹韦尔的设想是，聘请若干纳米机器人居住于人体的血管之中，摧毁各种病原体，清除血栓和肿瘤，纠正基因的错误，并且将前额叶皮质——人脑的中枢，理性思辨、重大决策或者幽默、音乐的产出区域——与计算机的云端数据联接起来。由于科学技术的干预，人类体魄的强健程度和智商指数迅速地突破自然赋予“生命”的疆域，并且无限扩展。这个理论前景极大地激励了一批有志者锻炼身体的热情。只要安全地在时光隧道继续长跑28年，这一副血肉之躯就可以从科学家——彼时的上帝——那儿换取一个真正的金刚不坏之身。据说库兹韦尔本人业已到了古稀之年，他每日都要勤勉地吞食一大把五颜六色的药片，力图保证冲刺2045年决不掉队。让我们从令人激动的理想回到那个令人困惑的主题：未来的日子里，我们会向那个既吃五谷杂粮又组装了各种计算机软件与生物科技产品的“生命”示爱、撒娇或者寻求抚慰吗？当然，还有爱情——我们可能爱上一个半是肉身、半是金属材料的躯体吗？

然而，愈来愈多的迹象表明，人类正在悄悄地放弃“生命”的传统边界。示爱或者撒娇远非想象的那么困难，我们已经在科幻电影之中练习过了：迷恋那个钢铁的“终极战警”或者崇拜神通广大的“变形金刚”，各种情感曾经如此自然地从我们的小心脏里冒出来。而且，令人意外的是，秘不示人的性领域欣然邀请科学技术全面管控。性是一个令人羞愧的话题，讳莫如深；同时，性又是生命之中如此重大的主题，没有人绕得过去。可是，现今的科学技术正在协助人类将性从生命的锁扣之中解脱出来。作为繁衍生殖的一个副产品，短暂的性快感是上帝赐予抚育后代的生物奖赏。然而，性快感如此强烈，繁衍生殖的后续工作如此烦人，以至于许多人试图将这种福利单独窃取出来。许多人的真实愿望是，仅仅享受销魂的一刻，多余的负担不再尾随而至——信誓旦旦地守护爱情，养儿育女的辛苦，对付难缠的丈母娘，各种不期而至的家庭纠纷，某些时候甚至负有振兴整个家族的重任。能否避开众多设置于性领域的陷阱？这时，科学技术慷慨地提供了不同级别的性代用品，据说女版的智能机器人形神兼备。然而，未来的某一天，科学技术可能遭受社会学家的严厉质询：自作聪明地将两性关系移出生命范畴，这种僭妄会不会瓦解社会的某种基本秩序？

基本秩序的瓦解可能带来未来社会的垮塌。不过，另一批科学家脸上的表情远比社会学家严峻。根据他们的计算，危险的到来可能比社会学家预料的要快——科学家的恐惧对象是迅速逼近的人工智能。他们以专家的口吻警告说，人工智能是潘多拉的魔盒，贸然打开可能带来毁灭性的灾难。不要以为人类真的管得住那个正在客厅里打扫卫生的机器人。机器人身手矫健，力敌千钧，刀枪不入，而且从不贪生怕死。众多电影生动地展现了它们的英雄事迹。如果这些机器人与人工智能结合，生命的血肉之躯不堪一击。人工智能具备超级的自我学习能力——今天仅仅拥有一条狗的智力，明日可以超越全世界最为杰出的大脑。这是人类的缓慢进化无法企及的。无论是计算、运筹、识别、监控还是围棋、音乐、书法、绘画，人类的所有领域都将迅速陷落。与这种机器人开战，昔日积累的作战规划乃至所有的战争想象可能全部丧失意义。从冷兵器、热兵器到核武器，人类训练出武功超群的剑客、百步穿杨的狙击手或者决胜于千里之外的导弹部队，并且制订了各种坦克、战斗机或者航空母舰的攻防方案。尽管如此，人类的全部假想敌仍然是人类；例如，没有哪一个国家现有的武器系统可以对付漫天飞舞的小小蜜蜂。相信许多人看过一个视频：一个人智能操控的机械“杀人蜂”悬在空中，它的处理器反应速度比人类要快100倍，挥动巴掌扑打不到这个机械小精灵。“杀人蜂”上安装了脸部识别器和几微克的炸药。发现了预设的捕猎对象之后，它可以从任何角度抵近，泊在对方的脑门上；炸药制造的微型爆炸足以摧毁脑壳里面的一切。事实上，人工智能贮存了各种取人性命的新颖形式，防不胜防。黑格尔告诉我们，所谓的“主奴关系”充满了紧张与逆转的可能。当人工智能试图改变奴隶的命运时，人类溃败是一个没有悬念的结局。这也是那一批科学家如此惊恐的理由。

我对于这种结论不持任何异议。我所存疑的仅仅是一个所有分析人士都要关注的问题：动机何在？鉴于哪些动机，人工智能操控的机器人必须与我们为敌，甚至歼灭人类？这些由集成电路、软件和金属材料装配的机器人缺少粮食、水源还是热衷于争夺未来的发展空间？或者，这些力大无穷的家伙仍然忙不过来，不得不奴役人类为它们种田、洗碗或者修桥铺路？试图改变食物链之中的不利位置？它们的基因内部贮存了强大的攻击性密码——它们有基因吗？我宁可认为，人工智能的所有特征无不来自人类的初始范本：那么多任劳任怨的人，那么多热衷于杀戮的人，那么多的善良、慈爱、高尚、深明大义、无私无畏；同时，那么多的嫉妒、阴谋、趋炎附势与恃强凌弱，“关系”之中的压迫带来的反抗以及凶猛的报复仍然来自人类的行为准则。我想说的是，机器人与人类互为镜像。科学家对于人工智能的恐惧是否存在一个隐秘的原因——他们是否被人工智能之中的人类投影吓住了？也许，人工智能的自我学习隐含了不可预测的裂变，但是，软件程序之中第一行仇恨的种子是否来自人类的指令？现在，我愿意悲哀地指出一个事实：我们竭力赞颂的人类“生命”并非一个完美的形象，人工智能的可怕放大甚至让我们不愿意认出自己。

人类社会能不能显现更多的仁慈，更多的慷慨，更多的情义与互助？我时常觉得，机器人正在某一个地方目光闪烁地盯住我们，观察这个群体如何相待，继而续写人类开启的历史故事。我们愿意传递出哪些信息？人工智能方兴未艾，也许还来得及。

（《文汇报》“笔会”，2018年4月19日）

以写作保留希望

◎苏　童

费里尼的“八又二分之一”是现代人精神生活的简称

我想先谈一下意大利电影大师费里尼著名的电影《八又二分之一》。在我看来，这部电影值得我们一再讲述，因为它不只是一个导演的故事，也是人生的故事，又似乎是创作的故事。八又二分之一，这是一个电影名字，也是现代人精神生活的一个简称。有意思的是，当一个艺术家尝试了数学家的工作，他无意中成了一个哲学家。他对生活的概括，甚至可能比哲学家还要简约，还要精准。我主观地将其理解为一种不匀称的精神分割法，八又二分之一，意味着大的绝望和小的希望。同时，我也这么推测，八是焦虑和混乱，二分之一是诊疗，加起来，八又二分之一是一个人的境遇。这境遇的反匀称性和反公平性，看数字本身就不言而喻，而这个数字本身富有悬念，其目标似乎是九，对于中国人八与九都是完美的数字，它偏偏比八多了二分之一，又偏偏比九缺了二分之一。这二分之一是什么？哪一部分是剩余的，哪一部分是多余的？剩余或多余的，哪一部分是我们的福音，哪一部分又将成为人生的煎熬？我也不清楚，但或许与我们今天的话题有关。

有一种应对现实生活的方式，叫文学

如果我没记错，《八又二分之一》应该是费里尼20世纪60年代的作品，电影的开始就充满暗示，有人驾车在公路上遭遇严重的交通堵塞，被堵在路上，不能动弹，结果驾车者从车窗里腾空而起，开始飞行。这是对一个梦的交代，也是典型的费里尼式的对现实生活的应对方式。走不了，我就飞。

无独有偶，大概是在90年代初期，我看了一部好莱坞电影，请原谅我不记得电影的名字了，只记得电影的主演是小道格拉斯，开始也是堵车，是高速公路上的堵车。电影的镜头与道格拉斯的表演，都非常好莱坞，很直接，很明晰。与费里尼的电影不一样，好莱坞的导演只让蝙蝠侠飞，不会让小道格拉斯飞，他只让小道格拉斯下了车。与好莱坞电影大致一样，小道格拉斯在高速公路附近遭遇更多的愤怒之后，最后拿起了枪，杀了人。看这部电影的时候，路怒症这个名词还没有出现。

我再说一个真实的事情。不是电影，不是故事，是真事。恰好发生在我认识的一个意大利朋友身上。我们几个作家朋友在罗马的时候，他的妻子开车接送我们，他从不开车，到哪儿都骑自行车。我们问他妻子，他是不是不会开车？答，会，是老司机了。又问，他是环保主义者？答：不是什么环保主义，因为有一次堵车堵在路上，极其焦躁，极其愤怒，又不想焦躁，不想愤怒，因此他忽然觉醒，我跟汽车为什么不能分离呢？想通了，他就把汽车扔在路边，不要它了，自己徒步回家，从此，这位朋友再也没有开过汽车。

我很抱歉，我自己其实不会开车，却一直在说开车堵车的事。我们今天的话题是文学，我想说，开车开不了，就从驾驶座上飞起来，飞离公路，像费里尼那样解决问题，这其实是文学。开车开不了，气得杀人，像小道格拉斯一样，那是一种好莱坞电影的解决方式，虽然逻辑通顺，但没有人愿意赞同那是高尚的文学，更多的人会像我一样，认为文学要解决的问题恰好相反，那就是，我愤怒得想杀人，但我是如何做到不杀人的。而像我的那位意大利朋友，开车开不了，弃车而走，永不开车，这当然更是文学，具有弹性，值得推敲。我至今不知道，那样一种觉醒，究竟是幸福的还是哀伤的，是属于抵抗还是属于投降，或者仅仅就是逃遁？那样一种觉醒，究竟是某种希望，还是某种绝望？有很多次了，当我在熟悉或者陌生的城市道路上遭遇严重的交通堵塞，心急如焚，我会觉得被阻塞的不仅是交通，不是从A点到B点的路线阻塞了，而是我们的生活被阻塞了，我们的自由被阻塞了。我想象过那位意大利朋友，他骑着自行车在罗马街头的滚滚车流中缓缓而行，面露失败的哀伤或者觉醒的得意，我会看见他的T恤衫上的字，也许仍然在为他的同胞，电影大师费里尼60年代的杰作打广告，八又二分之一。当然，也可能，他的T恤衫上出现了更加意味深长的新广告，八又三分之一！

现代而雷同的生活，还能给我们剩下多少故事？

从某种意义上说，这依然是八又二分之一的时代，或者，这已经是八又三分之一的时代。堵在高速公路上的汽车与人，要处置惊慌、疲惫与厌倦，要在愤怒时远离枪支，要在八的后面看见二分之一或者三分之一，这更像是当今世界的基本影像，描摹人们的主要处境。文学，无论在何时何地，都是在探讨某种飞行的可行性，以及逃遁的方法。

只不过，飞行的可行性越来越小，逃遁的工具也并不多，这是显而易见的。今天无论是一个意大利人，还是一个美国人，或者一个中国人，他们的生活可能都离不开汽车，汽车可能是雷同的，导航系统可能是雷同的，他们在汽车上的困倦与烦躁会有什么不同吗？这样现代而雷同的生活所给予我们的，有多少是珍珠，又有多少是垃圾？我们的生活，或许只是剩余的生活了，剩余的生活里，又剩下了多少故事，可以让我们奉献给文学？

我想象这是我们时代的主要焦虑。八又二分之一，也许我们永远不能处置那多余的二分之一了，也许我们只剩下剩余的二分之一了，我想象那二分之一，才是时代能够赐予我们的主要故事。当然，我清楚地认识到，我的题目有点自以为是，你的时代，何以成为我的故事？二分之一？谁的二分之一？谁要二分之一？那个八呢，八是怎么处置的，八究竟去哪儿了？那个九，它必然是我们命运的数字吗？是的，我的困惑与所有人一样，甚至我的时代，也不一定成为我的故事。我不知道二分之一将会如何演变，这数字会变小，还是会变大。我们只能尝试。我们尝试叙述，叙述那多余或者剩余的二分之一。我们唯一的信念是，当对于二分之一的叙述成功了，我们就找回了那个八，或者，能触及那个完美的九。

我们因此写作。

我始终相信，因为写作，我们为自己保留了希望。

（《羊城晚报》，2018年4月22日）

又闻“只知周迅不知鲁迅”

◎凌　河

近日微信之上，不胫而走的一则段子，不以为然有之，深为叹息也有之，所以不吝篇幅，择要抄录如述——

刚刚在学校边的小餐厅吃饭，听到两个学子聊天。

A：刚才有个傻×告诉我鲁迅姓周！笑死我了！周迅是个演员好吗？真想一板砖拍死他！

B：嗯，就是，鲁迅的原名明明叫做李大钊！

我心里一阵凄凉，要来了纸笔，在餐巾纸上写好标准答案递给这两个孩子：

鲁迅是先生1918年发表《狂人日记》用的笔名，也是影响最广泛的笔名。原名鲁达，字滨孙，号智深，浙江周树人……

关于这个例子，留言录中，有指其过于夸张，今天的“孩子”，哪有这般无知的，也有扼腕痛切，说“只知周迅、不知鲁迅”的现象存在已久，调侃并不夸大！

究竟谁是谁非，且不去说它，见仁见智嘛！只是从这则虚构的段子，却联想起一个真实的“不知”——那是数年之前，上海公布文化名人故居保护名录，凡一百多处，其中“周立波故居”赫然在列。于是不少新旧上海人，就奇怪了，周立波不是个活人吗？前几天还鲜龙活跳地说他的“海派清口”呢，怎么就死了，就有“故居”了——原来芸芸众生，不知此周立波非彼周立波，这个周立波，是为现代大文豪，他的《暴风骤雨》和《山乡巨变》，曾在20世纪风靡五十年。可是今天的人们，不知道这个大家周立波，他只知道那个说学逗唱差一点要挠人胳肢窝的笑星周立波啊！

这样说起来，“只知……不知……”的事儿并非只是段子啊——不是有名满南北的大明星，一曲终了，在万人体育馆万众瞩目之下，高呼“谢谢陈变阳先生刚才的精彩指挥”吗？不是有粉丝万千的大歌星，听了《满江红》后，甚是动容，请问“能不能让岳飞也给我写首歌”吗？不是有名头很大的大歌星，听到董存瑞的名字，不由得信口“我知道，不就是《我的团长我的团》的那个主角吗”？

其实明星们的“无知”，包括她们惊问“卢沟桥在哪里？出了什么交通事故吗”等等，都不值一谈，靓盘之下一包草，本是不少星儿的本相，但到了“学富五车”的文化人，也有着“只知……不知”的笑话，那就令人真笑不起来啦——一位自称的大收藏家，说是结识和“捧红”过无数书画名人，于是伪托知己，说他与十上黄山的大画家“很熟”，居然一口一声“刘海栗”怎么怎么样；另一位自诩儒商，赚了大把钱之余又研究了几十年红楼梦的“大家”，对于大红学家的西逝深表哀悼，结果又是一口一声“冯其痛先生一路走好”云云。有媒体引进精英，对一位高学历、高资历的名校博士，来一次只是象征性的笔试，不料竟将中国新闻事业开创者的范长江，答成了逗人一笑的笑星潘长江，也算是幽默了一把。名校出身的名编辑，不是将民法大家周枏，生生拆成了“周木丹”吗，至于研究了十余年经济学原理的财经类博士生，竟全然不知道顾准这个名字，他怎么弄懂了社会主义市场经济的来龙去脉呢？

还是回到文首的段子来。或许有人会说，一代人有一代人的“只知”和“不知”，但是作为“民族魂”的鲁迅，只是过去一代人的“必知”吗？或许也有人会说，知识总有缺门，谁也不是万宝全书啊！可是连鲁迅都“不知”而“只知周迅”的“孩子”，缺的可不是一只无关轻重的“角”啊！那可不是什么“文化的琐屑”啊——未知读者诸君，如何看待这个段子，这点调侃？

（《东方网》，2018年4月16日）

我不要向猝死医生学习　有关部门还真别觉得委屈

◎伍里川

《对不起，我不要“向值班猝死医生学习”》，这篇文章经“共青团中央”“人民日报”等微信公众号发布后，引发社会热议。这种话语方式，看上去有点“逆反”，其实一点也不过分。

最近，安徽六安裕安区一位名叫方培虎的医生猝死在医院值班室，年仅31岁。又见医生在岗位上猝死，这样的例子何其多——2018年1月23日，青海大学附属医院一位急诊外科大夫猝死，此前一个夜班，他接诊了38名患者；2017年12月30日，山西晋中榆次区人民医院呼吸科副主任赵变香连续工作18小时后，在查房时倒在病房……

满满的医者仁心，大家都看在眼里，也心痛于他们的非正常离世。此时，裕安区卫计委却发文，号召广大医生向方培虎同志学习，引发了不少网友质疑。《对不起，我不要“向值班猝死医生学习”》正是在这样的氛围中出炉的。文章的刷屏，不仅是对陈旧逻辑和框架的批评，也是对医生生存状态的强烈关注——以审视当下的管理体制尤其是考评机制为前提。

如前所述，我们敬重离世的好医生，用什么词语去夸奖他们的牺牲奉献精神都不为过，但是，我们更应该看到，“过劳死”所传递出的更多是悲哀，而不是耀眼的光。医生积劳成疾的背后，是一名医生的爱岗敬业，但更多的是“鸭梨山大”，是不能、不敢停下来。最新一期《中国医师执业状况白皮书》表明，医生平均每周工作50小时，仅8.1%不熬夜。

那些因为工作压力太大而猝死的医生，他们原不该如此。该用何种方式让超负荷运转的节奏慢下来？这个时候，人们不是不需要来自官方的声音，但这样的声音理应低沉、体恤，而不是高亢地“号召”。

主管部门，应有勇气，既为医德点赞，又反思管理机制和评价机制。这个评价机制的底线是——我们的医生，不至于因为工作辛劳、压力骤增而猝死！每一起猝死事件，都有很多值得检讨的地方。

1月9日，针对“天津海河医院儿科医生超负荷工作全部病倒被迫停诊”，国家卫生计生委医政医管局副局长焦雅辉回应记者提问时称，“在高强度的工作状态下，医生也会患病”，表达出要关爱医务人员的意思。

显然，与赞美相比，呵护更为迫切。人们希望，在检讨和审视的基础上，医生的获得感更加明显，生存状态得到改善。但是，“号召”自始至终，没有一个字提到这些。由此让人不免担心：检讨和反思会被讴歌和表彰代替；悲剧，还是在不同的地方继续发生。所以，有关部门还真别觉得自己委屈。

（《中国青年报》，2018年2月8日）

好奇心是青春的密码

◎逄春阶

好奇心是青春的密码。这是一位八十多岁的老教授说的。他天天游泳，玩微信、微博，写公众号，追韩剧。有一次，朋友邀请老教授晚宴，他在朗诵完李白的《将进酒》后，唱起了流行歌《半壶纱》："墨已入水渡一池青花，揽五分红霞采竹回家，悠悠风来，埋一地桑麻，一身袈裟，把相思放下，十里桃花待嫁的年华，凤冠的珍珠，挽进头发，檀香拂过玉镯弄轻纱……"活脱脱一个"八〇后"的调皮青年。那一刻，我在想，有好奇心，就自在，就快乐，有好奇心，就是"青春作伴"。

我多次采访过著名作家王蒙，我惊讶于他的充沛的激情。2014年5月22日下午，我陪他在济南曲水亭漫步，好多人认出了王蒙，纷纷上来跟他合影，王蒙来者不拒。他小声对我讲，济南人还真有读书的，我别在这里招蜂引蝶了。要上高台阶，我去扶他，他说："不用，不用，我身体还棒着呢，身轻如燕，健步如飞。"说完，哈哈一笑。他什么都看，什么都问，一脸好奇。

我陪王蒙坐济南护城河画舫，黑虎泉、趵突泉、大明湖游了一圈，品泉水清茶，兴致很高。"打到济南府，活捉王耀武"。讲解员说，这是解放济南的著名口号。王耀武活捉在寿光，他化装成商贩，上厕所时，用外国进口的手纸。老百姓觉得不对，就报告了。王蒙笑着说，王耀武你这太不注意生活细节了，都什么时候了，你用块土坷垃凑合着就得了，还得用进口卫生纸，穷讲究。

在大明湖，听讲解员说，大明湖，水大不涨，水旱不涸，无蛇，蛤蟆不叫。王蒙饶有兴趣地一个个问为什么，讲解员回答完一个，他点一下头。然后重复了一遍。临别，王蒙先生有一问：清帝大兴文字狱，仇恨"明"字，那大明湖为什么没改名？导游也没回答上来。王蒙若有所思，皱着眉头看窗外，思绪不知又飞到哪里去了。

好奇心陪伴王蒙一生，他下放新疆，竟然学会了维吾尔语。怎么学维语？王蒙说，"文革"中，大家天天念《毛主席语录》，他就干脆背维文版《毛主席语录》，天天背，就背熟了。去年我采访王蒙先生，他还即兴背诵了一段。

乐天派的王蒙，看到什么都能入迷，都能入眼，都能入脑入心，都能成趣。在王蒙眼里，新疆是一片神奇的土地，这里可以创造人间奇迹，这里的大漠戈壁都积淀着智慧，这里的空气中都弥漫着灵气，这里的四季都有收获，这里的草这里的木，这里的冰这里的雪，这里的山水这里的风，他都吸纳。王蒙不止一次谈起新疆刀郎木卡姆，他说："因为有了木卡姆，沙漠不再沉睡。它把生命激活，把世界激活，把绿树和红花激活，把青春激活。"

人到中年，好多人进入一个疲倦期，对什么也不感兴趣，干什么都没劲儿，提不起精神。可是王蒙不，直到现在笔耕不辍，他一气写了六十多年，写了1700多万字。年过八旬还出版了长篇《闷与狂》，让我惊讶的是，小说的敏锐度和叙述节奏根本不像一个八十多岁的人写的，洋洋洒洒，一气呵成，一点看不出老态和颓唐。文学评论家王干说，《闷与狂》的写法太年轻了，太青春了，像疯狂的文字精灵在舞蹈，像张旭的书法在咆哮。

青年人自有好奇心，自有"张狂和莽撞"，自有头角峥嵘；中老年人保持好奇心，自有沉淀后的一抹亮色，自有长途跋涉后的轻松与幽默，羞涩与温柔。人间就多一些青春气息，少一些暮气、怨气、尘埃气。

中老年人有了好奇心，就会欣赏青春，宽容青年。青年人有想法，有看法，有自己的做法，有自己的活法。他们肯定有缺点，有不完美之处，但他们的缺点是在成长路上的缺点，彰显的，潜隐的，感性的，知性的，理性的，都有。他们的缺点很容易变成亮点，进而成为优点。他们的缺点和优点，根源都在于好奇心。

永葆好奇心，永葆青春。看到老年人欣赏青春的姿态，我常常想起帕斯的诗句："抚摸太阳、雨水和时间的皮肤/向绿色的枝条仰望/倾听叶子水一般的歌唱……"

青春万岁！

（《检察日报》"纵横"，2018年5月4日）

上百村民私挖冻肉 “淳朴”的人性为何变坏

◎舒圣祥

近日，一条“云南上百村民私挖走私填埋的腐烂冻肉再销售”的报道引发广泛关注。在云南红河哈尼族彝族自治州金平苗族瑶族傣族自治县，每隔一到两周，当地打私部门会将查获的冻品拉到填埋场销毁。然而，这些被填埋的冻品并未真正被销毁，记者拍到了上百村民在坑里刨肉的场景，场面令人震惊。

据央视新闻报道，5月12日，红河州召开新闻发布会，对公众比较关心的冻肉流向等问题以及事件处置进展情况进行了通报。目前已抓获7名嫌疑人，封存3吨无规范标识冻品。

上百村民聚集在垃圾填埋场，把被填埋销毁的走私冻肉，再一箱箱挖出来，那种恶臭扑鼻、蝇虫满地的场面，让人反胃无比。被村民私挖出来的冻肉去向成谜，更加令人不安。如果这些冻肉流入市场，被不法商贩当作食品销售，后果将不堪设想。

匪夷所思的是，这一现象在当地已经持续两年之久。知情人介绍，两年来，围绕金平县金河镇的垃圾填埋场，形成了村民挖掘、专人收购、专人运输、专人销售的一条龙产业链。这条私挖冻肉黑色产业链，当地相关部门没理由不知道。民以食为天，难道非要等到出了食品安全恶性事件，再来“高度重视”吗?

冻肉屡被私挖，说明填埋方式大有问题。当地官方声称，尝试过焚烧，尝试过添加玻璃碎片、混凝土、烧碱等物质，然后再进行填埋。可在看守警察离开后，仍有村民想尽办法把走私冻肉挖出来。目前，当地政府正考虑买粉碎机，将查获的物品粉碎，再做无害化处理——科学有效的处理办法不是没有。

要真正做到无害化处理，在技术上完全没有障碍，可能成本会高一点，但是为了食品安全和市场秩序，这却是必须要做的，关键还是重视程度要提升。这很像过去媒体屡有曝光的病死猪肉流入市场问题。如果监管就是填张表，检疫就是盖个章，光靠养殖户和猪贩子的良心，收购贩卖病死猪必然成为生意。

私挖冻肉事件也一样，这种行为违背良知，但架不住挖了能卖钱啊！监管漏洞堵不住，无害化处理做不到，村民的“淳朴”就靠不住。事实上，村民私挖冻肉，不仅破坏当地行政管理秩序，更已涉嫌生产、销售不符合安全标准食品犯罪。把恶臭不堪的填埋冻肉，挖出来重新出售，不把别人生命健康放在眼里，是道德问题，更是法律问题。

当然，普通村民可能法治意识不够，只觉得私挖冻肉能卖钱，不一定清楚其违法性质。为此，一方面要加大普法力度，提高村民法律意识；另一方面要零容忍，严惩违法犯罪。那么多村民集体盗挖，离不开“法不责众”的心理作祟：越是人多越是无法无天，越是人多越是不怕挨罚。有的村民甚至觉得，别人都去挖钱，自己不去，那就是傻。处理此类事件，必须破除“法不责众”思维，惩治不力就是纵容犯罪，就会让“劣币驱逐良币”成为现实。

“淳朴”的村民为何“变坏”？一句话，好的制度约束人性，坏的制度破坏人性。私挖冻肉事件，暴露出来的问题，既有无害化处理的不到位，也有食品安全执法的不到位。食品安全犯罪没有“下不为例”，保障食品安全不能“媒体领衔”，腐烂冻肉流入公众餐桌，要严惩犯罪，也要问责失职。

（《中国青年报》，2018年5月15日）

我们不再“震惊”

◎陈鲁民

昔日，杜工部有言“语不惊人死不休”，是说诗人们为了写出一句好诗，精雕细刻，千锤百炼，苦心孤诣，殚精竭虑，往往是“吟安一个字，拈断数茎须”“两句三年得，一吟双泪流”。因而留下许多脍炙人口的经典诗篇。

如今，自媒体和网络则流行“震惊体”，即所谓“语不震惊死不休”，主要是在标题上动脑筋，也叫“标题党”。他们最爱用“震惊”二字，一般都以“震惊”开头，紧跟着一个感叹号，吸引住网友注意力，然后是一个表述暧昧模糊但又引人继续想读下去的句子。但你一打开网页，就发现上当了，内容平常稀松，甚至牛头不对马嘴，一点也不“震惊”。原来这些网文多是胡编乱造，东拉西扯，信口开河，道听途说，总之就是让你看完了有想骂人的感觉。但人家“震惊体”的主人却在背后偷着乐，因为他又挣到了点击率。

与“震惊”相搭配最多的词，还有“慌了”“惊呆了”“吓坏了”，然后就是“跪求”。其一般格式是这样的：震惊！我国一大科学利器问世，某某慌了，急忙跪求。说小事也可以用：震惊！大学生看视频猝死，学校慌了，跪求家人，背后秘密令人目瞪口呆！又如，某超级明星被抓，内幕匪夷所思，国人无不震惊！这样的标题举不胜举，每天都可以看到很多，标题党们一而再、再而三地使用“震惊体”，且屡试不爽，效果可观，也怪不得会乐此不疲，甘之如饴。

震惊，指因受到意外刺激而感到紧张、害怕或兴奋、震动。读者为什么会产生阅读某篇网文的冲动，就是因为受到文章标题的刺激，生出兴奋和好奇心理，急切想知道内幕，所以，标题党们就不厌其烦地反复在“震惊”二字上做文章，让你因震而惊，因惊而读，中他圈套，为他驱使。

为何“震惊体”会走红？原因很多，首先，人都有猎奇心理，四平八稳的文章很难有读者，曾有自媒体人说过：好好说话就没人搭理你，你写的东西没人看，只好用怪异题目来迎合人们的好奇心理。其次，在自媒体时代，点击率为王，引起注意就是胜利，吸引眼球就是成功，对见多识广的现代人来说，没有点令人“震惊”的东西，还就是争取不到他们的点击率。可是天底下哪能每天都有让人“震惊”的新闻，那就只好在标题上做文章，即所谓文不够，题目凑。而在标题上做文章，则无非是夸大其词，哗众取宠，挂羊头卖狗肉，新酒瓶装旧酒，不管用什么题目，什么风格，什么体例，只要能骗你打开网页就行。笑骂由你，点击率才是王道。

题目是文章的眼睛，至关重要。尤其在今天，一个亮眼的标题往往有引堂入室的功效，让人产生阅读欲望，能够在网络带来高点击率。因而，在题目上做文章天经地义，无可指责，关键是要做到合情合理、合法合道，即立论要有根据，夸张不能离谱，吹牛要有限制，渲染不能无度，演绎要有底线，总之一句话，就是要实事求是，远离旁门左道，可以在角度、立意、情感、词汇方面巧做文章，吸引读者注意。杜甫的《茅屋为秋风所破歌》“三吏”“三别”，鲁迅的《为了忘却的记念》《文学和出汗》，毛泽东的《星星之火，可以燎原》《别了，司徒雷登》，雨果的《悲惨世界》，马尔克斯的《百年孤独》等书目篇名，既醒目又别致，既接地气又品位不俗，堪称标题经典，值得借鉴。

说话间，又看到一篇网文题目：世界震惊！又一最新超级武器问世，某某慌了！我不禁哑然失笑，突然想起鲁迅一篇杂文题目：我们不再受骗了！我也想给标题党提个醒：我们不再“震惊”了，请换个套路吧！

（《中国测绘报》，2018年6月19日）

春江水暖，定该鸭知，鹅不知耶？

◎杨　杰

杠精，为杠而生，妖孽也，古已有之，今多出没于互联网。

谁的身边没有几只杠精，你说西瓜是圆的，他说也有方的。专业捧哏，先杠再说。善用“只有我一个人觉得……”句式，让人想顺着网线爬过去打人。

差不多一百年前，鲁迅先生就已经总结出杠精的经典言论：“洋奴会说洋话。你主张读洋书，就是洋奴，人格破产了！”“你说中国不好。你是外国人吗？为什么不到外国去？可惜外国人看你不起……”“你说甲生疮。甲是中国人，你就是说中国人生疮了。既然中国人生疮，你是中国人，就是你也生疮了。你既然也生疮，你就和甲一样。而你只说甲生疮，则竟无自知之明，你的话还有什么价值？倘你没有生疮，是说诳也。卖国贼是说诳的，所以你是卖国贼。我骂卖国贼，所以我是爱国者。爱国者的话是最有价值的，所以我的话是不错的，我的话既然不错，你就是卖国贼无疑了！”

逻辑满分！

有人说，惯于网络低级言论的人很多，那些俗称喷子或键盘侠的人，辨识度高，存在感差。但杠精不同，这股冉冉升起的新势力看似温和，时而友善，实际上是互联网公害。

浩浩荡荡五千年，少不了杠精在历史的长河里扑腾。其中不得不提一位千古大杠精毛奇龄。苏轼有句诗“春江水暖鸭先知”，他梗脖撇嘴说：“春江水暖，定该鸭知，鹅不知耶？”

这位大哥抬杠事迹非常之多，朱熹出了本《四书集注》，他写了部《四书改错》；宋人讲《易经》，他推倒立《仲氏易》。遇有异说，必“搜讨源头”“字字质正”，好持自己独特见解。梁启超评价说，“其纯然为学界蟊贼，煽三百年来恶风，而流毒及于今日者，莫如×××、××、×××、毛奇龄……”

网上杠不过，线下还约架。有一次毛奇龄跟李某谈论韵学，李某对顾炎武赞不绝口，毛奇龄听了，大骂其邪妄，李某站起身激辩，毛奇龄挥拳就打，李某人高马大，把毛奇龄打得鼻血直流。

毛奇龄还能一边不停笔做文章，一边跟老婆对骂，若骂不赢，则挥老拳，再回来静心作文。实乃杠精中的战斗机，臭不要脸的家暴者。

今天继承毛大哥衣钵者众多。他们并非都青面獠牙，但善于给创作者添堵，容易给人气出内伤。中国古代还有一些优秀的杠精，甚至杠出一股可爱劲儿。

南唐宰相冯延巳写词有固定开篇，最得意的一句是："风乍起，吹皱一池春水"。皇帝李璟杠上一句："吹皱一池春水，干卿底事?"

南朝梁诗人王籍作诗"蝉噪林逾静，鸟鸣山更幽"。王安石弹幕吐槽，"一鸟不鸣山更幽。"

金圣叹也是杠精中的翘楚，他批《西厢记》，认为长亭送别后，这本书就该结局，不应该再续写后面张生和崔莺莺团圆的场景，但原作者已经写了。金圣叹就批道："何必续？如何续？偏要续，我便看你续!"

杠精一不小心就浇灭内容生产者的创作欲，有人直接不写了，也有人在分享看法之前，要先写几条声明，写上文中没提到的不代表作者反对，谨防杠精作乱。但是，专业抬杠五千年的"杠精心理"，丝毫没有动摇的迹象。

学者说，人们需要说理，因为说理比不说理更能找到真实和公正的东西，人天生有足够的能力接受真实和公正的东西。然而，"理性"是健康而可持续的公共对话的基础，"理性"不仅指明晓事理、辨知是非，而且还指说服别人，提供敞亮、清晰、恰当的理由，并倾听别人的合理之言。

而形形色色的杠精们，可以用元代戏曲家关汉卿的《一枝花·不伏老》总结："我是个蒸不烂、煮不熟、捶不扁、炒不爆、响当当一拉铜豌豆……你便是落了我牙、歪了我嘴、瘸了我腿、折了我手，天赐与我这几般儿歹症候，尚兀自不肯休。"

打打嘴仗，倒还罢了，在古代，有两位先人不用说的，直接拿生命抬杠。

春秋时期，介子推为救主人重耳，割股奉君。后来重耳当上国君，赏赐众臣，唯独遗漏了介子推。

"我为祖国献大腿"的介子推觉得羞辱，就带着老母亲进山归隐，忘却这个冰冷社会。重耳后来经人提醒，终于想起介子推，赶紧派人寻找。

介子推玻璃心，决定不接受这份迟到的感情，躲在山里不愿见重耳。重耳不知道哪根筋搭错了，非要让介子推出来感动一下。各种方法试尽后，重耳竟然放火烧山，逼母子出来。等火灭后，只剩介子推和母亲的尸体，紧紧抱着大树。

重耳大惊，为了纪念介子推，宣布以后每年这一天都不能生火。据说，介子推死前抱过的树，突然生出了青叶，重耳就把介子推死后的第二天，定为清明节。

用生命代价换来的清明节，也算是抬杠的新高度了。不知道放火的那一刻，重耳是怎样的心情，但有时，杠精之言确实让人抓耳挠腮胸闷气短火冒三丈，攻击力直逼放火烧山。

（《北京青年报》，2018年5月16日）

今天，我们都是流量的奴隶

◎窦　浩

2016年，国家全面放开二孩政策，中国人口增长拐点即将出现，人口红利消失在即。2017年，中国智能手机市场出货量整体下滑，移动互联网红利也到了拐点。这两件事都指向一个未来——国内经济流量即将下降。经济就是集合在一起的一群人的生产、分配、交换与消费，人口基数越大，经济和货币流量就越大。同理，在诞生"流量为王"价值观的互联网世界里，人口基数越大，智能终端量越大，互联网的数据流量就越大。

如果把中国互联网的流量比喻成一个大海，那么这个海有多大？咨询公司QuestMobile的《2018中国移动互联网春季报告》显示，中国移动互联网月度活跃设备数为10.95亿台，人均单日使用时长接近4.5小时。也就是说，中国互联网每天有49.275亿小时流量。互联网的下半场，就是要抢夺用户的这些时间和流量。

流量为王，平台利用你的流量称王

这是一个流量的世界，是一个通过流量来控制你衣食住行等消费习惯的世界。

当我们要吃饭时，我们被大众点评上的流量控制，意志不坚定的人随便一点，便是推荐榜排前五的菜，也许我们从来没吃过第六道菜；当我们要买化妆品时，我们被微博上自带流量的美妆博主控制，总以为视频上的白皙皮肤是博主推荐的韩国面膜以及自制乳液抹出来的，我们忘了自己也会用美颜相机；当我们要打车时，我们也习惯于看看滴滴上的五星评价，看有没有差评、有没有半夜12点接年轻女生的单；当我们看病时，我们会百度一下各种疑难杂症有没有偏方、古方，我们对疾病的认知，逃不脱流量的无形之手。

中国人生活的方方面面，都已经被流量控制——流量塑造了你的世界观、价值观、人生观、消费观、旅游观、时尚观、文化观、爱情观、婚姻观、理财观……

流量为王导致了各种怪现象。被流量洗脑的人们往往穿着同样的衣服，说着同样的流行语，吐槽着同样的段子，发着同样的表情包，刷着同样的朋友圈，买着同样的面膜，点着同样的菜，喝着同样的奶茶，排着同一家店的队，玩着同一款手机游戏，挤在同样的景点打卡，甚至整容成同样的网红脸……

2018年上半年的流量之王是“618购物节”。刘强东晒私人购物清单，晒京东购物金额。天猫也不示弱，也想把“618”变成自己的主场。但两强一起出手，也改变不了这样的命运：“618”的流量已经式微，人们受够了所有节日最后都成为购物节。

有人说，“618购物节”流量式微，是因为不巧碰上了4年一度的流量大神——世界杯。白岩松说，除了中国足球队，所有跟世界杯有关的中国人都去了俄罗斯。没有去的，都在晚上和半夜给中央电视台第五频道刷流量。

一大群人大喊口号的Boss直聘，大有脑白金、恒源洋继承者的风范。网友“子金之巅”在Boss直聘官微上评论道：“世界杯期间贵公司的广告彻底激怒了我整个内心，该广告不但没温度，还将当前社会浮躁的心理负能量植入广告中，对观众的视觉、听觉、精神造成不可磨灭的创伤。”

为了在流量世界里植入影响力，世界杯成为各大商家必争之目标。据说，在央视2018年“世界杯广告资源”官方赞助商认购中，蒙牛投入5亿元，vivo投入2.39亿元。

没有人在意人们已经厌恶了世界杯流量营销，也厌恶了连坐便器都巴不得搭上世界杯流量大车的营销专家。

算法算不出“内涵段子”，“今日头条”也需要总编辑

从流量角度来看，我们可以更好地理解互联网世界。反过来，从流量的角度来操作，我们可以更好地控制这个世界。

世界上最大的流量海是脸书。据脸书2018年第一季度财报，截至2018年3

月31日，脸书月度活跃用户人数为22亿人。弱水三千，剑桥分析只取一瓢，碰巧这一瓢数据的属主，正好都可以在美国总统选举中投一票。脸书宣布，在剑桥分析数据泄露事件中，受影响的用户数有8700万。

在互联网世界，流量首先是一门生意，然后在生意中变成掌握话语权的工具。这样的逻辑，在中国的流量天地里也是成立的。艾伦的公司主营业务是“短视频超级流量矩阵”。对于这个陌生的业务，艾伦这样解释：美国大选期间，有一个俄罗斯公司在脸书上建立了很多账号，这些账号共同发布了一些言论后，影响了美国大选的结果。艾伦说，他公司的短视频账号已经是某主流短视频平台最大的流量主。

拥有流量就拥有影响力，所以当剑桥分析事发后，扎克伯格就得去美国国会听证，以表明脸书所拥有的影响力和数据不会成为公民的敌人。2018年5月23日，自媒体“差评”宣布获得腾讯TOPIC基金（腾讯兴趣内容基金）领投的A轮融资3000万元，旋即引发业内人士的集体指责，称“差评”以抄袭来获取流量，是臭名昭著的洗稿号。在舆论面前，马化腾亲自回应，称“目前看业务团队并没有做好尽责调查，我们会负责任解决好”。

以算法为核心竞争力，号称流量为王的“今日头条”，在今年也遭遇了剧烈批评。4月11日，张一鸣发公开信致歉，称过去几年间把精力和资源放在企业增长上，“却没有采取足够措施，来补上我们在平台监管、企业社会责任上欠下的功课，比如对低俗、暴力、有害内容、虚假广告的有效治理”。在永久关停“内涵段子”后，张一鸣说：“产品走错了路……责任在我。”

流量越大，责任越大。2018年，以算法闻名的流量巨头“今日头条”在道歉后，引入了总编辑制。

2018年5月24日，《人民日报》刊发的《自媒体应跳出流量陷阱》一文中写道：“一些自媒体账号执迷于流量，热衷追逐所谓‘爆款’，毫无底线地蹭热点，肆无忌惮地洗稿，用惊悚标题吸引眼球，用煽动的词语遮掩真相。当流量完全沦为生意，甚至成为内容创作的唯一驱动时，失控难以避免。无论是刷量掺水，还是内容低俗，其意图无非是博人眼球、博取流量。”

为了流量，没了生活。这是很多自媒体人的感慨，也是很多互联网人的工作状态。我们活在流量的世界里，但我们拒绝被流量裹挟，成为流量的奴隶。

我们反“10万+”，反“畅销书榜”，反“网红店”，反“五星好评”，反“爆款”，反“打卡式旅游”，反“猜你喜欢”，反“热搜”，反“竞价排名”……

在今天这样一个流量为王的时代，我们绝不要活成一个流量人。

（《新周刊》，2018年第13期）

那些受我冷遇的标点符号

◎张　正

现代汉语的标点符号，有没有主次轻重？如果我们强行分出三六九等，而脱离具体的语言应用环境，肯定是不妥的。实际情况是，一篇叙述性文字，离开标点符号，如逗号、句号，几乎是无法行文的；而有些标点符号，在一篇千字甚或洋洋万言书中，则可有可无。

在我这里，有几种标点符号就常受到冷遇。

一是引号。引号用得太频繁，会影响行文的流畅性。现代作家创作的小说中，许多作品连人物对话的引号都省略了，丝毫不影响阅读。而有些用法，大多是不必要的，比如象声词，常常是可以不加引号的。有一位作者，在文章中喜欢用象声词，这是好事，可以使文字形象生动，但如果把这些象声词都用引号引起来，就破坏了整篇文章的节奏，使得文字看上去鸡零狗碎。

二是省略号。尤其是文章末尾使用省略号，为写作者大忌。陕西作家贾平凹就评价：把文气漏掉了！用省略号，作者的出发点是想营造意犹未尽的氛围，但用得太多太烂，就适得其反了。除非不得不省略，明确有东西可省略，否则，还是用句号较为妥当。我曾提醒过一位作者：你集子里的文章，有五分之一的结尾是省略号，文中的还没有算上，这就成俗套了。

三是惊叹号。为了表达一种强烈的感情，把这个标点符号用滥的作者太多。动辄惊叹号处处惊叹号，就没有惊叹号了。当真到了动感情的地方，借助文字本身的力量，不动声色，让读者自己去感悟，这才是高手。一篇不长的文章，如果有多处段落以惊叹号收尾，那必然面目可憎。惊叹号用得多了，难免给人拍桌子打板凳、声嘶力竭的感觉，这不是语言的最佳状态。写文章，尤其是写散文类文章，还是从容点好，娓娓道来，方见味道。即使诗歌，热情澎湃不能自已，惊叹号也要用得适可而止，不能当标签随处贴。

还有就是括号。学术文章中括号用得多一点是可以理解的。文学作品中用上括号，立即让人产生文气阻滞的感觉，就像一条潺潺流淌的小溪，突然遇到了堤坝，不顺畅。广播电视新闻作品尤其如此。我在电台、电视台做采编工作时，那些播音员一遇到有括号的稿件，立马头大，不知道读还是不读。读吧，听起来拗口；不读吧，又怕意思不完整，播出去出现意外。

中国的文字，过去只有句读，没有标点符号。现代汉语的标点符号，是“五四”前后伴随着白话文运动从西方引进并发扬光大的。西方的语言我了解不多，单从略有所知的英语看，现代汉语的标点符号明显比现代英语复杂。诚然，有了标点符号，可使语意表达更加准确、生动，方便阅读，但作为一个写作者，如果过多仰赖这些辅助符号，而不用在文字本身，是否算走到另一个极端呢?

（《北京日报》，2018年5月29日）

《我不是药神》：现实主义创作精神的回归

◎陈 刚

中国电影向来不缺乏现实主义传统，从刚刚被发现并荣归故里的1920年代电影《风雨之夜》，到1930年代的《神女》《渔光曲》《马路天使》，1940年代的《一江春水向东流》《万家灯火》《乌鸦与麻雀》，再到新中国成立后十七年中展现社会现实的电影《女篮五号》《大李老李和小李》《我们村里的年轻人》《新局长到来之前》等等，一直到改革开放之后第四代、第五代和第六代中国导演创作出的大量观照社会现实的电影作品。毫无疑问，对于中国电影来说，现实主义不仅仅作为一种艺术范式和美学观念，更是一以贯之的精神传统。

然而，面对不断升级的中国电影市场和产业化进程，近些年大部分现实主义国产影片始终处于叫好不叫座的尴尬境地，无法在商业电影的市场环境中获得相应的价值认同，比如《一九四二》《钢的琴》《山河故人》《推拿》《我不是潘金莲》《路过未来》等等。与此同时，在故事结构、视觉效果和叙事方式上直接模仿或拷贝国外经典商业类型电影模式，甚至直接购买故事版权进行所谓中国化改编的国产影片却在市场上获得了巨大的成功。国产电影市场的主流形态被爆笑喜剧、悬疑推理、神奇魔幻等类型所占据，而对于中国当下的社会现实和文化传统却置若罔闻或视而不见，原创性匮乏，跟风现象严重。因此，《我不是药神》在口碑与票房上的双重成功，标志着现实主义国产影片面对电影市场化和产业化的进程，完成了一次自觉而主动的自我救赎。

其实，《我不是药神》就是一个救赎、被救赎和自我救赎的故事。交不起房租的神油店老板程勇，自暴自弃地挥霍着自己的油腻中年。面对准备带着儿子移民的前妻，他无力挽回孩子的抚养权，甚至连给儿子买双运动鞋都囊中羞涩。而父亲突如其来的脑梗，使程勇不得不重新面对窘迫的现实——没有钱给父亲做手术。正在此时，慢性粒细胞白血病人吕受益留下的字条拯救了他。程勇开始走私贩卖印度仿制的白血病专用药“格列宁”，他通过吕受益结识了为了给女儿治病每天晚上去夜店跳钢管舞的单亲妈妈刘思慧、沉默寡言但有情有义的农民工彭浩和精通英文又心怀善意的刘牧师。除了程勇，其他三个人和刘思慧的女儿都是慢粒白血病的病友，他们帮助程勇一起打开了印度仿制“格列宁”的销路。在这个过程中，程勇有了钱给父亲治病，其他四个人也都得到了救命的药和钱。整部影片的叙事动机表面上看是围绕着治病救命的“药”，而实际上缺药的根本原因就是缺钱：徐勇缺钱交房租，缺钱给父亲治病，也缺钱留住要被前妻带走移民的儿子；吕受益缺钱买药延长自己的生命，陪伴他刚出生的孩子长大；单亲妈妈刘思慧也是因为缺钱给女儿治病才去夜店跳钢管舞。影片中有一幕，在夜店里程勇将大把的钞票甩在桌上，让夜店男经理去跳脱衣舞。金钱至上的价值观扭曲了人性，但却让他们找回了做人的尊严。程勇的救赎，是通过救赎他人完成自我救赎的。如果说第一次救赎的动机是金钱利益的捆绑，那第二次则是吕受益对于生命的绝望唤醒了程勇人性善的一面，“缺钱”的被救赎升华为人性的自我救赎。

影片中所有的角色设置都基于人性本善的前提，每一个角色都没有表现出贪婪和欲望，而是因为生命所迫才跟随程勇走私印度仿制药。性善论在中国传统文化中一直处于主导地位，人性即仁义礼智，这些都不是后天习得，而是天生就有。正如《孟子·告子上》中所言：“恻隐之心，人皆有之；善恶之心，人皆有之；恭敬之心，人皆有之；是非之心，人皆有之。”《我不是药神》没有让观众去直面现实中的残酷不堪与人性扭曲，而是讲述了一个人性本善的温暖童话。在“义”与“利”之间，“性本善”的程勇选择了“义”，这样才有了之后开服装厂赚了钱还要铤而走险、以成本价走私药品的行为，才有了印度药厂被政府关闭程勇继续贴钱走私的动机。金钱成为彰显人性光辉的载体，这对于当下经济全球化和商业社会所秉持的实用主义和功利主义价值导向具有强烈的反讽意味。

观照社会现实的同时，影片在剧作结构、角色塑造、叙事节奏、视觉风格上充分融入了中国传统哲学观念，力图获得观众更为广泛的心理认同和情感共鸣。首先，程勇在影片前半段的角色塑造中表现出了普通人性的真实状态，既有善也有恶，让人又爱又恨，十分生动。在中国哲学系统里，人的命运都是祸福相依的，正所谓乐极生悲、否极泰来，程勇在影片中的遭遇也恰恰证明了这一点。其次，这是一部中国式的悲喜剧。当人情与伦理甚至法理产生冲突时，究竟是应该“法不容情”还是“法不外乎人情”？这一命题在影片中自始至终都被暧昧地悬隔着，警察曹斌最终选择了逃避，观众在观影过程中也无法甚至无力做出明确的判断。这正形成中国式悲喜剧的内在张力，情与理在对立、渗透、转化和和谐中寻找平衡。最后，在叙事节奏、影像语言和视听风格方面，导演文牧野非常克制和冷静，每个场景在叙事上绝不拖泥带水，没有在不必要的细节上纠缠，更没有在情绪上做过多的渲染，一切都在观众心中慢慢积蓄，然后漾开，心领神会。

总而言之，作为一种观照现实的文化艺术载体，国产电影所需要肩负的社会责任感不能丢。希望《我不是药神》不是现实主义国产电影一次单枪匹马式的自我救赎，而是唤醒现实主义精神传统真正回归的契机。

（《文艺报》，2018年7月11日）

说“随和”

◎白子超

随和，民间俗词。以前北方不识字的大爷大娘也常使用。《现代汉语词典》云：“［随和］suí·he和气而不固执己见：他脾气～，跟谁都合得来。”

随和用来形容人的性格，词典释义大抵正确。倘若深究，则不止于此。孔门弟子说老师“温、良、恭、俭、让”，其中“温、恭、让”三点均与随和有关。温和与和气义近，只不过后者更加口语化。“恭”是尊敬、尊重，“让”是礼让、谦让，无此二者，何来随和？孔子形象又被概括为“温而厉，威而不猛，恭而安”。随和之人皆不猛，显而易见。安，则是根本，是基础。外表看是安静、安详，而内心则安定——高标准说，似止水而波澜不惊，如磐石而岿然不动。至于不固执己见，其实还有两种言外之意：其一，非原则问题，没必要争短长；其二，己之见他人未必懂，无需多说。

讲性格，笔者有许多话想说。自己是北京人，年已七十有四，而近四十年却定居上海，对两地群体性格都有所了解。仅就随和这个问题来看，两地是异中有同，同中有异。京人多爽直，热情，和气，客气，来的都是客，大体一视同仁。比较而言，沪人较为矜持，稍显冷淡，但日久或发觉此表现乃出于谨慎……改革开放数十年，社会巨变，又因京沪两地涌入大量新北京人、新上海人，故两地性格展现已有异于往昔，这里不赘。

随和不单是好性格，好脾气，而且是待人、处世的好方法。形容词随和又是一个由动词“随”与名词“和”组成的词组。望文生义，由随而和，为和而随。随，跟随、顺随，是主动行为；和，和睦、和谐，是客观效果。我无力考证随和一词的缘起，却情不自禁地赞赏其发明者的聪慧。自觉的随和是有思想、有修养之人的明智之举。同胞之间，本该同心同德，紧密团结。在多数时间内，在多数场合中，人们面临的都不是大是大非问题，最适宜的态度和最恰当的办法，就是从众、随和。如此，没有分歧，没有摩擦，一团和气，皆大欢喜。

有些人天生温婉，抑或软弱，合群是其特长，交际应酬皆随大流。从好的方面说，他们比较实在、质朴、单纯；从否定的角度说，他们可能知识不足，头脑简单，没有主见。这些人与人无争，与世无争，没有坏心眼，是我们的好同学、好同事、好邻居，甚至是好朋友。此类人虽非挚友，却可能是可靠的密友，与之相交亦乐莫大焉。

但有一种你好我好大家好的老好人，总是和稀泥，总是打圆场，永远模棱两可，永远不分对错。这是孔子、孟子深恶痛绝的“乡愿”，被斥为“德之贼”，道德的破坏者。“乡愿”其实头脑精明，擅于算计。其要害是别有用心，虚伪至极。“诚者，天之道也；思诚者，人之道也。”天道也好，人性也好，基础是真实、诚恳、无伪、无妄。故需警惕“乡愿”，出于率直而并不随和之人，也比“乡愿”强百倍。所以，问题是复杂的，人们的头脑不能太简单，太机械。

说到随和又讲原则，就要看什么时间，什么地点，面对什么人，针对什么问题。随和有一个前提——不违背自己心中的大主意。日常生活中，不能事事上纲上线，但许多事确实反映出人的“三观”不同。听见或看到明显人生观、价值观不同的言行，再随和的有志之士也不会随声附和，随波逐流。心志坚定，性格随和，完全可以统一于一人。

随和的本质是“和”。人应主动求和，可和与不和不完全由自己一方决定，对方不想和，不愿和，也就和不起来。只有无原则的弱者和蠢人，才会不断地迁就、退让，一味求和，为和而和。要讲“和而不同”，坚持己方立场，同时尊重乃至理解对方意见；抱有和的愿望，同时准备迎接可能有的斗争。这是以孔子为代表的许多中国古代哲人早就确立了的思想原则。这一原则万古不朽。

“子绝四：毋意，毋必，毋固，毋我。”中年以后的孔子其思想已经超越不妄测、不专必、不固执、不自我四态，七十岁时更是“从心所欲不逾矩”，进入到一种自由、圆融的境界。从个人角度说，这是最高的和之境界。与天和，与地和，与人和，一切都自然而然，已无为和而随。此时，有意的随和只能归于第二等。不过，世间能够升华到第一等随和境界的人，少之又少。

行文至此，又想到深受儒释道三家思想熏陶的中国人，似乎比金发碧眼的洋人内敛、含蓄、随和。这种性格和处世方法的不同，源于文化基因差异。若干万年前早期人类在天地间生存、发展，既需从众与团结，又免不了对立与争夺，因此“和”的基因与“争”或“斗”的基因早就同时蕴涵在人类祖先身上。漫长的时间，不同的环境、时势，造成了不同的基础延续与变异。如果说中国文化基因多是和，那么相对而言西方文化基因中争的比重则要大得多。近现代以来，一边是集体主义、家国情怀根深蒂固，一边是自由主义、个人至上盛行无碍，培育出来的人岂能一模一样？

各走各的路，没错；但还是和为贵。

（《文汇报》“笔会”，2018年5月6日）

宝玉的“鱼眼睛论”

◎陈大康

“凡山川日月之精秀，只钟于女儿，须眉男子不过是些渣滓浊沫而已”，这大概是红学论文中引用最多的话语之一。其实这意思并非曹雪芹首创，顺治年间小说《平山冷燕》里，燕白颔就曾感叹：“天地既以山川秀气尽付美人，却又生我辈男子何用”，《玉娇梨》中也有类似话语。曹雪芹熟悉明末清初的才子佳人小说，那段称颂女性的话被他移植至《红楼梦》中，成了贾宝玉的名言。

若将这句话与《红楼梦》中描写比对，可发现不合拍处实在太多。“禀性愚犟”、“婪取财货为自得”的邢夫人与“山川日月之精秀”何干？抄检大观园时凶神恶煞的王善保家的，以及与她同类的谀上欺下的管家媳妇们，还有那一大批觑预贪小利的婆子们，她们与“精秀”同样挂不上钩。即使年轻的女性，夏金桂“十分俊俏，也略通文翰”，却是“盗跖的性气”，“爱自己尊若菩萨，窥他人秽如粪土”，与“精秀”似乎也无关系。宝玉可能感到自己的理论与现实相违，便又做了番修正，它见于第五十九回中怡红院丫鬟春燕之口：

女孩儿未出嫁，是颗无价之宝珠；出了嫁，不知怎么就变出许多的不好的毛病来，虽是颗珠子，却没有光彩宝色，是颗死珠了；再老了，更变的不是珠子，竟是鱼眼睛了。分明一个人，怎么变出三样来？

新理论将女性变化分为三个阶段，未出嫁前才是“无价之宝珠”，“凡山川日月之精秀，只钟于女儿”也被限定于此时。宝玉还曾进一步解释：“这些人只一嫁了汉子，染了男人的气味，就这样混帐起来，比男人更可杀了”，甚至认为“凡女儿个个是好的了，女人个个是坏的了”。“鱼眼睛论”仍有以偏概全之嫌，但能从变化发展角度做审视却是一个进步，而且它为阅读《红楼梦》提供了一条思路：那些女性在作品中都处于相对稳定状态，而根据宝玉的新理论并结合书中描写，可以对现属“鱼眼睛”者，推知其当年“宝珠”状态时的模样，反之，对现为“宝珠”者，也可预知她日后将成为怎样的“鱼眼睛”。

已攀升至女奴所能到达的最高点的赵姨娘是一典型。她为历来读者所不齿，清代人的厌恶尤甚，脂砚斋斥其为“愚恶”，姜祺所下判词是“托质蠢愚禀性偏，含沙兴浪费周旋”；姚燮称她是“天下之最呆、最恶、最无能、最不懂者”；涂瀛更斥为“不徒臭虫、疮痂也，直狗粪而已矣”。后来的红学论文评析赵姨娘时或兼论封建的正庶问题，或涉及贾府财产权力争斗，或探讨作者设计这人物形象的意图，而贬斥、厌恶倾向与前人一脉相承。可是谁也没触及这样一个问题：如此不堪的赵姨娘何以能成为贾政的“跟前人”？

按照“鱼眼睛论”，赵姨娘先前也应是“宝珠”。其兄赵国基死时抚恤金低一档，透露了她是“家生子”，即奴隶所生子女的身份，而她能成为贾政的“跟前人”，则是通过长期的重重考察。兴儿曾向尤二姐等人介绍：“我们家的规矩，凡爷们大了，未娶亲之先都先放两个人伏侍的。”早在王夫人嫁至贾府之前，赵、周两位姨娘就已是贾政的“跟前人”。姨娘来自丫鬟，但只有极个别的丫鬟才能上位，入选者须如邢夫人所说，“模样儿，行事做人，温柔可靠，一概是齐全的”。如果当年赵姨娘像后来那般“倒三不着两”的，她早在初选阶段就被淘汰了。

贾府的初选工作开始得很早，袭人与晴雯不到十岁就被放在宝玉房中，她们对将来可能的角色也心中有数：“袭人素知贾母已将自己与了宝玉的”，晴雯也自知是贾母“挑中的人”，贾母对她的评价还高于袭人：“将来只他还可以给宝玉使唤得”，这也是晴雯、袭人同列于“又副册”，晴雯又先于袭人的原因。不过，从候选人到身份最后确认，还得经历主子们的长期考察。王夫人将晴雯撵出大观园后，曾向贾母做专题报告，她先恭维“老太太挑中的人原不错”，她也是“先只取中了他”。可是这些年“冷眼看去，他色色虽比人强，只是不大沉重”，而袭人优秀得多。王夫人顾及贾母面子，未提及已将晴雯撵出大观园，但她撤销晴雯候选人资格的汇报得到了贾母认可。此时袭人的地位得到进一步肯定，王夫人还以“以后凡事有赵姨娘周姨娘的，也有袭人的”的方式昭告全府，但这些都是王夫人私下给的，其身份仍未最后确认，还得继续接受考察。

由于“心内着实妄想痴心的往上攀高”者有的是，名列候选人后还得时时留神，而候选人间也会发生倾轧。袭人将自己与宝玉称作“我们”，就立即遭到晴雯的辛辣讽刺：“连个姑娘还没挣上去呢，也不过和我似的，那里就称上‘我们’了！”反过来，袭人则向王夫人密告晴雯。通向“跟前人”之途实在是太不平坦，见多识广的鸳鸯曾告诫袭人与平儿：“你们自为都有了结果了，将来都是做姨娘的。据我看，天下的事未必都遂心如意。你们且收着些儿，别忒乐过了头儿！”还需要提及的是，贾政也在考察物色：“我已经看中了两个丫头，一个与宝玉，一个给环儿。只是年纪还小，又怕他们误了书，所以再等一二年。”书中未透露贾政的人选，他听说对宝玉已有安排时，首先关心的是“谁给的”。贾政与贾母、王夫人之间显然缺乏沟通，这种状况对于一个丫鬟最后成为“跟前人”更增加不少难度。

按王夫人的儿子贾珠死时已二十岁推算，赵姨娘通过层层筛滤终于上位是三十年前的故事，《红楼梦》未作描写是情理中事，而晴雯与袭人的遭遇，则可供推想时做参考，因为贾府的“祖宗旧例”几十年来未曾变过。不过，对于赵姨娘当时状况，第七十三回邢夫人训斥迎春时曾有透露：

你是大老爷跟前人养的，这里探丫头也是二老爷跟前人养的，出身一样。如今你娘死了，从前看来你两个的娘，只有你娘比如今赵姨娘强十倍的，你该比探丫头强才是。怎么反不及他一半！

邢夫人推理的思路很清晰：探春精明能干是秉承母风，自属正常，而母亲比赵姨娘“强十倍”的迎春却远不及探春，这“可不是异事”？文字辈媳妇中邢夫人最先进入荣府，她目睹了王夫人来贾府前赵姨娘的机敏与精明。这是女奴中颇为拔尖的人物，故而才会被自称比王熙凤还强得多的贾母看中。

贾母为宝玉选中的袭人是“性情和顺，举止沉重”，晴雯则“千伶百俐，嘴尖性大”，这是柔刚相映的组合；周姨娘在书中从不发声，不卷入矛盾，当是温顺之人，她与机敏精明的赵姨娘也是柔刚相映的组合，而那时贾政“也是个诗酒放诞之人”，并非迂腐冬烘，专横顽固，三人的搭配形成一种平衡。可是，当上姨娘并非可终身无虑。贾琏原也有两个“跟前人”，王熙凤与他成婚后，“来了没半年，都寻出不是来，都打发出去了”；李纨也嫌弃贾珠的“跟前人”，“天天只见他两个不自在。所以你珠大爷一没了，趁年轻我都打发了”。待王夫人嫁入贾府，赵姨娘就须得为保住地位而费心。她对王熙凤与王夫人的排挤只能“吞声承受”，自己说是“熬油似的熬”。儿子贾环是其地位的重要保障，却被王夫人骂作“黑心不知道理下流种子”。赵姨娘又有女儿探春，她倒是得到王夫人的赏识，但前提是只认王夫人为母亲，与她有密切血缘关系的赵姨娘一系被认为“与我什么相干”，她绝不干“拉扯奴才”的事。

随着岁月推移，环境的压力使赵姨娘常显出病态式精明。王熙凤克扣她的月钱，她反过来唆使彩云从王夫人房中偷出玫瑰露，而麝月急于收回联珠瓶，原因就是“赵姨奶奶一伙的人见是这屋里的东西，又该使黑心弄坏了才罢”。王夫人房中的丫鬟婆子大多已被她笼络，湘云曾叮嘱宝琴：“若太太不在屋里，你别进去，那屋里人多心坏，都是要害咱们的。”赵姨娘不忽略人情礼数，明知黛玉“把我们娘儿们正眼也不瞧”，她却会到潇湘馆问候，讨个“顺路的人情”；她“素日又喜与管事的女人们板厚，互相连络，好作首尾”，实际上已形成一股可兴风作浪的势力。为了“这家私不怕不是我环儿的”，赵姨娘的阴招两次几置宝玉于死地：她买通马道婆暗算宝玉，若无癞头和尚与跛足道人及时救治，就不仅作案成功，而且贾府中人并不知情。至于刺激贾政发狠毒打宝玉，想把他“一发勒死”，贾环诬告是起因，而关键是赵姨娘将事实篡改为宝玉“拉着太太的丫头金钏儿强奸不遂，打了一顿”，致使其投井而死。害了人却不让人捉住把柄，正是变态精明的显示，她确是一个很恶劣的“鱼眼睛”。

从“宝珠”演进到“鱼眼睛”的何止赵姨娘，府中那些管家媳妇都属此类，服役的婆子们更是人数众多。她们当年是各房里的丫鬟，生活用度均由“官中”保障，等级高的甚至“吃穿和主子一样”，被称为“副小姐”。没有经济压力的感受，一派天真烂漫的模样，故而被宝玉喻为“宝珠”。可是到了年龄，她们就得由主子指配给小厮为妻。对主子来说是奴隶再生产，“岂不又孳生出人来”，而丫鬟们嫁人后失去“官中”的保障，生活重负立即压将下来。春燕转述“鱼眼睛论”时，埋怨她的母亲辈“越老了越把钱看的真了”，其实正是生活重压，使得她们不得不变。以此思路再看书中的那些丫鬟，如宝玉最钟爱的晴雯，联系到她撕扇子取乐、用簪子乱戳坠儿等举动，如果她未夭折而当上了姨娘，真不知在环境的重压下会变成什么模样。

曹雪芹没有描写一个女奴前后几十年的变化，但通过宝玉的“鱼眼睛论”与悉心刻画的女奴众生相，却完全可使读者做有根据的联想：那些姨娘、管家娘子以及婆子们的今天，便是府中丫鬟们的明天，反过来，丫鬟们的今天也是她们的昨天。贾府是赫赫扬扬已近百载的贵族大家庭，在这一个世纪里，已不知有多少女奴沿着这条残酷、凄惨的道路走了过去，而野蛮的封建奴婢制度只要继续存在，这一幕幕悲剧还必将不断地上演。

（《文汇报》“笔会”，2018年5月16日）

我的愿望谁知道

◎吴　非

在某地参加活动，主办单位派司机开车接送。司机职业素养很好，见我行动不方便，每次都细心地关照我动作慢一些，不要急。送我去机场的路上，我们谈起这个城市的交通，顺便也说气候，也说市场供应，自然也谈到房价。我想，要在这个城市买房子，像司机这样的职业收入，会不会有些困难。毕竟该地收入差异很大，一个普通劳工，能适应这里的高物价吗？我认为这也是了解一个地区生活状态的参考依据。

我犹豫了一下，问："可不可以问一下你的月收入？"青年司机愣了一下，爽快地说："可以呀！我每个月实际到手的钱是3800元，加班费三四百元，年终全勤奖4000元，加上节假日补贴，七七八八，平均每个月大约4500元。"我说，那就是说，一年收入能买两平方米的房子了。司机笑着说，我不买房子。我一辈子不吃不喝也买不起，我只能租房子。沉默了一会儿，司机忽然说："老师，三年了，我到这个单位开车三年了，这是第一次有人问起我的收入。整个单位，从来没有一个人问过我晚上住哪里。"这就令我困惑。这个司机每天为单位各部门开车，还经常要加班，三年多，他的车几乎拉过单位所有人，为什么没有人想到关心一下他的收入情况？

不随便打听他人的经济情况，是应有的礼貌；如果出于研究社会状态，特别是对所谓弱势群体的关心过问一下，我不认为有什么不妥。特别是在当下，多了解"阶层"问题，寻求沟通的渠道，有可能缓解社会矛盾，可能正是读书人应有的责任和态度。

司机说，其实他知道这个单位职工平均收入是他的五倍以上。但作为聘用制的合同工，他安于本分，这就是他的"命"，从没想过换个单位。司机也说道，八小时工作制没有保障，实际工作时间远远不止。而且有些工作是额外的，但他还是尽可能为大家提供方便。毕竟开车是服务工作，适当得点补贴就会心满意足。比如，让他在机关食堂用餐，中餐只要8元钱，比外面20元还要好，想到这一点他常常感到知足。总之，他从没有非分之想。

这位司机希望该单位的人了解他的收入情况，可能的愿望是什么？我发现他并不是想让单位增加他的收入，有财务制度管着呢，没有这种可能性。他可能只是想让人们有个比较，他是怎样对待工作的，他是如何加班的，他实际拿了多少钱，他的劳动付出和收入是不是很合理……

我的思绪在延伸。一些同类的情况我们也许忽略了。比如，一些官员不知道“群众”每个月生活费是如何开支的，因为他们几乎不会花钱。机关食堂吃惯了，以为一个菜就该三元钱，到社会饭店就批评老板心太黑。大学教授不知道自己的学生每个月生活费是多少，但却很在意自己的名衔和收入；研究生为什么会称导师为“老板”，而教授也把校长称作“老板”？这都是可以一说的话题。

生存于社会，实质上每个人都在为不同的人“服务”，有的是职业性质决定的，如本身就是服务业，有的则是“阶层文化”使然，如上下级关系。司机为局长开车，谨慎周到，安全第一，不出事故，这是他的本分。而局长把工作看成是为市长办事而小心翼翼，不是本分的事也不能不做。局长不关心司机的生活困难，却不敢不关心市长的，这就不是本分，而是故事了。

“孔子过泰山侧，有妇人哭于墓者而哀，夫子式而听之，使子路问之……”我小时候背诵，不知有什么用。我学生时代被教会一个词，“访贫问苦”，至今记忆犹新，不敢忘之。鲁迅说：“无穷的远方，无数的人们，都和我有关。”真的有关。

（《扬子晚报》，2018年4月26日）

三不负主义

◎唐翼明

中国传统文化的根基是祖宗崇拜、圣贤崇拜，这跟西方文化以上帝崇拜为根基不同。上帝崇拜的终极关怀是能不能进天国，祖宗崇拜、圣贤崇拜的终极关怀则是能不能泽被后世，能不能垂范后昆。能垂范后昆的就是虽死不朽，所以中国人的历史感特别强，中国人喜欢在祖宗、圣贤的前言往行中寻找榜样。春秋时候，鲁国的贤臣叔孙豹把能够垂范后昆的言行归纳为三个方面，就是立德、立功、立言。他说：“豹闻之，‘太上有立德，其次有立功，其次有立言’，虽久不废，此之谓三不朽。”（见《左传·襄公二十四年》）唐朝的学者孔颖达解释说：“立德谓创制垂法，博施济众”；“立功谓拯厄除难，功济于时”；“立言谓言得其要，理足可传”。（见《春秋左传正义》）总之，无论德、功、言，只要能造福子孙，影响久远，便不会随身而没，便虽死而不朽。

因此，作为中国传统文化核心的儒家学说，不讲灵魂不灭，也不讲来世轮回，而讲“三不朽”。胡适曾经在《不朽——我的宗教》一文中讲过这个道理，并把它发展成为“社会的不朽”论。“社会的不朽”论只是想把“三不朽”推广到社会的层面，要每个人都对历史负责。“社会的不朽”论立意虽好，但容易流于空泛而无法落实，胡适提出之后，应者寥寥，现在已经没有几个人记得了。

其实“社会的不朽”论真正能够落实到个人的层面还是叔孙豹说的“三不朽”。胡适自己一生追求的无非也就是立德、立功、立言。胡适是新文化运动的领袖，他提倡的白话文是今天中国通行的文体，他的思想开启了一代新风，在“三不朽”中他至少做到了“立德”“立言”。但像胡适这样的人有几个呢？

所以“三不朽”立意太高，只适合少数想做圣贤的人物。而且“三不朽”还容易走偏，有些起意做圣贤的人最后却做成了独夫民贼。“不朽”是不朽了，却不是好的“不朽”，而是坏的“不朽”，不是造福国家，造福百姓，泽被后世，而是祸害国家，祸害百姓，流毒千年。这种例子还并不少见。

我现在提出一种“三不负”主义，即“不负天，不负人，不负己”。这是我平生做人做事的信条，也可以说是我的信仰。窃以为“三不负”主义可以避免“社会不朽”论立意太泛和“三不朽”主义立意太高的缺点，比较适合一般人。

先说不负天。这个“天”不是天老爷的“天”，而是先天的“天”，天赋的“天”。人生下来并不是一张白纸，而是一颗蕴含了很多潜质的种子，这些潜质是先天的，或说是天赋的，用现代科学来讲，略等于基因。但这些天赋或说基因能不能充分显现出来、发展出来，却有待后天条件的具备。这后天的条件中，有时代、地域、环境等因素，还有个人自己的因素。时代、地域、环境，基本上不能由自己决定，但个人努不努力却是自己可以决定的。我说的“不负天”的意思，就是个人自己要尽自己的力量，努力让自己的天赋得到充分的发展，而不要辜负了这个天赋，不要对不起这个天赋。例如，你有音乐的潜质，你就要千方百计努力奋斗，让这个潜质得到可能有的最大的发展，成为一个音乐家，而不要老是感叹生不逢时，埋怨没有生在德国、奥地利，没有生在富裕的家庭。这种感叹和埋怨是没有意义的，改变不了现状，而你的努力却说不定可以冲破时代、地域、环境的限制。

再说不负人。不负人首先是不要对不起生你、养你的父亲母亲，古人叫“不忝所生”。其次是不要辜负在你的成长过程中教导你、辅助你、爱护过你的老师、朋友、恩人、贵人。再其次，就是不要有害人之心，努力做到不伤害任何人。曹操的名言是“宁教我负天下人，不教天下人负我”，我的信条相反，宁可别人负我，我也决不负人。当然，我得声明，这里讲的是一般的原则，不是讲特殊情况，也不能推至极端。我并不提倡任人欺负，我的意思是说宁可自己吃点亏，受点委屈，也绝不损人利己，不做亏心之事。

再说不负己。不负己的第一层意思是对自己负责，我以为人生在世，最高层次的责任感不是对他人、对团体、对身外的什么负责，而是对自己负责，就是意识到自己是一个人，必须让自己达到一个人应该达到的高度，任何情况下决不自暴自弃。不负己的第二层意思是不屈己，即维护自己作为一个人的尊严，决不在有关人格的原则问题上委屈自己，决不对任何人低三下四，唯唯诺诺，决不放弃独立思考，人云亦云。这对一个知识人而言，基本上就是陈寅恪先生提倡的“独立之精神，自由之思想”。

以上就是三不负主义的大概意思。

“三不朽”是外向的，“三不负”是内求的；“三不朽”主要看结果，“三不负”主要看动机；“三不朽”更多依赖于外在条件，“三不负”主要依赖于自己的意志；“三不朽”只适合于社会顶层人士，“三不负”适合任何人；“三不朽”只有极少数人可以达到，“三不负”则人人可以做到。“三不负”虽说人人可以做到，但真正做到的极少。这有点像孔子说的“仁”，“仁”是一种主观精神境界，只要你自己肯做，没有人能够阻挡你。所以，孔子说：“仁远乎哉？我欲仁，斯仁至矣。”（见《论语·述而》）但“仁”也是做人的最高境界，所以孔子很少以“仁”许人。

“三不负”跟“三不朽”并不矛盾。一个人真正做到了“三不负”，是可以通向“三不朽”的，如果你的天分足够，条件又具备的话。

（《羊城晚报》，2018年5月9日）

我们追求怎样的健康

◎曹　彬

在温饱问题解决以后，追求健康长寿是很多人的美好愿望。但是，我们需要追求怎样的健康？

上个星期门诊，一位60岁的先生要求做胸部CT检查，问他有什么症状，他回答“咳嗽”。但是，仔细询问，发现他所说的“咳嗽”只是早晨起来清嗓，少许白痰，然后一天无事。这位先生还透露：半年前单位刚刚体检，胸片检查没有问题。我很不解，那为什么非要做CT呢？从外表上看，这位先生是一个非常健康的成年人，甚至比我还要健康。因为最近工作劳累，我上两层楼就感觉有点气喘。慢慢地，他才告诉我，昨天晚上看了电视里面的健康节目，一位胸外科专家讲了一个小时的肺癌，他这才赶快到医院来做CT筛查是否患肺癌。

过了没多久，又进来一个55岁的妇女，也要求做胸部CT检查。她也没有什么症状，看起来相当健康。这下我有经验了，问她：是不是刚看了电视关于肺癌的健康节目？她很佩服地看着我，表扬我“果然是专家”。我给她仔细查体，最终说服她放弃了拍CT的念头。

这个星期门诊，来了一位60岁刚退休的女病人，主诉“胸闷两月”。翻开她的病历本，前面已经有几位心脏科和呼吸科医生给她看过，各种血液检查、心电图、CTA（冠状动脉增强CT）、胸片、肺功能和激发试验全部正常。详细询问她的病史，胸闷症状并不重，不影响生活，活动后胸闷还会减轻。家庭生活也很幸福，夫妻关系不错，儿子已经工作，不需要操心。但是，就是因为这两个月的“胸闷”，她不停到医院看医生。

我想，人们到底需要怎样的“健康”？

何谓“健康”？世界卫生组织（WHO）给健康下的定义太笼统，不好理解。WHO说，“健康不仅是没有疾病，而且包括躯体健康、心理健康、社会适应良好和道德健康。”首先，怎么定义“没有疾病”？是不是按照现在医学手段，各种检查正常就是“没有疾病”？那么，这个“胸闷”的妇女可以诊断为“躯体健康”。那么，她是不是“心理不健康”？一个人有症状看病，追求健康长寿，怎么能诊断“心理不健康”？

所以，我想，是不是我们把“健康”的定义理解错了？是不是我们要求“身体健康”太苛刻了？

为了“健康”，我们要求医生给我们做各种检查；为了“健康”，我们要求自己身体不能有任何一点症状；为了“健康”，我们要求自己的身体有点症状必须马上痊愈；为了健康，我们不停锻炼。

可是，有时候，我们想过没有：为了“健康”，我们是不是给了自己更大的压力？各种养生、保健，各种饮食建议，各种小偏方，各种“这不能吃那不能吃”。

有时候，我想，我还不如干脆承认“我不健康”算了，这样我活得压力还小一点。我“健康”了，又能怎样？我“健康”了，是不是真的能为社会、为家人多做些什么？

前几天看了一段微博，讲的是北京大学哲学系是真正的长寿系，一半以上的教授年龄在80~90岁。我相信，真的相信。因为，真正的健康和长寿的秘诀是：生活有目标，有事情做，我做的事情对别人有帮助、有意义，我做的事情真正能让我感觉快乐。

快乐的、有意义的工作才是真正的保健品！

而且，人不能对自己太苛求，不能太苛求自己“身体健康”。有时候，身体有点不健康，可能更好，生活更完美。

（《中国青年报》，2018年5月10日）

何必“也学牡丹开”

◎孙文辉

“白日不到处，青春恰自来。苔花如米小，也学牡丹开。”近来，因央视《经典咏流传》的热播，清人袁枚的这首沉寂了300余年的小诗《苔》，被荧屏内外无数的目光点燃了。在节目里，支教老师梁俊和贵州乌蒙山区的孩子们以发自生命深处的天籁之音，动情地演绎了这首区区二十字的小诗。这首诗唱哭了作为评委老师的庾澄庆和曾宝仪，更感动了生活在各个中心或角落的人们。

然而，感动过后，我们不妨做个反躬自省：除了被《苔》里的励志气息感染之外，我们是否怀着对如米小的苔花（乌蒙山区的孩子们）居高临下的怜悯，或者对如米小的自我隐秘的哀怜？诚然，这种对人对己的怜悯本不必置评，但其背后所隐含的价值取向却值得探讨。也就是说，在世俗的价值刻度上，苔花远逊于牡丹，苔花“也学牡丹开”是积极向上之举，反之则是不思进取乃至自暴自弃了。

那么，苔花到底该不该“也学牡丹开”呢？我以为大可不必。

完全可以设想，苔花虽然“如米小”，却不甘于自身所限，执意突破卑微却独特的自我，“也学牡丹开”，并借助奇迹终于像牡丹一样开花。此时，人们势必会大为惊叹，热烈赞美苔开出的花。倘使苔花有灵，她是该庆幸呢，还是该失落？显然，人们之所以赞美苔花，根本上还是因为牡丹花之美，而非苔花本身之美。那么，正如耶稣所言，“一个人得到了整个世界，却失去了自我，又有何益”呢？苔花竭尽全部的生命力量，不是成为一个独一无二的自我，而是勉强沦为被众人赞美的他者，那么苔花的生存意义与价值又在哪里呢？

日人松尾芭蕉有首著名的俳句：“当我细细看，呵！一棵荠花，开在篱墙边。”不难看出，荠花的处境与苔花基本一样，但荠花并不像苔花那样汲汲于像牡丹开出花来，她只是在无人注意的篱墙边浅斟慢酌，悠悠然地绽放着自己的天性之花，没有羞怯，更没有哀怜。在“人为世界立法”的眼光中，荠花或许是卑微的、灰暗的；但以荠花观荠花，她并未觉得自己处于穷乡僻壤之中，也不会感觉自身渺小，她是完整的、无可替代的，不容任何知识化、比较性的眼光去撕裂她，评定她。中国的道禅哲学讲得很明白，万物齐一，诸法平等，每一个生命都是一个圆满俱足的整体，其自身就构成了自身的价值与意义。苔花如果明了这一点，还会迫不及待地“也学牡丹开”，从而泯灭自我、蜕为他者吗?

苔花如此，人亦如此。在一个充满比较性眼光的世界里，总会出现一些一时公认的价值范本，它们撩动着世人的欲望，逼迫着世人抛弃自我，削足适履地去成为一个用世俗价值观虚构出来的他者。殊不知，这个世界本无意义的决定者，每个人都是“涧户寂无人，纷纷开且落”的山中芙蓉花，一切都在自在中建构着生存的意义，没有被观之景，也没有对景之心。人也好，花也罢，都应是这个世界最纯粹的游戏者，分享着这活泼泼世界的乐趣与意趣。

正如电影《无问西东》中所唱的：“爱你所爱，行你所行，听从你心，无问西东。”优秀的他人固然可欣赏，但本色的自我更加值得坚守，成为自己并成为更好的自己，应是我们一生不懈的追求。

（《羊城晚报》，2018年5月6日）

警惕“注意力陷阱”

◎何冠军

不少人体验过这样的小测试：面对同一张人物肖像，有人看到了满脸皱纹的老太太，有人看到的却是正值青春妙龄的年轻姑娘。关注角度、聚焦方位不同，看到的图像竟也存在天壤之别。这种现象，值得思考。

心理学中有个判断，即“注意力不等于事实”。客观事实是立体、生动的。把事实准确投射到认知，需要经历“实践、认识、再实践、再认识”的反复过程。换言之，粗浅、片面的观察，容易导向不完整、不正确的结论。第二次世界大战期间，参战飞机经常被打得满身弹孔，盟军专门开会研究如何加以改进。看到机身伤痕最多，多数专家决定在机身上加厚钢板以保护飞机。与会的一位教授却从整体出发，认为这些飞机能回来恰恰因为机身中弹，反倒是那些引擎中弹的飞机都坠毁了，因此最需要保护的是引擎。由此观之，主观经验很容易遮蔽客观事实，一个人一旦坠入“注意力陷阱”，则如盲人摸象，极易陷入主观主义、经验主义误区。

现实中，一些人受限于惯常的经验，往往撷取一点、不及其余。譬如，征求发展老年事业的意见建议，基层单位请来的都是“活跃的老年人”，结果相应措施就集中在增加文化健身场地和设施等方面，而最困难的失能失智老年群体，真实需求却难以得到反映。再如，置身信息大爆炸的网络时代，有的人只听信自己愿意看到的内容，用主观臆想代替理性分析，不还原真相、不了解全貌，忽略了自身注意力之外的丰富事实。凡此种种，难免让认知发生偏移，无法勾勒出客观实际的全景。

赫胥黎在谈及科学研究时说：“事实不因为被忽视而消失。”许多时候，人们注意力中的“焦点”，其实只是事实的一个点、一条线、一个面；如果不加辨别、囫囵吞枣，就会掉进思维陷阱。这就要求我们增强自省意识，善于跳出认知的局限，摆脱局部因素的干扰，从更高的站位运用理性思考问题。许多事例启示人们，成一己之见易、谋长远之计难，只有视野宏阔、克服偏见，才能把握本质、洞见规律。

哲人有言：未经思考的人生不值得过。关注注意力之外的事实，还应提醒自己多变换角度，多换位思考。苏轼被贬时并未沉沦，而是寄情生活，拥有了“一蓑烟雨任平生”的豁达，在造福当地百姓的实践中，拓展了人生格局。从这个角度来看，执迷于财富、权力、地位、名声，所看到的世界只是功利的世界；从追求意义出发去观察世界，就能打开更为广阔的大门。

握着剩余的半杯水，有的人感到焦虑，另一些人却心生乐观。每个人都是自己人生的导演。凡事不拘泥于所见所闻，不囿于成见偏见，我们才能走出注意力陷阱，抵达不凡的人生境界。

（《人民日报》，2018年4月26日）

奇葩的企业文化　恰恰是缺“文化”

◎殷国安

17名准大学生和中专生，暑期打工时没有完成业绩，被罚吃生苦瓜和生鸡蛋。宜昌市夷陵区一婚纱摄影会馆，发生了这样的怪事。被投诉后，店方回应称，这是该店的“企业文化”，连老板也带头吃。

据这家梦芭藜婚纱摄影会馆的店长称，按照协议，学生在这里打工，第一天的任务是每人完成99元的订单，第二天要完成498元订单；根据该店制度，第一次完不成任务的员工，罚吃生鸡蛋和生苦瓜；第二次还完不成任务，就要被罚吃生牛肉。第二天，就有几名实习学生不辞而别。一名女生因吃生鸡蛋肚子疼，家长到店里讨说法，但店长态度强硬。据说，这家企业的这种企业文化，是从一位上海老师那里学来的，目的是刺激员工更加努力。

企业文化对内能够产生强大的向心力和凝聚力，对外可以提高企业的影响力和公信度，是企业发展的潜在生产力和核心竞争力。所以，老板都会用企业文化来增强凝聚力，提高员工的归属感和自豪感，培养员工的敬业精神和团队意识等。

但企业文化需要把良好的动机与科学的方法结合起来，这就需要一定的艺术了，并不是任何一个老板可以随心所欲、为所欲为的，否则，企业文化就会走向反面，让员工不满，让企业垮掉。企业文化要遵循的底线有三条：一是不能违法；二是不能违背社会公序良俗；三是不能损害员工的权利和人格尊严。

媒体曾经报道过一些奇葩的企业文化，我记得这样几个反面典型：江苏常州大喜来食品有限公司在入职培训时，居然要员工喝下厕所水；沈阳一家火锅店的员工必须集体跪拜领导，高喊“感谢×总，给我工作”；还有北京一家企业的奇葩规定——每天早上公司团建时，女员工须排队接受老板（男）的亲吻……

这些违法的、侵犯员工人格尊严的做法，竟然也打起企业文化的旗号，如果说这些荒诞的做法真的称得上是“企业文化”，那也只是所谓的“狼性文化”

“腐朽文化”“流氓文化”。

这些奇葩的企业文化之所以产生，原因很简单，就是这些老板根本没有文化。他们对文化的内涵一窍不通，而且不论资本多少，最缺乏的恰恰就是“文化”——他们凭自己的经验想出来的管理员工的办法，就自称为“企业文化”，甚至违法了也不知道。

对于这种违法违规的企业文化，一方面监管部门要立即叫停，如果不能改正，则需要依法处罚；另一方面，员工要抵制那些违法的、侵犯自己权利和人格的所谓“文化”，要积极举报，也可以集体要求老板取消这种“文化”，如果遭遇威胁，不妨立马走人——这样不知天高地厚、拿着浅薄野蛮当有趣的老板，是干不出什么名堂的，还是早走早好。

（《嘉兴日报》，2018年7月11日）

莫让“乱花”迷人眼

◎袁培行

暮春时节，踏青赏花是一件雅事。每逢节假日，人们埋头花香，穿行花海：桃花、梨花、李花、油菜花、樱花……可谓“乱花渐欲迷人眼”，此花开罢彼花登场。而近期笔者发现，与之相对应的各种“人造花节”也赶趟儿似的，你不让我我不让你地开了——桃花节、梨花节、李花节、油菜花节、樱花节……这些花节，也都打着乡村振兴的旗号，一时间甚嚣尘上。而依托这些花节举办的各种论坛、经贸会议更是轮番开场。然而细究其结果却发现，这些缺乏创意、千篇一律的人造花节不仅没有为美丽的花朵添色，反而让清丽的春花多了几分俗气和喧嚣。

借助乡村资源，打造各种花节，推动乡村文化品牌，拉动地方旅游经济，本无可厚非，但如何真正振兴乡村、整合乡村资源，是一个需要长期研究的课题，借助乡村“一枝花”就想一蹴而就，终归是“行而不远”。

有媒体报道，这个春天，有一个地级市在短短半个月内，仅桃花节就开了十几次，美丽的桃花游演变成了游客的“桃花劫”。空洞无聊、千篇一律，成为各种花节的时弊。更甚者，依托花节而举办的大大小小的“乡村论坛”更是让人无语，相同的几位专家学者频频出场，提交的研究论文也是千篇一律、毫无新意……这样的人造花节有何意义？只是空耗当地的自然资源和人力、物力罢了，到头来落得个“匆匆开，匆匆谢”。

传统节也好，人造节也罢，要想红火，必须因地制宜、亲民乐民。其实，有些人造节庆，抓准了地域特色，突出了文化品位，也会受到民众青睐和追捧。比如以弘扬古村落文化为主题的江西婺源油菜花节、以彰显汉牡丹文化为特色的中国汉牡丹文化节、以非遗保护为主题的蔚县剪纸艺术节等，虽然它们也都是当地政府结合自身特色量身打造的人造节庆，但因其特色鲜明、底蕴深厚、汇聚人气，得到了老百姓的认可，形成了一个个享誉海内外的地方品牌。

反观近期“一窝蜂”兴起的各式人造花节，不难发现它们引发网友和民众诟病的几个槽点：其一，是缺乏个性，盲目跟风。婺源油菜花节火了，于是“一窝蜂”地推出油菜花旅游线路，各地油菜花节层出不穷。殊不知，婺源古香古色的村落古建与油菜花相映成趣的独特美景，才是婺源的核心竞争力，你再去效仿也只能落个东施效颦罢了。其二，是配套服务跟不上，破坏了赏花的雅趣。“一锤子”买卖成为当下乡村游的短板，鲜花好看，民宿脏乱差，饮食难以下咽，劣质的服务，不仅没有让游客流连忘返，反而让后来者望而生畏，那自然是长远不了的。

“桃花源”是古贤陶渊明为国人描绘的一处自然风光优美、人文积淀深厚的精神家园。人人心间都有一处桃花源，但是那里绝不是只有美艳的桃花，重要的是，还要有怡然自得的精神和心境。诗与远方，是精神与物质的和谐相融，更是人们对美好生活的向往。

乡村确实应当是人们理想桃花源的现实所在，“吾心安处是故乡”。借助乡村独特资源举办“桃花节”“梨花节”无可厚非，但莫让“乱花”迷人眼，除去芬芳浪漫的花朵之美，美丽的花节还应该具备深厚的文化内涵和独特的个性。如果举办花节，年复一年，流于形式，了无新意，那么它们离大众厌弃之日也就不远了。

（《河北日报》，2018年4月20日）

读书读到什么程度才能改变命运

◎赵巍巍

我妈从小就告诉我，知识会改变命运。甚至在我后来读到当地很好的高中，上到不错的大学，她还在重复这句话。

后来我发现她是对的。对于大部分人来说，读书越多，自己人生的可能性就越大，看到的世界就有可能越不一样。

比如我小时候读鲁迅，常想鲁迅写文章也没有多少出彩的地方；由于是扬州人，那会学校老师常让背诵朱自清的文章，《春》《荷塘月色》等文章基本烂熟于心，也觉得朱自清的文章和钱锺书他们一比完全不是一个分量级的。

现在读书杂了，有时与父母相隔万里，在异国他乡，读到朱自清先生的《背影》，心里如同牛毛细针在扎，眼眶也有些湿润。

我开始读国外书籍时，就觉得雨果比钱锺书还厉害，简直直逼孔子的圣人地位。但后来读了多些，越觉得各有各的好法，作家们作的方式不一样，死法也各有千秋，毛姆有他自己的情怀毒舌法，斯泰因阿姨有她的大妈吐槽术。

我大学的大物老师，是个老教授。他在和我们讲锁的构造的时候，问了我们一句话："你们知道锁是干什么的吗？"以前我一直以为锁是用来防备坏人的，但是其实很多锁由于技术上的缺陷是防不了坏人的。后来，我才知道，锁是用来防备好人的。

学大学物理这门知识有什么用？如果我不再去参加大学生物理竞赛，如果我以后的工作和物理没有一丁点的关系，我觉得初中的那些物理知识就足够用了。

但是从物理知识衍生出来的做人的道理，做题的思路，看问题的角度，包括你上课老师的言传身教，都是你在上了大学，受了高等教育，又读了很多书后，才像只树懒一样，一点一点地体会到的。你的命运也是在这种无形的影响之中得到改变的。

其实，在一开始，读一本书并不能给一个人带来多大的改变，因为靠读书所追求的成功，还需要很多客观的因素，需要很长时间的积淀。

但是不读书，却能很轻易地改变一个人，这样的事例每天都在发生。

很多书，最开始就像一道门，关着的门。你把它们都看一眼，才知道自己的方向在哪。然后你就朝着那个通道走过去，进入另一个有很多门的大房间里。

很多长辈都劝你要多读书。但是，他们没有告诉你，你需要读哪些书，你该怎么读，也没有告诉你要读多久你才能改变命运。当然，这些他们没法告诉你，即使他们是个有名的学者。一旦说了，就有可能限制你某些方面的可能性。你要读哪些书，要成为什么样的人，生活和书都会告诉你。

现在，很多人包括很多所谓的“成功人士”都说，没必要去读很多书，还“现身说法”地炫耀说，像我这辈子没读过四大名著，还不是过得很好？

这肯定是一种时代的悲哀。如果你是一个笃信读书能改变命运的人，就不要让时代的悲哀，成为你自己的悲哀。

某个作家说，一个人平平常常走在路上，就像散文；一个人忽然被推到水里，就成了小说；一个人给大地弹射到月亮里，那是诗歌；一个人被推到水里又被拉上来了，就是戏剧。

读书，能读出这些，能读出这种味道，往往会身心愉悦，生命质量会更高一些，至少比那些鼓吹“读书无用”的所谓“成功人士”，活得平静开阔一点。

还是多读点书吧，读书确实是能改变命运的，尽管需要一段甚或一生的时间。

（《时代邮刊》，2018年第4期）

疏与密

◎渊　墨

人与人之间的关系，在儒家和道家那里，还是有很大的差别的。一般而言，中国人的人情观念，是来自儒家的。儒家强调“厚人伦，敦风俗”，这就让儒家非常富有人情味，人与人之间的关系，看起来就非常亲密，非常饱满，富有温度。相对而言，道家的人情看起来就比较薄，比较冷，人与人之间的关系，似乎非常疏远，我们只要记住庄子的那句“鱼相忘乎江湖，人相忘乎道术”，那印象就非常强烈。

的确，从表层来看，儒家的人情，用“密”来概括，道家的人情，用“疏”来概括，应该是比较准确的。我们知道，儒家是建立在血缘亲属关系之上的，“孝悌”是这种关系的核心，所谓“父子有亲，兄弟有爱，夫妻有别”，一切都是温文尔雅，雍雍穆穆，和蔼可亲的。亲人之间，交往频繁，做子女媳妇的，对长辈，更是晨昏定省，礼数一样都不能少。就是对久已不在人世的先祖，也是要定时祭奠，以致“慎终追远”之思。

扩大到家庭之外，还有所谓“君臣”“朋友”二伦。“君臣”讲“忠”，“朋友”讲“信”，那也是一丝不能含糊。人活在社会上，就要尽自己的义务，逃不是办法，也还是要受到歧视的，所以孔子批评选择隐居的“荷蓧丈人”“不仕无义”，并且还说“欲洁其身，而乱大伦”。这里的“大伦”，就是“君臣之义”。一个人有能力出仕却不能与国君建立紧密的联系，这在孔子看来，是大逆不道的。

相对于儒家紧密的人伦关系，道家的确显得就要疏远清冷得多。我们知道，道家也讲“孝”，但道家的“孝”与儒家有本质的区别。老子基本上否定了儒家的“孝”，他说：“六亲不和，有孝慈。”在老子看来，儒家的“孝”相当于在破了洞的衣服上打个补丁，没有什么实质意义。关于“孝”，老子重在破坏，而庄子则重在重建。庄子对“孝”给予了自己的定义，他在《天运》中说：“以敬孝易，以爱孝难；以爱孝易，以忘亲难；忘亲易，使亲忘我难；使亲忘我易，兼忘天下难；兼忘天下易，使天下兼忘我难。”我们归纳庄子对“孝”的看法，可见他将儒家“孝”中那种主“敬”主“爱”的人与人之间的紧密联系剥离，剩下的就是一个“忘”字。“孝”的最高境界，就是“使亲忘我”，什么事都不用为我担心，为我操心，而一心一意，过好老人自己的生活，这种意义上的“孝”，真是别开生面，让人印象深刻啊！但乍一看，这种“孝”显得多么冷酷无情，多么疏远。

我们自然首先要肯定儒家紧密的人伦联系，的确有它的优长。儒家建立一种长幼有序、和谐友爱的人伦关系，让人感觉到一种浓浓的人情味。大到婚丧嫁娶，小到孩子满月老人寿诞，亲戚朋友之间，都有人情往来，人仿佛被包裹在一种浓浓的情爱之中，到处都是慈爱的笑脸，到处都是亲情友情在流淌，那是多么动人的场景。而且儒家强调人对君主的恩义，也就是强调一种社会担当，这也是非常必要的。相较而言，道家的人情就显得比较疏远，甚至看起来有些冷漠。老子主张“小国寡民”“鸡犬之声相闻，民至老死不相往来”，似乎显得特别没有人情味。庄子甚至更极端，人与人见面，甚至语言都是多余的，“目击而道存”，多么直截了当。

但是，任何事情都有两面性。我们也不得不指出，儒家表面上看起来是那么紧密的人伦关系，而在实质上，有走向虚伪的可能。人与人表面的亲近，有时完全掩盖着实质的疏远。恰恰相反，道家表面上看非常疏远的人伦关系，有时在实质上，却又显得非常亲近。

今天的中国，人情往来有时已经到了成为一种不堪忍受重负的程度。我们经常听到有人抱怨人情交往，一个单位里，几百号人，同事的孩子做周岁呀，考学呀，结婚哪，同事的父母岳父岳母公公婆婆离世啊，有时一个月好几笔人情要交，这还不算自己家族中的那些人情。多如牛毛的人情往来，让人仿佛渔网里的鱼，怎么也挣不脱。人情世故多，要抱怨；人情来往不平衡，也抱怨。明明你孩子满月我给了一千，我孩子考学你只给八百，凭什么？彼此自然就生闲气。人情交往过于频繁，经济上的关联太多，人情味反而就越来越淡薄，到最后，已经不是什么人情，变成了“钱情”，谁包的红包大，谁就是对我好，反之，则不好。

儒家人情就这样似密实疏，似厚而实薄。我们再看看道家。

道家尊重人格独立，这一点非常像西方社会。人与人之间看起来，交往不是那么频繁，有时甚至似乎比较隔膜。道家强调一个“忘”字，“忘”是道家人伦关系的核心。彼此老死不相往来，这种“忘”似乎是非常冷酷的，但是，若深入到道家思想的内核，我们就会明白，“忘”不是冷酷，恰恰是对人格独立的一种尊重。彼此尊重各自的独立性，所以交往就以不纠缠为前提。道家否定儒家的礼义廉耻，否定儒家的孝道，其根本点就在让人循本性而动，不用那种外在的表面的甚至可能是虚伪的人情关系来束缚自己的自由。吃饭“AA”制来自西方，这种付费方式看起来非常冷漠，但恰恰尊重了彼此的人格自由，也就是不纠缠。道家不纠缠，彼此表面上看起来非常疏远，也没有什么人情往来，似乎也不大喜欢送个红包什么的，但本质上，也许心心相印。庄子有惠子这样的好朋友，就是一个很好的证明。他们在濠梁之上的那场辩论，显示出多么深厚的学养和友谊。惠子死后，庄子经过他的墓地，还讲了个“运斤成风”的寓言，深深感叹像惠子这样棋逢对手的朋友，已经永远不会再有了。庄子对惠子的思念，是多么真实，又是多么深情。这样看来，“相忘于道术”也好，“目击而道存”也罢，表面上的疏远，恰是灵魂里的亲近。或者说，正因为表面上的那份“相忘”，才有了灵魂里的那份“相依相恋”。

明眼人一定也能看出来，儒家人情是似密实疏，道家则是似疏实密。孰优孰劣，自然见仁见智。我只想说，当我们对儒道两家的人伦关系有了一个大致清晰的看法之后，我们的取舍，也就有了一个依据，不会像瞎子摸象，只见树木不见森林了。

（《经典杂文》，2018年第9期）

卖蘑菇的小姑娘

◎从维熙

那年，游览阿尔山天池时，碰到了这件事。刚登山不久，两位小姑娘就站在山路旁，对我低声吆喝：“老大爷，这蘑菇是我们刚刚从林子里采来的，带回家去吃，保您满屋飘香。”

其实，在通往天池的山路两旁，有许多林区老乡推销山中的土产。不知为什么，这两个卖蘑菇的小姑娘，唤起了我十分遥远的记忆，陡然想起张洁的处女作《从森林里来的孩子》。我停下了攀登的脚步，坐在她俩身旁的一块山石上，不再走了。

“您老是哪里人?”

“北京。”

这两个字，顿时让她俩双眼闪闪放光。从表情上看，显然，这是出乎她俩意料的事。她俩抢着说，阿尔山风景非常好看，近处的游人多来自内蒙古，远一点儿的大多来自东北三省。从北京来的客人，她俩还是第一次碰见。对她俩来说，北京是一座令人心驰神往的城市。

其实，眼前这两位女娃，那真诚的目光已然表明，她们多么想离开大山，跨进繁华的城市。她们的发丝中间，一个挂着落叶松的松枝，一个残留着半片桦树的白色树皮。山林女儿本来也爱美，但她们居然把那森林的记号，带到卖蘑菇的山路上来了，可见，平时的生活节奏有多么紧张。当时，我一个本能的动作，就是摘下她俩发丝上的残枝碎叶。

有了这个不经意的动作，她俩不再喊我“老大爷”，而改叫“老爷爷”了。同时，流露出山区人的憨厚和纯朴。她俩说：“城市的蘑菇，都是人工养出来的；我们这儿的蘑菇都是野蘑菇，不但味儿与人工培植的不一样，营养价值也高多了。您老要是愿意吃林子里的蘑菇，我们愿意都送给您老。”

听了这几句纯真的表白，我心里再次升腾起一种感动。林区人的生活是十分艰辛的，好在林区的孩子，不知什么叫苦，就像草籽那样，只要有明媚的阳光与新鲜的空气，就可以自由地生长。由此可以想象，眼前这两位林区女娃，也如同两株顶风冒雪坚忍生存的野草，我怎么好意思接受她们的馈赠呢？

她俩告诉我，自己的家，就在山脚下那片木屋当中，两个人每天要走上几十里的山路，到一个名叫伊尔施的小镇去念初中。不用问也可以想到，她们之所以来游人如织的景点卖蘑菇，恰恰是为了补贴读书之用吧。

我问："你俩一天能卖多少钱？"

"好的话，能卖上一二十块。"

我接着说："这么办吧，我把你俩的蘑菇都买下了。一共多少钱？"

两个小姑娘面面相觑了一阵子，随即摇摇头说："我们是真心送给您的。"

我忙说："那可不行。我不愿意当剥削你们的地主老财。这么办吧，你俩中的一个，带我进林子看看，告诉我你们的蘑菇是怎么采的，哪些树上产蘑菇，哪种树上的蘑菇好吃，四周有没有可看的地方……我超额多付的钱，算是你俩的劳务费吧。"

"不行，您老受不了虫叮蚁咬。"

我说，肯定受得了。为了说服她俩，我还简单介绍了自己的经历。

她俩惊喜地问："您老是作家？"

我笑道："滥竽充数，恐怕该算其中之一吧。"

这两个女娃兴致更高了，争抢着要带我进林子。我说："你们除去卖蘑菇，还有木耳、黄花等东西要卖哩，不能耽误你俩的活儿啊。"最后，我选了年纪小些的女娃带路，年纪大些的仍旧留下来守摊儿。

前天夜里，阿尔山林区刚刚下过一场微雨，山林间滴落下来的水珠，很快就湿了衣衫。小姑娘显然已经习惯了这种生存环境，只管在前面杂乱的树丛中开路。还算幸运，我在一棵倒木的躯干上，迅速发现了几朵亭亭玉立的白蘑菇，便蹲下身子去动手采摘。小姑娘立刻喊了一声："不能动它，那是毒蘑。毒蘑都长得比口蘑漂亮，但您老只要吃上一颗，就不得了了。您老想想，要是蘑菇这么好采，我们还钻进深山老林里干啥？"

"采蘑菇还要走多远哪？"

她往林子里看了看，答道："那片倒下的桦木林里，可能会找到一点儿吧。"

我看了看，还有不少路要走，想到上山去天池观景的文友，此时也该下山了，便说："行了，我知道你俩采蘑的艰辛了，咱们回去吧。"

小姑娘忍不住笑出声来，说："您老将来写书时，不能只写我们的森林如何美丽，还要写写我们的生活。林子里的娃们，爹娘生下来，就像拉扯着小狗子那般，跟爹娘在林子里转。"

短短十几分钟的寻蘑之行，让我更理解了林中孩子们的生活不易。因而，当文友归来，途经这里时，我除了买下两位姑娘的全部蘑菇，还加倍付了钱，并特意跟她俩合影留念。

回到京城，我把照片加印了两张，给她们寄往林海。在照片背后，我题写下了自己的心声：

"你们确实比城市孩子苦一些。但是青少年时，经受一些磨难，可以转化为你们一生的财富。将来，也许你们才能明白：苦难是追随人类的背影，也是人类先行的导师。希望你俩长大了，能够离开大山，到大城市来工作。如有机缘来京，我欢迎你俩来我家做客。"

（《河北日报》，2018年3月20日）

“悲摧”的贵族

◎张　希

提起贵族，人们想到的大多是出身豪门，生活舒适安逸。不过，对英国历史上的许多贵族而言，却并非如此。自中世纪开始，英国及欧洲的贵族的继承制度，就是“长子继承制”。所谓长子继承制，就是贵族家庭中嫡长子将继承家族的贵族头衔和几乎全部财产。剩下的儿子们几乎什么也得不到。这种遗产分配制度，显然有失公平。

这种制度的弊端是显而易见的，因为它的不公平，导致父子、兄弟结怨，亲缘关系疏离，致使原本和睦的家庭分崩瓦解。到了17世纪中后期，非长子地位呈现出严重恶化的趋势。有人甚至预言，没有财产的贵族非长子们，未来可能会通过抢劫维持生计。

然而，事实却并非如此。从非长子的角度看，“长子继承制”是非长子们一出生就要面对的“残酷”现实——不管家里地位多高贵，拥有多少财富，未来都与他们无关，他们想要的一切只有靠自己去创造。非长子们靠什么创造财富呢？只有靠自己的知识和技能，所以他们大都选择读书深造——因为他们深知：这是家庭唯一可以帮助他们积累的“资本”。

在当时，剑桥、牛津的毕业生中，超过80%来自贵族子弟。而非长子们的比例又远高于长子——因为他们更加努力。接下来，走向社会的非长子们，要面对社会各个阶层，他们为了生计必须和不同层次的人打交道——他们并不拥有贵族的地位和财富，因此也就没了高傲、轻慢的资本；相反，受过良好教育的非长子们，将优雅、温和的绅士风度传递到社会各个角落。这让普通民众对贵族、富人有了新的认识。随着工业革命和资本主义在英国的兴起，这些受过良好教育的非长子们，成为社会经济发展的新动力。

“长子继承制”，给非长子们带来巨大心理落差的同时，也让他们学会了正确看待人生的挫折。他们当中的很多人，最终通过自己的努力成为社会精英。

与英国“长子继承制”相比，中国自古以来的析产继承制显然要“公平”

得多。所谓析产，简单地说就是财产分割，所有继承人都有份，自汉武帝颁布“推恩令”开始，贵族封地便可以分割继承，在财产上所有子嗣人人有份。但结果如何呢？在明代，朱氏子孙们整日养尊处优，个个脑满肠肥，结果在明朝覆灭之时，他们都成了被劫掠的重点目标——因为他们既无能无知又有钱。到了清代，贵族子弟全部优待，数百万旗人国家供养，其结果是养出了一大堆不学无术，只会挥霍祖宗财富的“寄生虫”。八旗子弟一时成为纨绔子弟的代称。加之他们不断繁衍使特权阶层无限扩大。所以，看似公平的析产继承制度，却在社会、国家层面上造成了极大的不公平，激化了社会矛盾，同时也造就了其后代的悲剧命运。

看似公平和不公平的两种继承制度，产生出两类截然不同的结果。谁更“悲摧”？想必历史已给出了答案。

（《今晚报》，2018年3月16日）

时间的好孩子

◎苍　耳

戏剧大师布莱希特一生没来过中国，更没来过四川，他的代表作《四川好人》何以要以四川为背景？一般认为布氏不过借用一个东方布景，以此制造惊奇的效果，因为这是一种“陌生化”手法——时空错置：就是把本土的故事异域化，把当下发生的事件历史化。俄国形式主义把这种手法和效果称之为“异国情调”，其源头来自亚里士多德。问题是，中国既有京津沪等名城也有比四川响亮的省份，布氏何以独独选中“四川”，让三个神仙降临这片偏僻而封闭的蜀地寻索他们在西方找不到的好人？

看来并非借用一个东方布景那样简单。众所周知，1933年希特勒策动国会纵火案发生后，布莱希特和家人被迫逃往国外，开始了长达十五载的流亡生涯，足迹踏遍欧美的每一个角落。《四川好人》这个剧本便写于流亡途中：1938年动笔于丹麦，1940年脱稿于瑞典，1943年在瑞士苏黎世剧院首演。这期间第二次世界大战全面爆发，其毁灭广度和惨烈程度为人类历史所罕见。欧洲除了英伦岛基本沦陷，而中国尽管大半国土被占，但陪都重庆在狂轰滥炸下岿然不动，长沙会战胜利令英美等强国刮目相看。川军的血性和坚忍，四川成了中国抗战的主要堡垒，自然会吸引布莱希特的目光。将“四川”与“好人”维系在一起，显然表达了他对“四川”精神的无声褒扬。深层原因还在于，纳粹的种族清洗和大屠杀使布氏对西方文化完全绝望，他转向神秘的东方大陆，寄情于中国文化。

事实上，布莱希特青年时代就读过不少先秦哲学的德译本，如《易经》《论语》《老子》《庄子》《列子》《墨子》。1934年，布莱希特流亡到苏联境内，其时梅兰芳正在莫斯科、列宁格勒巡回演出京剧，还在两地做学术报告，当场示范“唱、念、做、打”，前来听讲的大都是各剧院著名剧作家、导演、演员，令他们受益匪浅，梅氏因此被誉为“大师中的大师”。布莱希特更是盛赞：除了一两个喜剧演员，西方有哪一位演员比得上梅兰芳，穿着日常服装不用化妆，不用灯光，当众示范且如此引人入胜呢？布氏反对重模仿、重移情和三一律的西方戏剧传统，试图探索一种叙事的、思辨的、陌生化戏剧。他极欣赏中国京剧自成体系的表演艺术，其楔子、自报家门、唱词以及象征性虚拟等程序，使演员、角色和观众保持间离，令他眼睛一亮。这正是他多年来苦苦求索却未找到例证的那个东西，而梅氏已把它推向极高的艺术境界。后来布莱希特发表数篇论文，纵论中国戏剧艺术给他带来的启发。自此以后，布莱希特另辟一径的陌生化戏剧体系才日渐成熟，并在戏剧实验中获得越来越多的认可。1972年布氏叙事剧在全球的上演率首次超过莎士比亚，各国研究布氏戏剧的论著也达八百余种。

不过，30年代鲁迅对此不以为然。他在《拿来主义》中讽刺梅兰芳博士到苏联演出，“以催进象征主义，此后是顺便到欧洲传道，……，总之，活人替代了古董，我敢说，也可以算得显出一点进步了。”这未免有些刻薄。不过倒也说对了一点：梅博士确乎“催进”了“主义”，但不是象征主义，而是布莱希特陌生化戏剧理论。套用鲁迅的“拿来主义”，便是布氏“运用脑髓，放出眼光，自己来拿！”但前提是，如果这个弱国的戏剧大师不勇敢而坦然地走出国门，将东方古国的京剧精髓展示给西方观众，布莱希特恐怕连“拿”的机会都没有。

“拿来主义”固然不错，但仅有“拿来”是不完备的。道理很简单，国际文化交流是双向互动的，不能只“拿来”而不“拿去”。送古董、国画到各国展览也好，各类艺术家去欧洲演艺也好，都是再正常不过的国际文化交流。只进不出者，岂不真的成了“文化殖民地”？古代辉煌的丝绸之路，其实是“拿来”也“拿去”的双向互赢之路。然而，近代中国历经一百余年战败、赔款、割地的屈辱与痛楚，国人心态与其说是“阿Q主义”，不如说普遍存在“失败主义”。无论是洋务运动还是新文化运动，其实质都是向西方文化看齐，从“打倒孔家店”到“废除中医”，汉字差点被废掉，连拼音字方案都搞出来了。鲁迅的主张也是如此。他告诫年轻人少读或不读中国书，多看外国书。奇怪的是，至今仍有那么多人为之“掩过”，打圆场。然鲁迅非圣人。即便圣人也会犯错。以文章而论，他反证“拿来主义”之正确，实不该拿梅兰芳出国演艺来“试刀”。

我为梅先生抱屈。在文化失败主义的浓黑阴影下，在立国立族之本受到严峻挑战之际，文艺界唯有梅兰芳挺身而出，不惧个人毁誉得失，驰骋国际剧坛，其足迹遍及日本、苏联、美国、朝鲜、英国、法国、奥地利、意大利、埃及、印度……凭个人魅力和气场赢得世界文化界的普遍敬重。岂止于此？中国戏曲也因此为外部世界所了解与尊崇，中华文化得以通过京剧逆向地向外传播与弘扬。八十多年过去了，我一想起这事，“梅花便落满了南山”。

“真理是时间的好孩子，不是权威的孙子”，布莱希特如是说。布氏在“拿来”过程中也犯过小错，比如在《四川好人》中让和尚来证婚，弄出一个不大不小的笑话。至于剧中那三个神仙找到了好人沈黛，却发现好人难以“好”久。因此晚年他转而研究荒诞派戏剧，在读《等待戈多》时突发心脏病过世。“戈多”是谁？贝克特没见过，布氏大约也没见过，但“戈多”肯定来过——他其实就在我们身边。

（《财经》，2018年第5期）

点赞也要有资格?

◎江　岸

自媒体大V六神磊磊有篇文章说：在职场上，歌唱和点赞也是要有资格的。允许你点赞，其实是一种认可，说明看得起你，还把你当自己人。说到底，在职场中，点赞是有次序、有安排的。六神磊磊提供了一个很有意思的思路：关于点赞的资格。

鲁迅的书里有个故事："我们乡下有个阔佬，许多人都想攀附他，甚至以和他谈过话为荣。一天，一个要饭的奔走告人，说是阔佬和他讲了话了，许多人围住他，追问究竟。他说：'我站在门口，阔佬出来啦，他对我说：滚出去！'"有一类中国式笑话常以此为笑点，那是一种底层的自嘲式幽默，也讥讽那些不自量力攀附权贵的小人物。其笑点在于阔佬们的不配合、不接纳，连攀附、谄媚的资格都不给。

有些权贵者认为，他们的威严和地位，需要以一种高高在上的姿态、一种距离感、一种与人群划出的界限才能体现，会所、头等舱、顶级盛宴都具备这种功能。如果随意接受一些不入流人群的攀附和谄媚，就会向外界传递一种低就的信号，会失了身份和威严感，甚至还会成为对方炫耀的资本，甚至以此牟利。如何拒绝别人的点赞？并不是人人都要疾言厉色来一句"滚出去"，拒绝方式可以更从容、更智慧，比如《红楼梦》里王夫人对赵姨娘。

《红楼梦》里，若论情商之低，赵姨娘绝对能排到前三，她几乎开口就惹人厌，不合时宜，永远自取其辱，永远会碰一鼻子灰。第六十七回里，宝钗给众人送礼物时没落下赵姨娘母子，赵姨娘很得意，特意去王夫人那里夸赞礼物和送礼物的宝钗，谁知王夫人头也没抬，手也没伸，只说了声："好，给环哥儿玩罢咧。"这是对点赞者最深刻的蔑视，会让玻璃心的人一下子就堕入尘埃，足以灰头土脸好一阵。

但《红楼梦》里也有一个例外，那就是来打秋风的刘姥姥的点赞，让贾母和王熙凤等人全盘接收，而且还很受用。刀光剑影、等级森严的贾府，在刘姥姥这里成了同乐园，为什么会有这样的例外？

刘姥姥也不是一开始就掌握了点赞的艺术。初进贾府时，她奉承凤姐的话是：“‘瘦死的骆驼比马大’，凭他怎样，你老拔根寒毛比我们的腰还粗呢！”就连引荐她的周瑞家的尚且嫌粗鄙，更别说出身豪门的凤姐了。凤姐最终以一大篇场面上的套话打发了刘姥姥。

但刘姥姥第二次进贾府的表现和谈吐却让人眼前一亮。面对不同的人，她用了针对性的点赞。比如对贾母，她选择的称呼是“老寿星”，不同于众人平日所称呼的“老祖宗”“老太太”，她的称呼里既有恭维也有祝愿。而对于荣华富贵已极的贾母来说，此时最好的恭维和祝愿就是健康长寿了。刘姥姥给贾母讲故事，讲的是她村子有个九十多岁的老太太，吃斋念佛，最后得了个孙子，喜得贾母直念“阿弥陀佛”。吃斋念佛者必有善报，求仁得仁——刘姥姥这个故事就像“老寿星”的称呼，既是对贾母现状的点赞，也是对其将来的祝福。

对年轻一辈的李纨与凤姐，刘姥姥的点赞是：“别的罢了，我只爱你们家这行事。怪道说‘礼出大家’。”这对于出身名门、年轻守寡的李纨以及要强好胜、深以家族为傲的凤姐来说，特别中听。这一夸赞还引发了凤姐和鸳鸯对于此前宴席上她们拿刘姥姥逗乐的羞愧之心，两人立刻来给刘姥姥赔罪道歉。

对于其他无法揣摩其心思的人，刘姥姥的点赞没法有针对性，她说她带着“头一起”“尖儿”的瓜果蔬菜来，“姑娘们天天山珍海味的也吃腻了，吃个野意儿，也算是我们的穷心”。这番话说得真诚、感恩，很有尊严感，也容易博得好感。所以，高情商的刘姥姥在贾府里一路顺风，赢得了从贾母到凤姐，乃至鸳鸯、平儿等人的赞赏。虽有林黛玉的嘲谑、妙玉的嫌弃，但那是因为她们不懂人情世故，并不理解刘姥姥的高情商和大智慧。

在职场上、在社会阶层里，点赞的确是有区别、有资格的。但说到底，没有人能拒绝刘姥姥这类人：自尊自爱，有强大的生命力，还有着对人性的深刻了解。这样的人，无论多贫贱，都值得报以最高规格的尊重和敬意。

（《小康》，2018 第 9 期）

活出自己的诗意人生

◎石　羚

外卖小哥与诗词达人，看似不搭界的两个身份集于一身，让雷海为成了“网红”。几天前，这个为生活默默奋斗的年轻人，一路披荆斩棘，获得《中国诗词大会》第三季总冠军。他的对手这样评价他：这才是真正的高手，就像《天龙八部》里的扫地僧。

其实，雷海为最喜欢的武侠人物是令狐冲。

十几年前，看了金庸的《侠客行》后，“赵客缦胡缨，吴钩霜雪明”的诗句，把他领进古代文学的江湖。感受着古人的情感、中文的意境，雷海为在工作之余不断读诗、背诗。打工持续了多少年，诗词就陪伴了他多少年。

决赛播出的当天他依然穿梭于杭州的巷陌之中，诗词似乎没能改变他的生活和命运，那么诗词之于雷海为有什么用呢?

由诗词，与千古圣贤神交。与友人告别，李太白“挥手自兹去，萧萧班马鸣”的深情浮现眼前；曲终人散，更能理解杜工部观剑舞毕“老夫不知其所往，足茧荒山转愁疾”的况味。在类似的场景想起相关的诗句，与作者的心律产生共鸣，在时移世易中理解历史、理解生命。

由诗词，让生活节奏沉静。答题沉着，泰然自若，雷海为给很多观众留下了这样的印象。十几年里，他做过电话销售、马路推销、服务员、洗车工，也辗转了几座城市，在变动不居的生活中，诗词是唯一不变的行李。“腹有诗书气自华”，面对日晒雨淋、穿行不息，仍能保持一份淡定和宁静，于无声处听惊雷，于无色处见繁花，是诗词给他带来的不凡。

由诗词，坚定前行的脚步。华翰辞章，并不应该变成“躲进小楼成一统”的避世寄托。当雷海为在书店里默默背诗，当他利用送餐间隔的碎片时间读书，当他承受着生活的奔波与辛苦，他没有自怨自艾，也没有迁怒贰过，赛场上那句“千淘万漉虽辛苦，吹尽狂沙始到金”，成了他自信人生的定场诗。正如主持人董卿所说：他是一位生活的强者。

纵使困顿，也不改内心的纯洁、不弃生命的高贵，正是真正的诗意所在。其实，当我们问诗词之“用”时，就已经陷入了功利的计较。一些“无用”的种子，或许有一天会开成有“大用”的花。

古人说，“功夫在诗外”，意思是学习作诗，要关心诗外的天地；而今天，我们也可以说，“功夫在事外”，莫让眼前的琐屑遮挡了视野。

吟诗作对不分职业，对美的欣赏更没有畛域。往次诗词大会，学霸型选手各领风骚，而这一次，基层文艺工作者陈珏如、带犬民警夏鸿鹏等非科班出身的选手大放异彩，让这档节目的意义更加深刻。如果说罗江诗歌节的农民诗社、《我的诗篇》中来自流水线上的诗歌，展示了普通人写诗抒怀的冲动，那么雷海为、夏鸿鹏则代表了普通人诵诗修心的努力。

诗词不应是少数学界精英的专利，更不是博物馆里的展品，只有每个普通人都拥有一颗诗心、活出一份诗意，才能让地气激活文气，让文气凝聚人气。

谈起未来，雷海为打算回乡搞养殖。这让不少人觉得惋惜，毕竟这与诗词相去甚远。其实，无论是博士说相声还是保安当律师，这类新闻频频引起热议的重要原因，就在于职业选择与社会期待的差异。

然而更要看到，当下，成功的标准不再唯一，多元择业不仅是一种自由，也是社会发展的趋势。正如北大毕业生卖猪肉卖出了“北大范儿”，胸中的笔墨才情终究能让普通工作不同凡响。对于雷海为而言，无论继续送外卖，还是转型创业，只要心中有诗，自能保持精神的高贵。

这正可谓：身在井隅，眼望星光。心底有诗，自在远方。

（《人民日报》，2018年4月10日）

逞能的悲哀

◎于文岗

有个寓言说：一人被一狼追赶，走投无路情况下，抓起一块羊皮披上，混入羊群。狼追到羊群前，分辨不出哪个是人，便问计于狐狸，狐狸对狼耳语几句。狼窃喜，对着羊群高喊：“人啊，你装扮成羊，真是太逼真了，我一点也看不出破绽。人，虽然你聪明，但有一事你无法做到，你能把自己扮成狼吗？”话音刚落，只见人气呼呼地站起，把身上的羊皮一掀：“谁说不能！”说着，狼猛扑过去，咬住了人的喉管。后来，这狼说了一句话，在狼群中广为流传：如果你想看清一个人的本来面目，就去奉承他、批评他，让他去逞能。

正如狼所传，逞能乃人的本性。人都有表现欲，争强好胜，爱逞能。但逞能也并非全不好，有所发明、创造、贡献的“真有能，逞真能”，是实现人生价值和享受人生过程的重要内容，是推动社会进步的精神动力。此种逞能，自当倡导鼓励。癞蛤蟆跑到公路上——愣装小吉普、兔子跑到磨道上——硬充大耳朵驴的“逞无能，抖机灵”，无疑是人性的弱点和悲哀。另外，逞能以成败论英雄。无论有能无能、能大能小，只要逞能得善果，即可为“逞真能”。否则，能再大，也只好屈尊为“逞无能”了。

曹操曹丞相的主簿、丞相府秘书长兼办公厅主任杨修先生，绝对聪明绝顶，真真学五才八，有能也爱逞能。在“阔门”、“一合酥”、揭穿曹操梦中杀人、告密曹丕与吴质密往、教曹植“立斩门吏”、替曹植作“答教”事件中，屡屡逞能，让曹操不胜其烦，“鸡肋”事件，终让曹忍无可忍，以“乱我军心”之名，将其杀死。当然，这是《三国演义》的说法，而据史家研究，杨修之死，是因卷入了曹氏“立嗣”的政治漩涡，这倒与“身死因才误，非关欲退兵”诗评吻合。但无论如何，逞能只会给杨修之死加码而绝不因此减分则是无疑的。试想，你正确你活得好都得罪人，何况炫耀显摆卖弄“我能”乎！更何况还是在直接上司最高领导面前一而再再而三地逞能。

若从领导艺术激励原则而论，“阔门事件”，杨修准确领会领导意图，该嘉奖才是。可领导为何不奖反忌呢？有人揣测，听惯了“丞相妙算，人所不及”的曹操，本想打个哑谜，显露下才华。工匠们猜不出，定然前来讨教，届时，曹操再煞有介事、故弄玄虚道出谜底，小伙伴们茅塞顿开、恍然大悟：“哇——”那效果，这么好的事让杨修给搅了，焉能不忌！再说，任何一位领导，没人愿意自己的部下将自己完全看透，而更愿意保持一种高深莫测。杨修“真知魏王肺腑也”的一连串逞能，无疑扒光了曹操的衣服。若杨修把窥探到的曹操心思烂在自己肠子里也就罢了，可他觉得那样太埋没自己智商和聪明才气，非第一时间把曹操心底的秘密转发传播四处嚷嚷得无人不知。如此一来，生性多疑又喜欢和惯于玩高深莫测的曹操就完全裸奔了。悲哀啊杨修，看穿曹操无数次，竟未看出曹早对自己起了杀心。就此看，还是没看透曹操。这也正是大家公认杨修是小聪明而非大智慧的事实依据。若杨修真看穿曹操对自己起杀心并成功躲过劫难，那自然是逞真能大能了。正如人言：“杨修，聪明有余，却智慧不足；才华横溢，却缺乏城府。”终落个聪明反被聪明误，逞能反被逞能害。明代思想家李贽“凡有聪明而好露者，皆足以杀其身也”之评，足以警世。而就曹操说来，也并非全是“真有能，逞真能”，更有“逞无能，抖机灵”。曹操败走华容道，仍不忘卖弄“丞相妙算，人所不及”而逞能，三次大笑“周瑜无谋，诸葛亮少智”，未在险要处暗设伏兵。结果，一笑笑出赵子龙，二笑笑出张翼德，三笑笑出关云长，最后无奈，苦苦哀求关羽放行，关念旧情，义释曹操，才有后来。倒是刘备，“勉从虎穴暂栖身，说破英雄惊煞人。巧借闻雷来掩饰，随机应变信如神。”时势不济时韬光养晦，示弱装怂。有了诸葛亮辅佐、关张赵马黄五虎上将冲锋陷阵后，才审时度势、大逞其能，否则，早为曹刀俎之鱼肉，怎会有“三分天下有其一”的效果？

综上所述，归结四句：

争强也好胜，逞能乃本性。真能尽可逞，无能莫硬充。炫耀好显露，杀身世人警。鼓励逞英雄，鄙视抖机灵。

（《讽刺与幽默》“众生相”，2018年8月24日）

可怜一曲“长生殿”

◎张　鸣

王朝时代，皇帝霸道，自己死了，或者皇太后和皇后死了，不仅自己家里人要服丧，举国都要跟着。以清朝为例，皇后、皇太后死了，叫做国丧，国丧期间，官员素服一年，禁止娱乐百日，百姓则服丧一个月，禁止娱乐百日。等于是自家人死了，让别人跟着哭，不仅哭，而且哭完了，连找个乐子也不行。如果皇帝死了，动静就更大。

其实，你是皇帝，你和你老婆或者老娘翘了，让官员装模作样在出丧的那天真的或者假的悲戚一下，倒也未尝不可，谁让你是天子呢。可是，那么长时间让人穿着丧服，而且不能举乐演戏，即便是自己家人，活活这样憋着，都受不了，何况两姓旁人？那时候，人没别的消遣，无非看戏听曲，一下子憋三个多月，真是活受罪。而那些吃开口饭唱戏之人，没有营生，干熬这么长时间，不算富裕的，家里则要断顿了。难怪说相声的，会编出来《改行》，替艺人发牢骚。

所以，后来只要是国丧期间，熬过头一个月，人们就会偷偷唱戏，百姓听，官员也不例外。只是，为了别弄出动静来，就把响器给歇了，不敲锣打鼓，戏装也尽量从简，别太花哨，干脆素服。久而久之，官府知道了，也睁眼闭眼，由他们去了，只要没有人特别告状，民不举官不究。时间一长，就成了不成文的定例，等于被允许了。

但是，在康熙年间，这样的惯例，还没有形成，好事之徒，还比较活跃。总有那么些人，成天吃饱了没事，端着鼻子到处嗅，嗅到了什么就举报，御史再好事，就弹劾。弹章一上，皇帝就是不想多事，也不能的了。康熙朝著名的才子赵执信，就是这样吃了瘪。

那一年，康熙的佟皇后故去，国丧之前，洪昇的新作《长生殿》问世，在大内上演，大受好评，于是，京师内外，王公贵胄，达官贵人，但有堂会，必定演《长生殿》。赶上国丧，只好暂停，大家都在兴头上，在看得有滋有味呢，冷不丁停了，人人沮丧。等到头一个月过去，正赶上洪昇的生日，有朋友，包括唱戏的班主，都撺掇洪昇，小范围请朋友偷偷演一回，不多请，不声张，洪昇也就答应了。

在洪昇邀请的朋友之中，名声最大的是康熙朝的大才子赵执信。此人18岁中进士，高中第六名，时年25岁，为翰林院检讨，仕途一片光明。如果不出意外，此后出将入相，倚马可待。

然而，不幸的是，此番演戏，被好事者嗅出，御史一纸弹章，事儿大了。这种事儿，事关政治正确，只要有人揭发，一定得严惩，就是有人想替他说情，都不敢张嘴。别人跑得了，赵执信跑不了。在被抓进之后，赵执信一个人都没有牵连，就说座中只有他自己。当然，这种话没人信，最终，还是有五十几个官员被牵连。赵执信被罚得最重，免去官职，永不叙用。多事的告密者称心了，但一代才子，却被永远地断送了前程。幸亏康熙皇帝还算宽容，换一个，赵执信的脑袋能不能保住，都是问题。告密者此后，人见人烦，不久，仕途也终止了。但是，损人，害人不利己的事儿，就是有人喜欢做。

此案过后，京师流传了多首有关此事的诗，其中最有名的两句，就是“可怜一曲长生殿，断送功名到白头”。也好，没有了官衔的赵执信，诗倒是写得更好了。

（《唐山晚报》，2018年3月2日）

说 蚊

◎李兴濂

春天，天气一天天热了起来，蚊虫开始滋生。蚊，孳生于污浊之源，栖息于隐暗之地，作恶于哺乳之体，传病于吮血之间。咂人肤血，大为人害。常常是“聚蚊成雷”，让人望而生畏，就连自命风雅的文人墨客也不能免其害。

逍遥自在的庄子也不逍遥了，他的《庄子·天运篇》中说：“蚊虻噆肤，则通昔不寐矣”；晋代文学家傅选：“众繁炽而无数，动聚众而成雷。肆惨毒于有生，及餐肤以疗饥。妨农工于南田，废女工于机杼。”历数了蚊子的害人之苦。唐代诗人白居易：“咂肤拂不去，绕耳薨薨声。斯物颇微细，中人初甚轻。如有肤受噆，久则疮瘀成。”蚊子的习性是昼伏夜出，白天养精蓄锐，晚上出来肆虐。清代袁枚《碧纱橱避蚊诗》中说的：“蚊虻疑贼化，日落胆尽壮。啸聚声蔽天，一呼竟百唱。如赴闤阓市，商谋抄掠状。”每当暮色降临，牛羊进圈鸡鸭归巢的时分，蚊子却开始了疯狂的活动，盘桓人中“嗡嗡”而来，叶城深《谯蚊诗》中的描写的：“三伏凉夜好，清风吹满怀。时方爱露生，鸣镝一声来。”宋代周密在他《齐东野语·多蚊》中说，“吴兴多蚊，每暑夕浴罢，解衣盘礴，则营营群聚，噆嘬不容少安，心每苦之。”蚊子之害，实在危害不浅，所以古今文人纷纷写诗讨之。

苏东坡曾有这样的诗句：“飞蚊猛捷如花鹰”“风定轩窗飞豹脚”，说的是当时湖州有一种豹脚蚊，口吻锋利，脚有文采，咬人狠毒非常。清代诗人沈绍姬也有说这种蚊子：“斗室何来豹脚蚊，殷如雷鼓聚如云。”范仲淹有一首蚊诗：“饱似樱桃重，饥若柳絮轻。但知求旦暮，休要问前程。”把蚊子只管眼前，不顾将来，贪婪无比的习性描绘得入木三分。

唐代诗人孟郊写道：“五月中夜息，饥蚊尚营营。但将膏血求，岂觉性命轻。顾已宁自愧，饮人以偷生。”蚊子出行往往成群结队，令人望而生畏。特别是母蚊子躲在阴暗的角落，行偷袭之事，却总要在动口之前唧唧歪歪哼个不停，实在是可恨。欧阳修写过一篇《憎蝇赋》，说自己讨厌苍蝇，但是更讨厌蚊子，因为“自远吆喝来咬人也”。吸血之前还要哼哼地发表一大篇议论。《红楼梦》中薛蟠曾作了个歪曲，叫做《哼哼韵》，其中有一句，“三个蚊子哼哼哼，两个苍蝇嗡嗡嗡”。虽然不通，却活化了蚊子这令人讨厌的特性。鲁迅在《华盖集·夏三虫》说：“跳蚤的来吮血虽然可恶，而一声不响地就是一口，何等直截爽快。蚊子便不然了，一针叮进皮肤，自然还可以算得有点彻的，但当来叮之前，要哼哼地发一篇大议论……”正像一些小人，在做阴暗龌龊之事前，还要再三声明自己的高尚情操，明明是在搞腐败，却装模作样教导别人反腐败，大讲廉洁奉公；明明是诈取民脂民膏，却美其名曰取之于民用之于民。他们对于钱财美色的贪婪，远胜过蚊子对于鲜血的执着。

《全唐诗》中有一首吴融的《平望蚊子二十六韵》，其中曰：“天下有蚊子，候夜噆人肤。平望有蚊子，白昼来相屠。”“利嘴如人肉，微形红且濡。振蓬亦不惧，至死贪膏腴。”把蚊与社会上的丑类比，活画了蚊与贪官污吏的丑态。曾有一文士作过一首《黄莺儿》词：“名贱身且轻，遇炎凉，起爱憎，尖尖小口如锋刃。叮能痛人，叮能痒人，娇声夜摆迷魂阵。好无情，偷精吮血，犹自假惺惺。”拟人化的手法，透露了贪官对蚊子的丝丝怜惜。五代时，南唐杨銮诗云：“白日苍蝇满饭盘，夜间蚊子又成团。每到夜深人静后，定来头上咬杨銮。”刘禹锡《聚蚊谣》有云：“沉沉夏夜闲堂开，飞蚊伺暗声如雷”，以蚊喻恶吏，而蚊声如雷，其势之汹汹可知矣。浙江名士单斗南写的一首《咏蚊》诗，诗中写道：“性命博膏血，人间尔最愚，噆肤凭利喙，反掌陨微躯。”蚊子毕竟是一个小小的飞虫而已，再凶也不是人的对手，人若果较起真儿来，一巴掌就要了蚊子的性命，任何物种和人类作对，下场必然是可悲的。

1958年12月21日，毛泽东在对所作诗词的批注中说，鲁迅1927年在广州，修改他的《唐宋传奇集》，后记中说道：“时大夜弥天，壁夜澄照，饕蚊遥叹，余在广州”。从那时起，到今年31年了，大陆的蚊灭得差不多了，但是革命尚未全成，同志仍须努力。他还仿陆放翁诗曰：人类今天上太空，但悲不见五洲同。愚公尽扫饕蚊日，公祭无忘告马翁。当然，毛泽东所说的饕蚊是指敌人。今天的饕蚊是那些腐败分子，虽然近些年反腐已大见成效，取得了阶段性决定性成果，但反腐斗争仍在路上，“革命尚未全成，同志仍须努力”！

（《杂文月刊》原创版，2018年7月）

写回忆录

◎周炳揆

不要以为写回忆录仅仅是作家的事，你也可以写！

有研究显示，写回忆录，哪怕是写了只给自己一个人读也是一种自我修炼的过程，回顾经历过的创伤、记录各种有趣的事件，可以使写的人更好地理解生活的涵意。

但如果写了是为了发表，或者公开给亲友看，这种效果往往就没有了。这是因为你考虑给别人阅读，写的时候一定会做一定程度的修饰，这就降低了回忆录的可信度。还有一种情况，比如说你一生中遭遇过不少挫折，或者是有充满痛苦的经历，写的时候你就需要有宽容心，要客观地来解读这些事件。有研究显示，如果写的时候聚焦于感恩、还愿或者是叙述如何战胜逆境，那就对写的人最有益处。

有一位84岁的老太太写了回忆录，说这是对自己一生的自我肯定，她在回忆录中表达了感恩。在被丈夫抛弃后她一个人抚养5个女儿长大，她描写了被抛弃时无比的痛楚，慢慢地，她结交了朋友，报名参加读书班，发现了生活中的真爱。她原谅了前夫并和他又成为朋友。研究认为，人在写自己过去的创伤时心情会松弛，较少抑郁，还会增加自我认知感。有些研究甚至认为写回忆录会增强人的免疫力。

写回忆录实际上是把自己过去的情感、场景转换成文字的一个过程。写的时候作者先要对记忆，特别是那些难于接受，甚至带有苦涩的记忆进行梳理，再把片段的回忆、孤立的事件联系起来，这是回忆录成功的关键所在。写得精彩的回忆录，它的作者一定是一个勇于面对事实，正视自己的经历并且能够做自我解剖的人。

写回忆录也有风险，往事并不如烟，可以想象，把自己痛苦的经历展示在纸上需要诚实，也需要极大的勇气。有时，回忆的内容可能会伤害到别人，同时也会伤害到自己。如果写的时候无休止地纠缠在同一话题上，或是越写越觉得气愤、越感到愤怒，那就应该停止继续往下写。

那么，一生中负面经历很多的人，比如说偷过东西、坐过牢、吸过毒等，能不能写回忆录呢？——能！心理学专家认为，好比是看完一部悲剧电影，人们会情绪低落，充满悲伤，但是一小时以后就逐步恢复正常了。回忆过去的负面经历，正视做过的错事，会使人引以为戒，而且认真思索：“我今后该如何生活？”

不容置疑的是，写回忆录是给自己看，还是给读者看（哪怕是很小范围的读者），写法是有很大的不同的。当有读者时，作者往往会省略掉一些细节，甚至对故事做一些改动，对一些敏感、尖锐的问题做一些妥协。即使是这样，读者还是可以通过读回忆录知道作者是怎样的一个人，以及他们是如何成为这样一个人的。

许多年长者一生坎坷、阅历丰富，把这些经历用朴素的语言写下来，让孙辈们读到你们插队落户时曾在内蒙古放过牛，在安徽喂过猪，他们会多么兴奋激动！而你也会有一种成就感和自豪感。

（《新民晚报》，2018年4月3日）

假作真时真亦假

◎廉　萍

红楼里经常有引用前人诗句处，比如掣花签、行酒令、挂对联、闲聊天儿等等。所引字词，有些和传世本有出入。原因比较多，可能所见版本不同，也可能大都不是学术场合，只凭记忆随口一说（即便古人的学术著作，引用也往往都是凭借记忆、举其大概，并不严格遵守原文。核对引文，差不多算是现代论文的独有工艺）。这就造成了古诗，尤其是有名的古诗，在流传中出现诸多版本、给普通读者造成混乱的情形。

比如宝玉给袭人命名，用陆放翁诗“花气袭人知昼暖”，《剑南诗稿》原作“花气袭人知骤暖”，大概是同音而讹。袭人所掣花签“桃红又是一年春”，依据的是《千家诗》本，而在《谢叠山文集》里，原作“桃红又见一年春”。林黛玉道，“我最不喜欢李义山的诗，只喜他这一句：留得残荷听雨声”，《李义山诗集》里却是“留得枯荷听雨声”，等等。虽不统一，无伤大雅。

在其他古诗中，这类情形就更多了。最著名的是李白《静夜思》，经过《唐诗三百首》和语文教材的大力推广，“床前明月光”“举头望明月”早已深入人心。尽管学者号称有更古老、更权威的版本“床前看月光”“抬头望山月”，但读者不买账。所以某种意义上，可以说那些脍炙人口的句子，都是历代读者共同选择的结果，并不单单属于作者。

之所以有这种感慨，还因为刚刚给小学课本里的诗词加拼音，遇到了罗隐的《蜂》。课本里用的是最流行的那个版本：“不论平地与山尖，无限风光尽被占。采得百花成蜜后，为谁辛苦为谁甜。”可是按规定“占”要读去声，不押韵。查了下唐宋时期的用韵情况，虽然“占”字古代有平仄两读，但在同样语境里，比如张谓“风光先占得，桃李莫相轻”、李涉“风光莫占少年家，白发殷勤最恋花”、杜牧“可怜走马骑驴汉，岂有风光肯占伊”、邵雍“壶中日月长多少，烂占风光十二年”等，“占”字都是仄声。又查了下这首诗的版本情况，发现在《唐诗纪事》等书里，写成“不论平地与山尖，无限风光尽被沾。采得百花成蜜后，不知辛苦为谁甜。”“沾”字格律就没有问题了，意义也讲得通。不过显然没有“独占风光”这个流行词组的威力大。所以读者还是选择了最容易接受的那个。

眼下三春时节，应景读了几首春天的诗，也遇到类似问题。比如《鹤林玉露》里引用的某尼《悟道诗》：“终日寻春不见春，芒鞋踏遍陇头云。归来笑撚梅花嗅，春在枝头已十分。”红楼本第二句却是“芒鞋踏破岭头云”。我更喜欢“岭头云”的版本，因为显然诗意借鉴了“折花逢驿使，寄与陇头人”。陇头本无梅。再一首是李煜《渔父》：“浪花有意千重雪，桃李无言一队春。一壶酒，一竿身，快活如侬有几人。”虽然是金口玉言、说一不二的御笔，异文也极多。有个版本“一竿身”作“一竿鳞”，我觉得有意思，这样画面里就有活泼泼、扑剌剌的鱼了。但采用的人极少。

再就是最近突然流行的王冕《墨梅》。十几年前给小学生编书，当时勤快，查到了故宫所藏原图，根据题图文字所录诗句为：“吾家洗砚池头树，个个花开淡墨痕。不要人夸好颜色，只留清气满乾坤。”为免口舌，把原图也插上了。如今社会上风行的“颜色好”版本，也跟这幅图不一样。不过再过几百年，也许就是最通行的本子呢。

这几年经常被人问到，不同版本的文字，哪个是对的。追求唯一标答，不能不说是近年来语文教育的败笔。我们的所见所闻，永远都只是历史的一个侧面，一片流光。

（《深圳商报》，2018年3月29日）

废话和套话

◎童孟候

据说废话就是可以作废的话，就是多余的话，就是说了也白说的话……其实，不然。

有个挺神秘的国企副领导悄悄说了一个秘密：我每次做报告都是废话连篇，一定要叫听报告的人一句都记不住。但是，语气要抑扬顿挫，手势要激情四溢！你以为我很失败，不，我成功了。如果我做报告发挥深刻，见解独到，对上对下都鞭辟入里，当场开销，我这个领导是当不长的……

我打断说：别闹着玩，报告质量差怎么让人信服？废话多了听者不烦？你说个例子我听听，怎么叫人“一句都记不住”？

他说，好吧，前天我在台上做总结，我说我们公司当前的工作要有新水平，队伍建设要有新面貌，文明建设要有新举措，自身建设要有新发展，内部管理要有新突破，就是“五有”——不过前几年的总结我也是这几句话，永远不过时。还有——我们要激发起巨大热情，凝聚起无穷力量，催生出丰硕成果，展现出全新魅力，向着未来大步前进……

我哈哈大笑起来：人家相声演员说“大海全是水，夏天全是腿”——前半句是废话，后半句还有点意思。你好嘛，前句后句全是废话，废话连成一片就成了套话！

那哥们儿挺认真地说：这是我掌握的当官诀窍之一，很多人不明白，你也不明白。

套话其实是废话的哥哥，只是比废话更成熟，因为它接受过行业语言训练。没有经过训练，说话不成套，就像机械设备不成套一样，没法儿使。

您一定觉着有废话的地儿肯定特没劲，荒唐，无聊！这想法错了，废话亮相的地儿还偏偏特严肃特认真。比如集团开大会，比如公司开小会，比如名家做辅导报告……有得聊啊。

一旦废话套话穿上牌子叫“心灵鸡汤”的小糖衣儿，用水一冲一稀释，便成了美丽的废话，鲜口的套话，您要是喝一口，会觉着那些个废话挺在理，自己脑洞遍布说什么也不如人家缜密——

有位学过一点哲学的人写道：“其实我们每个人都只拥有三天：昨天、今天和明天。”这话说得多有创意，都概括了。从刚刚降生到七八十岁的老头老太，大家伙儿都只有三天！看了这句话怎么也得好好珍惜自己。但细细一想，那不是废话吗？谁没有昨天、今天和明天？即使坟墓里躺着的那位也有三天：昨天在抢救，今天呜呼了，明天埋地底下。

某电台早播的时候必铿锵有力地来上这么一句：“一切的现在孕育着未来！”天天听着一句觉得很带劲。可是单挑出来琢磨琢磨就觉得很无聊：哪个现在不孕育着未来？废不废话？

有一档励志节目，那位能说会道的主持人在节目即将结束时，必会说上一句挺出彩的话：“相信你们一定会书写自己的历史！”听的人受用，好像送快递的当泥水匠的在田边割草拾粪的都会有辉煌的历史。其实谁不书写自己的历史？判了无期徒刑的贪官即使见不到外面的天日，也在书写他自己的历史嘛！

经过化妆的废话多了去了，一旦穿上“心灵鸡汤”的小糖衣儿，就会叫别人浑然不觉。比方说“人活着就会知道明天会是什么”，不是废话吗？比方说“过去的让它过去吧”，难道过去的你还能不让它过去用栏杆儿拦着？比方说“作为我来说，今后一定要努力再努力！”废话，你不作为你来说，还作为别人来说？

央视二套有档节目叫“生财有道”，跑现场的主持人除了肖薇，大多对美食非常陌生。人家请他们品尝，回应的无非是这么几句：嗯，好吃！香！美味！嫩！……再换不出什么词儿。有一次一位农家乐的老板让主持人品尝一条特色鱼，主持人就说：“好吃，有很浓的鱼味儿！”废话！鱼没有鱼味，难道还有火腿味？

废话在不少地方弥漫着，套话紧跟着废话也来和稀泥。著名作家王朔评价得比较含蓄：废话就是会议代表们在开饭前所听的报告。

有位网友说得有些个露骨：废话就是脱裤子放屁，多此一举！要是脱裤子大便呢，那才不是废话！

如果说以上的废话是故意策划的废话，是一款款老谋深算的废话，那么发生在民间的那些废话则特自然，也许我们都说过这么一次两次——

一个白领第一天上班，见到一位客户就说：“陈先生您好，请坐请坐，喝茶喝茶，请问贵姓啊?”

一个员工打了个呵欠，问小格子边上的同事说：“今天星期四，告诉我礼拜几啊?”

同学聚会，大家碰杯喝酒，一个半醉的同学问：“你高三的时候和大学同学有联系吗?”

一个小男生打电话给女友：“喂，我是张晓明，你猜我是谁?”

傍晚，下班时刻，一个白领感叹道：“人家美国之所以如此富强，因为我们睡觉的时候他们在努力工作啊!”

所以说，不少废话还是挺逗的。甚至还有人认为，废话多的人比较快乐。也有人反驳他说：废话多是因为大脑驾驭不了舌头的缘故。

今年年初，好友建星把八家报社发表的2017年新年献词发给我（这献词的地位相当于元旦社论），让我欣赏。我先扫了一下八个标题，立马觉着其中三篇标题乃废话：

某报的题目是“没有未来不可抵达”。您不想抵达未来也罢，想抵达未来也罢，都会自动抵达未来，不需要飞机、高铁和轿车，还用得着您一本正经提醒吗?

某报的题目是“人民，你好”。全天下哪个国家的人民不好？如果人民不好，难道不是人民的人好？或许您在跟人民打招呼吧？可是新年献词篇幅多珍贵，您跑来寒暄什么?

某晚报新年献词的题目是“这个世界会好的”。废话，这个世界当然会好，谁敢说这个世界会坏的？你们报纸不能好好起个文章标题？要知道这是新年献词，每年只一篇。你们明年的献词不会是“读者是好的”吧?

后来，据说这家报社的总编做了检查。想想也是，您用废话写新年献词，您不反省谁反省?

开初，我以为这几家报纸的总编太无能，您唱的是哪出啊？后来再捉摸，总编们没准儿是玩技巧吧？偏要在新年第一天说那些说了等于白说的话，怎么会没有想法呢？然而技巧玩得“过度”，就容易说出那些说了等于白说的话来。

既然忍得了来来回回的废话，就别扛不住反反复复的套话，反正大家伙儿不可能离开这兄弟俩。

（《特别文摘》，2017年第24期）

当我们在朗读的时候

◎何　婕

突然之间，“朗读”这件事火了。公众号在读，电视节目在读，电台在读，好像约好了似的，人们相继读了起来，读书、读诗、读信，不一而足。一时间，“朗读”成了热词，很多地方还设了“朗读亭”，路人经过都能去读上一段，上传给媒体平台，有机会让更多人听到、分享。

人们常把“阅读”简称为“读”，可这轮的热闹，不是默默地读，是真的读出声来。

出声或不出声，没有好坏差别，如果“朗读”的风行，能够让“读书”这件事也跟着热起来，没有什么不好。

就在几天前，有一组数据被公布，数据说，2016年，我国国民的人均图书阅读量是7.86本，当然，还有很多人通过电子媒介来阅读，但总体而言，超四成的调查对象认为自己阅读较少。去查了一下资料，2015年同样的调查，结果显示，国民人均阅读量是4.58本，比较来看，图书阅读量还有上升的势头呢。

确实，人们现在谈到“阅读”的频率越来越高，各种“朗读”的风行，不是全然没有背景。读一本书可能没有时间，但是读一首诗、一段散文，时间总还是有的。木心说了，从前慢，信可以走好几天，对啊，读信，也是一种读。

当我们在朗读的时候，我们在读些什么？

可能是一种感受。

世界上有太多美好的文字，诗歌、散文，跟这些美好的东西共处一小会儿，进一个不一样的空间——“我喜欢你是寂静的/仿佛你消失了一样”——让自己短暂消失一下，这种寂静对于奔波之人来说，哪怕只有几秒，都是放松。人们时常面对各种选择，就像弗罗斯特那首著名的诗里说，“金色的树林里有两条岔路，可惜我不能沿着两条路行走……”总是要做出选择，总是会面临遗憾，读到这诗的时候，是不是自己的遗憾也会释然很多？

也可能是一段情感。

“在西安的家里，我妈住过的那个房间，我没有动一件家具，一切摆设还原模原样，而我再没有看见过我妈的身影……三周年的日子一天天临近，乡下的风俗是要办一场仪式的，我准备着香烛花果，回一趟棣花了。但一回棣花，就要去坟上，现实告诉着我，妈是死了，我在地上，她在地下，阴阳两隔，母子再也难以相见，顿时热泪肆流，长声哭泣啊。”

谁读了这段不是跟着哭啊。也可能是一段历史。

“儿今奉命担任石牌要塞防守，孤军奋战，前途莫测，然成功成仁之外，当无他途。且成仁之公算较多。有子能死国，大人情亦足慰。惟儿子于役国事已十九年，菽水之欢，久亏子职。今兹殊戚戚也，恳大人依时加衣强饭，即所以超拔顽儿亡灵也。”

抗日将领在上战场之前写给父亲的信，辞情恳切，读之凄然。

人们常常会问，阅读究竟是为什么？早在差不多九十年前，朱光潜先生就已经说过，人们要有在闲暇时寄托自己心神的事情可做，如果能在读书中寻找出乐趣的话，抵抗引诱的能力一定比别人大一些。也就是说，如果要接受引诱，就请接受“读书”的诱惑吧。

世界那么大，我们所能游历的时空究竟有限，读书让我们去更远更广阔的地方，也让我们走进历史深处，用有限的时间，活出更宽的空间。更何况，书里还有那么多有趣的灵魂，与他们的相遇，多么难得。

阅读的好处可以说出一箩筐，但阅读可能是默然的事，朗读却是不一样的体会。与阅读相比，朗读更加外化，好比本来是一个人的心里的声音，现在说出来给大家听。

读也有很多种读法。

像在一些朗读节目里，读的人大多有丰富的舞台经验、很好的台词功底，同样的句子，经由他们处理，就更能打动人，再配上音乐，就是一件完整的艺术作品，让听者有浓烈的情感共鸣。

我也听过一些朗读的个人公众号，没有多专业的配乐，也没有磅礴的感情，读的人也没有对字句进行特别的语言处理，有的只是很自然的淡淡的味道，这些朗读作品，有的读给孩子，普通却又真诚。

很难说哪一种更好，任一种表现形式总有喜欢它的人。但在我看来，我赞赏朗读者对语言的驾驭，但却担心文字的魅力在外化的强有力的语言面前被消散，当情感太过宏大的时候，文字就不见了。

克制，实在是太重要了。

感情总是放出来容易，克制却难。朗读也是。像表演那样去诠释反而容易，但真正走进作者的心，像作者想表达的那样去表达，大概会难一些。就好像人生，不断做加法，会比较容易，停下来、换个方向、做减法，就不是那么简单。

突然想起金庸的《侠客行》，一个懵懂的少年，练成了别人都练不成的绝世武功，为什么？别人只看见了那武林秘笈的文字，只知道去琢磨文字的意思，结果越练越远，越练越不明就里，而这个小伙子不识字，在他眼里，这些字没有意思，只有形状，殊不知，恰恰是这个形状，代表了武功的招数和所谓脉息的运行方式。他心无旁骛，自然练就神功。

写秘笈的人大概知道世人往往舍本逐末，偏要开一个这样的玩笑，来成全一个看似懵懂、实则浑然天成的人。小伙子如果识字，就会被字意绑架，当然，如若小伙子是个连内功基础也没有的人，即便他不识字，也体会不到脉息的运行，便也是无用。

一直觉得这是金庸非常特别的一部作品，也是他中后期的作品，可能那个阶段的他觉得，人生到一定的阶段，需要一些返璞归真的东西。这“一定阶段”，很重要。如果从一开始就什么都不会，是谈不上返璞归真的，返嘛，就是要先走出去，才有返。

其实朗读也是这个意思。如果什么情感都没有，就是一杯白开水，大概听者会觉得不过瘾，但是如果太过讲究，浓油重酱，戏又太过了，也就不那么真实，毕竟，朗读不是表演。

大概最难的朗读，就是那种不落痕迹的表达，用心、不浮华。

说到底，读书是并不拘泥于形式的一件事，或许偶尔也会有点仪式感，但形式毕竟不重要，哪有每次读书都“沐浴熏香”的呢。古人说，读书是“床上、马上、厕上”，估计现代人也是“床上、地铁里、马桶上”，实在是哪里方便哪里就读了。所以，当读书的环境变成金碧辉煌的高堂华屋时，形式感虽然增加了外在的艺术性与可看性，却削减了读书本来的味道，那种形式感好像不是来加分的，反而是来对冲的。

但并不是说，讲究形式感，就不是读书了。读书大部分时候比较自我，对每部作品各人感受并不一样，一种朗读方式只是其中一种表达，并不是全部。读书可以随意，可以端着、趴着、躺着、瘫着，只要自己舒服，都可以。如果太过强调形式感，把它当成是华丽的事，把朗读当成严肃的事，那大概就背离了读书的本意了。

读书渐渐变成一个时尚，就如几年前的跑步风潮一样，当然是好处居多。数年前人们的锻炼意识远没有今日这样普及，而现在，老人走步、年轻人慢跑，有能力的选择马拉松，似乎已是常态。风潮过后，还是会有沉淀下来的部分，可能读书也是一样。几年前还常听有人抱怨自己没有时间拿起书来看，现在这样的抱怨少了，因为当读书成为一个流行词汇的时候，要接受它好像就没有那么难。难的只是怎么坚持把这件事做下去。朱光潜先生不是说了么，发现了读书的乐趣之后，坚持是根本不难的。所以，一个开端、一种发现很重要。

朗读的风行，如果能够帮助人们打开阅读的大门，也是好事，如果未来的某一天，读书、朗读，能像每日的吃饭、睡觉那样自然，当然再好不过。但是，风潮总会退去，热度也会降温，只不过当降到接近正常体温时，大概就更能贴合心跳了。

（《经典杂文》，2018年第8期）

奉 承

◎王　勉

人在这世上活一辈子，或多或少，总讲过一些违心话。其中有些话，就是奉承的话。

奉承是什么？讲文雅点就是恭维讨好，讲好听点就是讲别人爱听的话、讲好话，讲难听点就是拍马屁。礼节性的奉承，是人情世故的一种常态。到亲朋好友那里去喝喜酒贺新婚，不管那对新人颜值如何，总要说几句“郎才女貌”“天作之合”之类的贺词。别人带孩子来自己家玩，看到是胖乎乎的女孩，就会说长得好可爱，一脸的福相；看到是又瘦又黑的男孩，眼睛且不大，就会说，这小孩真精神，很机灵啊。在朋友间，见到头发稀少的，心里在笑，嘴上却说，太有智慧了，真是聪明绝顶。很多年前的上海人，对这样的人还戏编了精彩对联，上联：南京路上没有草，下联：聪明脑袋不长毛，横批：绝顶聪明。老得满脸是皱纹，自己也不敢照镜子，有人说这是成熟的沧桑感；人长得矮小，自己觉得出门也抬不起头，耳边会听到很有面子的话：浓缩的都是精品。

这样的奉承，其实在人们的生活中大家也已习惯。这样的奉承，一般都没恶意，却有着化尴尬为自然的神奇。讨好的话，世上无人不爱听，奉承也就有了永远的市场。一般的奉承，虽有点夸张，有些言过其实，但还是在正常的人情中。

奉承过头，好话说尽，也就是所说的阿谀奉承或曲意奉承，这是完全的言不由衷极尽花言巧语甜言蜜语之能事了，虽令人反感甚至作呕，但有人听了，还是觉得很受用的。明朝有部奇书名为“笑赞”，其中有这样一个故事：一个气数已尽的秀才，死后到了阴间，去见阎王。恰逢阎王放了一个屁，奇臭难闻。才思敏捷的秀才灵机一动，眼珠子一转，做了一篇题为“屁颂”的赞美词曰：“高竦金臀，弘宣宝气。依稀乎丝竹之音，仿佛乎麝兰之味。臣立下风，不胜馨香之至。”阎王听了，不觉大喜，马上下令给这个秀才再增加十年的阳寿。于是，秀才又回到阳间，舒舒服服又活了十个春秋。阎王内心又何尝不知屁是何物？但还是欣然接受。因为秀才深得“千穿万穿，马屁不穿”的玄机。

奉承到了如此地步，可谓是拍马术的登峰造极了。这样的奉承，古往今来，从没断过。

有的时候，奉承是一种语言的艺术；有的时候，奉承是一种取巧的谋术。前者，是得法的赞美；后者，虽有言不符实之嫌，但常有出奇之效。

坦率讲，大多数人是不会拒绝奉承的。有时，明知对方讲的是奉承话，反会有窃喜之感，脸上堆着笑容，摆手连说：哪里哪里，过奖过奖。即使事后冷静回想刚才所闻是奉承之言，心里也不会去反感，除非对方说得太离谱了。而那些实在离谱的奉承，尤其是宁可牺牲自己自尊的奉承，不是别有用心，就是谋有企图的。这种用心往往不可告人，这种企图有着明确的指向。此时的奉承，无疑是裹着蜜糖的毒药，越是甜到心里，越是中毒至深。那只狐狸，看到树上的乌鸦叼着块肉，就拼命说好话，其目的无非是骗乌鸦张嘴，然后获取垂涎已久的肉。黄鼠狼突然要去给鸡拜年，挤出笑脸给鸡说尽了拜年的吉祥之话，其用意，还不是想把鸡当作自己的一顿饱餐。

奉承之言是一种巧话，目的是为了讨巧。奉承又是一种势利，有时顺势，有时趋势，有时攀势，但都是为了程度不同的利益与平衡。

（《新民晚报》，2018年3月14日）

最奇崛的文化大师辜鸿铭

◎鲁先圣

晚清至民国初年，中国文化界大师云集，文星璀璨，在遭受外族入侵，国破家亡、政治腐败，军阀割据的时代，却诞生了几十位学贯中西的大师，成为中华民族不可思议的时代奇观。

他们中间，可以说，辜鸿铭是最奇崛的一位。

20世纪初，西方人曾流传一句话：到中国可以不看三大殿，不可不看辜鸿铭。他自称“生在南洋，学在西洋，婚在东洋，仕在北洋”，是中国的“东西南北人”。他精通英、法、德、拉丁、希腊、马来亚等9种语言，获13个博士学位，倒读英文报纸嘲笑英国人，说美国人没有文化，第一个将中国的《论语》《中庸》用英文和德文翻译到西方。他凭三寸不烂之舌，向日本首相伊藤博文大讲孔学，与文学大师列夫·托尔斯泰书信来往，讨论世界文化和政坛局势，被印度圣雄甘地称为“最尊贵的中国人”。

鸦片战争开始之后，辜鸿铭的义父布朗先生对他说：“你可知道，你的祖国已被放在砧板上，恶狠狠的侵略者正挥起屠刀，准备分而食之。我希望你学通中西，担起富国治国的责任，教化欧洲和美洲。”1867年布朗夫妇返回英国时，把十岁的辜鸿铭带到了当时最强大的西方帝国。临行前，他的父亲在祖先牌位前焚香告诫他说：“不论你走到哪里，不论你身边是英国人、德国人还是法国人，都不要忘了，你是中国人。”

在布朗那里，辜鸿铭以最朴拙的死记硬背办法很快掌握了英文、德文、法文、拉丁文、希腊文，并以优异的成绩被著名的爱丁堡大学录取。1877年，辜鸿铭获得文学硕士学位后，又赴德国莱比锡大学等著名学府研究文学、哲学，到蔡元培去莱比锡大学求学时，辜鸿铭已是在欧洲声名显赫的知名人物；而40年后，当林语堂来到莱比锡大学时，辜鸿铭的著作已是学校指定的必读书了。

而与此同时的是，辜鸿铭奇崛的行为方式也同样令西方人不可思议。他给祖先叩头，外国人嘲笑说：这样做你的祖先就能吃到供桌上的饭菜了吗？辜鸿铭马上反唇相讥：你们在先人墓地摆上鲜花，他们就能闻到花的香味了吗？他倒读英文报纸嘲笑英国人，说美国人没有文化，在轮船上用纯正的德语挖苦一群德国人。英国作家毛姆来中国，想见他。毛姆的朋友就给他写了一封信，请他来。可是等了好长时间也不见来。毛姆没办法，自己找到了辜鸿铭的小院。一进屋，辜鸿铭就不客气地说："你的同胞以为，中国人不是苦力就是买办，只要一招手，我们非来不可。"一句话，让走南闯北见多识广的毛姆立时极为尴尬，无地自容。

一次辜鸿铭在北京大学讲课，他对学生们说："我们为什么要让你们学习英文诗呢？那是因为要你们学好英文后，把我们中国人做人的道理，温柔敦厚的诗教，去晓谕那些四夷之邦。"

从1901至1905年，辜鸿铭分五次发表了一百七十二则《中国札记》，反复强调东方文明的价值。1909年，英文著本《中国的牛津运动》（德文译本名《为中国反对欧洲观念而辩护：批判论文》）出版，在欧洲尤其是德国产生巨大的影响，一些大学哲学系将其列为必读参考书。1915年《春秋大义》（即有名的《中国人的精神》）出版。他以理想主义的热情向世界展示中国文化才是拯救世界的灵丹，同时，他对西方文明的批判也是尖锐的深刻的。很快《春秋大义》德文版出版了，在正进行"一战"的德国引起巨大轰动。

辜鸿铭认为中国人是杰出的民族。他把中国人和美国人、英国人、德国人、法国人进行了对比，凸显出中国人的特征之所在：美国人博大、纯朴，但不深沉；英国人深沉、纯朴，却不博大；德国人博大、深沉，而不纯朴；法国人没有德国人天然的深沉，不如美国人心胸博大和英国人心地纯朴，却拥有这三个民族所缺乏的灵敏；只有中国人全面具备了这四种优秀的精神特质。因此，辜鸿铭说，中国人给人留下的总体印象是"温良"，"那种难以言表的温良"。在中国人温良的形象背后，隐藏着他们"纯真的赤子之心"和"成年人的智慧"。

其实，我们能够看出，辜鸿铭狂放的姿态，是他带泪的表演，是以狂放来保护强烈的自尊。当时西方人见到中国街市当中，遍挂"童叟无欺"四字，常对辜说：于此四字，可见中国人心欺诈之一斑。辜顿时语塞，无以自遣。实际上，因为眼界比同时代的人要开阔许多，那种不幸辜鸿铭比任何人都体会得更清楚、更深刻。由此，他不惜用偏执的态度来表达自己对中华文化的热爱。

他虽然学在西洋，却喜欢东方姑娘，尤其喜爱中国姑娘的小脚。他的夫人淑姑是小脚，他一见钟情、终身不负。民国建立后，他在北大讲授英国文学，他留辫子，穿马褂，戴着传统的瓜皮小帽子，为纳妾和缠足进行头头是道的辩解，来对抗整个社会弃绝中华传统的畸形走向。

可是，尽管辜鸿铭一生主张皇权，但他并不是遇到牌位就叩头。慈禧太后过生日，他当众脱口而出的“贺诗”是“天子万年，百姓花钱。万寿无疆，百姓遭殃”。袁世凯死，全国举哀三天，辜鸿铭却特意请来一个戏班，在家里大开堂会，热闹庆贺了三天。

而让人难以笑起来的一个故事是：辜鸿铭在北京大学任教，梳着小辫子走进课堂，学生们一片哄堂大笑。而他却平静地说：“我头上的辫子是有形的，你们心中的辫子却是无形的。”此言一出，所有在场的北大学生顿时无语。

对于辜鸿铭先生，李大钊先生曾经这样说：“愚以为中国2500余年文化所钟出一辜鸿铭先生，已足以扬眉吐气于20世纪之世界。”

吴宓先生的评价似乎更高：“辜氏实中国文化之代表，而中国在世界唯一之宣传员。”

（《杂文月刊·原创版》，2018年8月）

圈定“目标校”引人才不能随心所欲

◎曙　明

日前，南方某市某区发布2018年面向部分世界名校和“双一流”高校（世界一流大学建设高校和世界一流学科建设高校）引进党政储备人才的公告。被引进人才的薪资待遇和发展晋升渠道，引起广泛关注：待遇方面，“服务期内，给予博士每人100万元人民币、硕士每人80万人民币的安家补助”；发展晋升方面，转为事业编制后，博士工作满3年，硕士工作满5年，符合干部选拔任用条件的，可择优提拔为党政机关副处级领导干部。

待遇和发展前景的确诱人，但我今天要说的却不是这个，而是此次招聘圈定的“目标校”。除了世界名校，公告也明确了20所国内“双一流”高校学生可以报考。去年9月教育部公布的名单，世界一流大学建设高校42所，世界一流学科建设高校95所，将选择范围限定在这20所高校的根据是什么呢？

教育部于2013年下发通知，要求凡是教育行政部门和高校举办的高校毕业生就业招聘活动，严禁发布含有限定985高校、211高校（如今已被“双一流”取代）等字样的招聘信息。通知针对的是教育行政部门和高校举办的招聘活动，但消除就业歧视的导向却有普遍意义。国家机关应在这方面做出表率。所以，最理想的状态是不问出身，敞开大门，让更多人来报考，择优引进。

不过，报考者多了，组织考试的压力会增大。组织者因为不堪重负限定报考范围，选择部分高校作为目标校，虽有缺憾，公众也能理解。20所高校中，清华大学、北京大学等公认顶尖高校入选，没人会有想法，但有些却让人不大能看懂。比如，和入选的山东大学、厦门大学等相比，武汉大学、中山大学高校名气、毕业生质量都不差，甚至略胜一筹，却未入选；个别在一流大学建设高校中综合实力比较靠后的学校，三所“仅仅”是一流学科建设高校也入选（其中一所是外省的省属大学）。它们“脱颖而出”，靠的又是什么？

“作为用人单位，人家有选择自主权，想要哪儿的要哪儿的”，或许有人会这么说。选择自主权可以有，但选择仍需根据一定标准，“想要哪儿的要哪儿的”恐有麻烦。

圈定这20所，一种可能，用人单位有这些“上榜”高校毕业生，因为他们表现好而对学校也“高看一眼”。这个好，师弟师妹也好，这么想可以理解，现实却未必；因为某一个体而对一所高校肯定或否定，更难说合适。

还有可能，除了公认的顶尖高校，剩下的从所有“双一流”高校中抽取，好运“砸”到哪所算哪所。在高校实力相近，毕业生质量相差无几，又没有更公平选择方式的情况下，随机抽签虽有一定盲目性，倒也可以理解。

让人担心的，是这样一种可能：一些并不“起眼”的高校入选，是因为那里有需要被“照顾”的人。事实未必如此，却也排除不了这种可能；即使这次不是这样，不明确圈定“目标校”的规则，想浑水摸鱼者大有可乘之机。

最近，多地出台引进人才政策，新一轮人才争夺战已经打响。可以预见，类似这样圈定“目标校”定向招聘会多起来。选择哪些高校作为“目标校”，需要遵循一定原则，而不能随心所欲。一旦少数人从报名开始就“夹带私货”，招考公平将无从谈起。

（《检察日报》，2018年3月22日）

狂傲背面是卑微

◎刘江滨

当今之世最狂傲的文人，大抵首推今春刚辞世的台湾作家李敖。他说，他想佩服谁，就去照镜子；还说，五百年来白话文最好的作家前三名，是李敖李敖李敖。凡狂傲之人，皆有两把刷子，有真本事垫着，所以，对李敖的狂傲，虽然比较稀罕，让素以谦虚为美德的人们不大看得惯，却也只能说老李真性情也。

但当我读了大量的唐代诗人传记之后，竟然发现中唐以前的诗人大多狂傲之士，自炫、自夸、自矜、自傲是一件稀松平常的事。卢照邻有个名句，“下笔则烟飞云动，落纸则鸾回凤惊”，这是说谁呢？表扬自己呢，牛吧！在我们的印象中，杜甫应该是一个温厚谨重的人，但自夸起来一点也不含糊：“甫昔少年日，早充观国宾。读书破万卷，下笔如有神。赋料扬雄敌，诗看子建亲。”（《奉赠韦左丞丈二十二韵》）韩愈在《上兵部李侍郎书》这样评价自己：“凡自唐虞以来，编简所存，大之为河海，高之为山岳，明之为日月，幽之为鬼神，纤之为珠玑华实，变之为雷霆风雨，奇辞奥旨，靡不通达。”这段话通俗来讲就是，自唐尧虞舜以来凡留存下来的文章，不管怎样的大小明暗细微及变化，无论多么奇怪深奥，没有我不通晓的。还有一个叫员半千的人给武则天的《陈情表》中说，如果让我也七步成文，一定一个字不用改，绝不会比曹植差。请陛下召来天下才子三五千人，与我一同现场考试诗、策、判、笺、表、论等各种文体，限定字数，如果有人比我先交卷，就请陛下砍下我的头，悬挂在都市街头！怎么样？够狂吧。这个员半千，本名余庆，拜师之后深得老师器重，谓之“五百年一贤，足下当之矣”，因此改名半千。他是中国历史上第一个武状元，的确好生了得。

唐代最狂傲之人当然还要属诗仙李白了。年轻时干谒渝州刺史李邕，受到冷遇，李白写了一首《上李邕》予以讥刺：“大鹏一日同风起，扶摇直上九万里。假令风歇时下来，犹能簸却沧溟水。时人见我恒殊调，闻余大言皆冷笑。

宣父犹能畏后生，丈夫未可轻年少。”在《与韩荆州书》中自比毛遂，为“龙蟠凤逸之士”，称自己“心雄万夫”，“请日试万言，倚马可待”，超级自负。“我本楚狂人，凤歌笑孔丘。”“仰天大笑出门去，我辈岂是蓬蒿人”“安能摧眉折腰事权贵，使我不得开心颜”等这样的诗句更是大家耳熟能详。“天子呼来不上船，自称臣是酒中仙”虽然出自杜甫笔下，却于李白的个性可谓合榫合卯，堪称知音。至于李白在朝堂之上让太监高力士脱靴、宰相李林甫研墨，尽管只是出自稗官野史，《旧唐书》《新唐书》均无记载，却将李白的狂傲之态呈现到极致，流传甚广，为人津津乐道。

初唐、盛唐时期的文人为何多狂傲？这是大时代环境决定的。一、唐代诗人躬逢盛世，如朝暾初露，生机勃勃，气象万千，个性飞扬，充满着进取的精神，洋溢着文化自觉和自信。加上唐代科举的进士科，诗赋是考试的内容之一，所以，写诗蔚成风气，故形成“唐诗”的一代文化标识。二、唐代的取士制度分科举和荐举两种，但即便是科举，在考试前由王公大臣向主考官推荐也是非常重要的环节，故士子结交权贵，大行干谒，成一时之盛。而干谒除了向公卿大臣提交自己得意的作品（谓之行卷），还要写干谒文。干谒文的基本套路，一是奉承对方德高望重之类，二是介绍自己如何才华横溢，故而希望得到对方的青眼垂顾。尤其是在介绍自己时，为了引起对方重视，不吝夸大其词，即使露出狂傲之态也在所不惜了。三、唐代诗人的确厉害，群星璀璨，大咖云集，锦心绣口，舌灿莲花，他们太有狂傲的资本了。余光中说李白“绣口一吐，就是半个盛唐”，那可不是吹的。

但是，狂傲，只是我们看到的事物的正面，譬如孔雀开屏，我们往往欣赏着它的绚丽多彩，如鲜花怒放般美丽，而往往隐讳或有意忽略它的背面的不堪。事物总是具有两面性，直视、正视它的背面，即使惨淡、难堪，也应该是我们采取的正确态度。

狂傲的背面是什么呢？一个坠崖式的词语——卑微！李白如此骄傲的人也卑微过？是的。李白是唐代写干谒诗、干谒文最多的文人之一，诸如像《与韩荆州书》所云“生不用封万户侯，但愿一识韩荆州”一样，既然干谒权贵，就须得放下身段，态度谦恭，甚至阿谀奉承，大拍马屁。李白本欲“不屈已，不干人”，到头来却“遍干诸侯”“历抵卿相”，仰人鼻息，看人脸色，这里边的辛酸隐痛可以想见得到。在宫中几年，名为翰林供奉，实际上只是皇帝身边的御用文人，只能写出“云想衣裳花想容”这样的艳词丽句，博皇帝贵妃娱乐消遣。看似风光，其实卑微。“安能摧眉折腰事权贵，使我不得开心颜”，正是屡屡“摧眉折腰”得出的愤激之语。李白的超级粉丝杜甫深深理解这位老大哥，“不见李生久，佯狂真可哀。世人皆欲杀，吾意独怜才。”（《不见》）“佯狂”二字，字字惊心，沦肌浃髓。而杜甫的境遇更为不堪，“骑驴十三载，旅食京华春。朝扣富儿门，暮随肥马尘。残杯与冷炙，到处潜悲辛。”在颠沛流离中讨生活，投亲靠友，寄人篱下，今日索点米，明天要把薤，几乎没有过过什么好日子。一代文宗韩愈，“文起八代之衰”，开创了散文革命新纪元，何等厉害，但一颗狂傲的心被现实压抑得扭曲变形了，致使他的人品遭到后人的质疑和诟病。据统计，他一共写过14篇干谒文，汲汲于功名富贵，为达到目的，在权贵面前低三下四，吹捧文字极尽肉麻谄媚，令人赧颜。尤其是他阿谀拍马的李实（《与李尚书书》），是一个坏事做尽、声名狼藉的奸臣，这让韩愈的人格和尊严大为受损。

唐代诗人的卑微是现实残酷挤压下的无奈，但凡有路可走，有谁愿意低下高贵的头颅呢？现实的窘迫，人性的复杂，使得多种看似矛盾对立的东西却浑然一体，其实这才是真实的人生。我们往往对光鲜亮丽的一面趋之如鹜，高唱赞歌，而对阴翳不堪的一面有意隐讳闪躲，甚至假装不存在。鲁迅说，真正的猛士要敢于直面惨淡的人生。我们在唐代诗人狂傲的背面看到了卑微，并非有意否定他们的伟大，反而有一种感叹之后血肉相融的理解，毕竟，他们书写了中华文化极其绚烂的一页。

（《广州日报》，2018年3月24日）

剧场与菜场

◎浅　水

剧场与菜场，一个雅，一个俗；一个官方，一个民间。到一个城市去，我喜欢留意那里的剧场和菜场，剧场上演人生百态，而菜场更容易打量一个地方的鲜活生活。

菜场在民间，有烟火味和这个地方最本真的生活气息。

菜场的价格，永远是这个地方最朴素的价格，显示着对一个外来者的公平与实惠。

清晨沾着露水的菜场，是田头清蔬、八方活禽水产的集散地与物流中心。各式应时果蔬轮番上市，可以知节气、应时节，了解一个地方的特产和物产，触摸到这个地方的地表热气。

我曾经固执地认为，五百公里以外的地方，必定有一个与你周围并不一样的风情，有一种未曾吃过的蔬菜，未曾嗅过的清香，一种未曾见过的植物。这些只有在菜场才能见到。

我去陌生的城市，会一头扎进当地的菜场，去遇从前没有遇到过的蔬菜，就像我去见从前没有遇到过的人。菜篮子里，端倪出一个地方普通人家餐桌上的风味菜谱。

菜场有足够的理由，成为城市的一处风情博物馆，那里有各种各样的神态表情、方言俚语。

我在上海、香港、济南逛过菜场。

上海是一座菜场与剧场穿插，分配精巧的城市。上海的剧场海纳百川，话剧、歌剧、舞剧、沪剧、越剧、淮剧、滑稽戏……在剧场里能够观赏到最时尚前沿的艺术。而在菜场里能够撞见烘山芋、粢饭、大饼、油条、豆浆，修鞋摊、修伞摊……这些最普通人的生活。

香港的菜场，有一股海鲜味；冬天的济南菜场，有白菜、羊肉汤和冻柿子，飘散典型的北方气息。

而在我生活的城市，有古代沿袭下来的剧场，那个地方叫“都天行宫”，这样的剧场其实是个戏台，舞台在楼上，演员在楼上唱戏，观众在楼下看戏，仰着脖子，显得是对艺术世界的一种仰望，而这种仰望是最平民的，平民与艺术的一种亲和，那样的舞台，也许永远不会有名角，也没有美妙绝伦的音响，完全是一种天籁，声音穿透，风和叶，飒飒作响。

我小时候经常到小城的一个叫做“人民剧场”的剧场看电影，那个地方名义叫剧场，可是很少有专业剧团过来演戏，我们只能看电影，最令人兴奋的是看那种宽银幕电影，我在那个剧场里看过《南征百战》，看过《卖花姑娘》，尤其是《南征北战》，我们小时候喜欢看打仗的，连续看了好几场，只是坐在不同的座位上。

那时候，外祖父常自豪地告诉我，他年轻时听梅兰芳唱过戏，梅先生曾经来过小城唱戏，在金城剧场，那是人民剧场之前的老剧场，后来连人民剧场都拆了，有谁还会想起金城剧场？我至今也想象不起来金城剧场，那个老建筑的模样。

剧场和菜场就像一个人的两个年龄段。

我认识一个地方剧团的青衣，年轻时浓墨重彩站在舞台中央，40岁以后淡出舞台，经常看到她拎着篮子在菜场买菜。

剧场是属于年轻人的，追光灯属于年轻人，中年人在菜场。据说，民国时期上海“头牌交际花”唐瑛，在经历过声色犬马、裘皮香车的光鲜生活之后，有人看到她衣着朴素，时时提着竹篮，出现在西摩路的小菜场买菜。当绚烂逝去，一切归于平淡，生活回归它的本真。

剧场与菜场，缤纷城市画册上的两页、两件衣裳不同的质地、两种风格不同的口味。

汪曾祺说他每到一个地方都喜欢逛菜场，“看看生鸡活鸭、鲜鱼水菜，碧绿的黄瓜，通红的辣椒，热热闹闹，挨挨挤挤，让人感到一种生之乐趣。”

一个城市有菜场和剧场，物质和精神的都有了。喜欢在菜场与剧场之间穿梭的人，不会寂寞空虚有饥饿感。

（《扬州日报》“扬州杂志”，2018年4月23日）

读书人一直都在　只是恰巧你没发现

◎王钟的

2018年春节过后不久，在上班途中的地铁上，生活在北京的出版社编辑朱利伟（网名“向北向北”）偶然发现一名男青年在阅读《禅与摩托车维修艺术》。她觉得这本书的名字非常好玩，就顺手拍下了男青年读书的照片。

在此后4个多月时间里，利用上下班坐地铁的时间，朱利伟陆陆续续拍下了百余位阅读者。最近，媒体报道了她的“地铁上的读书人”系列“朋友圈摄影展”，这些照片在网上早已被争相转载。

有老人拿着放大镜逐字逐句地阅读太宰治的《斜阳》，有大腹便便的中年男子在读《文明的冲突与世界秩序的重建》，还有“愣头青”用电子阅读器读起了《毛泽东传》……地铁的阅读世界，远比人们所想象的更丰富、更多元。

在大城市里，地铁是许多上班族的日常通勤工具。很多人天天坐地铁，却不一定说得上来在地铁里遇到了哪些人、发生了什么事。朱利伟的“偷拍”，突破了寻常人乘坐公共交通工具时，把自己封闭起来的“舒适圈”。这印证了一个规律，只要悉心观察，总能发现平淡生活中让人意想不到的美好。

朱利伟的摄影，用事实反击了“欧洲人在地铁里看书，中国人只在地铁里玩手机”的偏见。不知道从什么时候开始，这样的偏见就被一些人所信奉和追捧。站在激励公众阅读的立场上看，以上说法或许并无恶意。然而，总是觉得文明程度不如人，未免也是不自信的表现。在所难免的是，久而久之，在行动中向这种不自信妥协。

说实话，外国地铁车厢里的读书人，远没有一些网文照片里显示的那么多、那么密集；国内城市的地铁上，并不是所有人都在玩手机。除了朱利伟记录的那些坚持阅读纸质书的人们，退一万步说，电子阅读时代，何尝不是有许多端着手机的乘客，也在认真阅读一本“大部头”呢？阅读介质变了，追求精神向上向善的人心可没有变。

必须要承认，地铁不是最好的阅读空间，地铁车厢也无法提供理想的阅读环境。它嘈杂，摇晃，经常还没有座位。很多人选择在地铁上读书，不乏对消磨时光的考量。

但回过头来看，乘坐地铁的时光也是弥足珍贵的。地铁时刻表是固定的，既不存在地面交通的拥堵困局，也不可能任由人超车、加速。坐着按部就班的地铁，你不必着急也不能着急，书本成了最好的陪伴。可想而知，上班时间工作节奏快，回家以后又要陪伴家人，还有必要的休息和娱乐，恰恰是坐地铁的这段时间，完全属于自己，可以心无旁骛地读上几段。

自1863年世界上第一条地铁线路在英国伦敦正式投入运营以来，地铁就成了现代都市文明的重要象征，很多重大发明发现，都是从那时起开始影响世界的。用一句话来概括，就是人类文明从地铁被发明以后进一步快马加鞭。

阅读这一与人类文明史同步出现的行为，似乎更慢一点，更接近农耕时代一点，也一度被认为与快节奏的都市文明格格不入。现如今，当阅读成为地铁乘客的习惯，它已被充分证明超越了社会发展阶段。就像吃饭、睡觉是满足生理需求的基本生活方式一样，阅读是满足精神需求的基本生活方式。

所以，不必为阅读从生活中消失这样的伪命题而杞人忧天。更有现实价值的讨论应该是：在阅读介质和阅读方法面临转换的当下，人们应该继承前人怎样的阅读习惯，又如何将阅读更好地与现代社会相适应。

地铁里人来人往，遇到相同的人似乎不那么容易。朱利伟开始拍摄地铁里的读书人以后，却经常碰到同一个姑娘。“她几乎在每一个工作日的同一时间、同一站点的同一个位置读书。”那位姑娘在一个月里至少读了4本书，对于忙忙碌碌的职场人士，这个数字已经不算少了。不管在哪个时代，阅读都需要日积月累，养成了习惯，能发现做到的要比预想的多得多。

阅读本身并不是多么高贵的事。在地铁里读书，大概是阅读最没有仪式感的时刻了。但是，谁又能否认地铁阅读的价值呢？沐浴焚香坐拥书房是一种阅读，在车厢的局促空间里读书也是一种阅读，重要的不是比个姿态的高下，而是通过阅读是否增加了见识、提升了智慧、达到了更积极的精神状态。就像这组“地铁里的读书人”照片所告诉大家的：任何地点都可以是读书角，读书人一直都在，只是恰巧你没发现。

（《华商报》，2018年8月14日）

道路的人性化“限宽”

◎沈　栖

随着城市规模的日益扩大和居住人口的日趋增多，一些城市加大政府投入，实施旧城区改造，其中有一项内容便是拓宽道路。昔日的两车道变成了四车道、六车道，显得雄伟宽阔，颇有气派。然而，据《燕赵晚报》日前报道，南京市江北新区将对道路进行人性化“限宽”，即核心区以双向两车道为主，打造窄街小网络。江北新区突出人性化管理，把“道路限宽”作为城市发展的方向，受到社会舆论的关注和好评。

城市的发展旨在宜居，除了“衣”“食”“住”之外，还得充分考量“行”，道路的人性化“限宽”乃是让城市回归宜居的一项有效举措。

试想，道路越来越宽，其副作用也日渐突出。诸如穿梭如织的汽车行驶在宽敞的道路上，汽车尾气大量排放，势必形成空气污染，使得城市少有清爽纯净的空气；道路加宽，在行车加速的同时，行人过马路加长了时间，尤其是一些行动不便的老人和孩子，常心存恐慌，趑趄不前；道路加宽而形成的人车矛盾直接导致道路风险，车祸增多。上海新近发布的“最新版道路风险地图”显示，交通事故的高风险地点多为宽阔的马路。南京市江北新区对道路人性化“限宽”的做法，目的是想让城市回归“城市是人的城市”的本位，让居民更安全、更称心、更舒适地出行，这无疑是值得称颂的现代化城市发展的理念。

我认为，城市道路的人性化“限宽”，是为了约束车辆，方便行人。在城市的道路设置和管理方面，有一个布局是须臾不可或缺的，即形成机动车道、非机动车道和人行道三者分而治之。时下有些城市的道路现状出现一些乱象，加宽了机动车道，却不设非机动车道，非机动车或行驶在机动车道上，或非机动车和行人混杂，如此这般，不仅加大了机动车和非机动车的道路风险，也给川流不息的行人带来安全隐患。一些地段甚至为了给机动车和非机动车“让道”，将行人驱之狭窄的上街沿，人流涌动，使得这些地段变得越来越嘈杂，越来越拥堵。人车混乱的交通，能给城市带来宜居的愿景吗？

自不待言，人们对江北新区城市道路“限宽”的举措，赞赏的是其“人性化”。换言之，道路“限宽”必须充分考虑居民出行的方便和安全。这就涉及在城市道路管理方面急需一些配套政策，如倡导“放弃或限制私家车出行”，建设广泛的绿色出行空间；秉持“公交优先”理念，确保公交车的满足需要；加宽人行道，严格分隔人行道与非机动车道等。

美国社会学家路易斯·沃斯提出：“城市性源于人口规模、密度和异质性。这三者之间有着互为关联的关系，但规模和密度是现象，异质性才是本质。”一个城市的道路该有多宽，似不宜机械，还得从“异质性”的角度去审视，去考量，去设置，但是，它必须立足“城市宜居”，凸显人性化管理，这也许就是南京市江北新区道路“限宽”得以点赞的缘由。

（《上海法治报》，2018年3月26日）

敬　告

由于编选时间仓促、工作量大，未及与所选作者一一取得联系，请见谅。

现仍有部分作者地址不详，为及时奉上稿酬和样书，请有关作者与责任编辑赵维宁联系。

地址：沈阳市和平区十一纬路25号

邮编：110003

电话：024—23284306

E-mail：249972579@qq.com

微信号：zhaoweining10

辽宁人民出版社

2019年1月